S

Eva Demski
Land & Leute

Eva Demski

Schöffling & Co.

Erste Auflage 1994

Satz: Photosatz Reinhard Amann, Aichstetten
Druck & Bindung: Pustet, Regensburg
ISBN 3-89561-000-3

Inhalt

Land

Leute

Land

Das alte Ghetto von Venedig

Es gibt viele Möglichkeiten hineinzukommen, Durchgänge, Brückchen, dunkle Hausdurchbrüche. Alle diese Eingänge haben etwas Verstohlenes; manchmal verstecken sie sich, und die Besucher laufen ratlos hin und her: Da war es doch! Aber da sind nur die bunten Marktstände mit Obst, Hühnern und dem salzig-faden Geruch nach Fischen und Muscheln. Nylonblusen in Rosa und Grün schaukeln im Wind, da muß diese Gasse doch gewesen sein, der eine, gerade menschenbreite Eingang. Aber da ist nichts. Nur die Häuserfront, die mit dem Geschrei der Verkäufer, Musik und Gelächter gefüllte Straße und der Kanal, von dem aus ich gekommen bin, zum erstenmal und letztenmal in meinem Leben allein in einer Gondel, unglaublicher, unverzeihlicher Luxus, der sich jetzt rächt. Alles erkenne ich wieder, der Gondoliere hat sich keinen bösen Spaß erlaubt, hier muß es sein und ist doch nicht mehr da. Also: fragen! Ein breiter, brauner Mensch steht mit einem Bein in seinem Boot, das mit antiken Möbeln beladen ist, und mit dem anderen auf der Kaimauer. Zwischen seinen Händen schwebt offenbar – denn Halt hat er keinen – eine Barockkommode. »Le belle cose costano dolore!« (Schöne Sachen tun weh), schreit er in meine Richtung, und als ich frage: Ghetto?, deutet er auf die geschlossene Häuserfront.

Da ist er, fast unsichtbar, der winzige Eingang zum Ghetto Vecchio, was nicht das alte, sondern das neue Ghetto bezeichnet, woraus sich logisch ergibt, daß das Ghetto Nuovo das alte, das Ghetto Novissimo aber das zuletzt gebaute Stück bezeichnet. Dazu aber später, denn die Verwirrung wird sich nicht ganz lösen, so wenig wie die Fremdheit. Sooft man herkommt, aus welcher Richtung man sich diesem Ort auch nähert, dieser abgetrennten, herausgenommenen Welt begegnet – alles ist gleichgeblieben und ist trotzdem jedesmal wieder vollkommen fremd. Alles ist gleichgeblieben. Die Stille, obwohl man von den Marktständen keine drei Schritte weit entfernt ist. Der Geruch nach Brot und feuchtem Stein, die starren Kränze mit Schleifen und glitzernden Kügelchen hoch oben an den Häusern. Ein Gedenkort. Aber da, auf dem Eisendeckel des trockenen Brunnens, liegt wie immer der graue Kater, und der Rahmenhändler an der Ecke kehrt Sägespäne vor die Tür und flucht vor sich hin. Ein kleinbürgerlicher, gemächlicher Ort.

Die Jahreszeiten sind hier vielleicht noch unsichtbarer als im übrigen Venedig. Es ist immer das Grau, das die Bilder beherrscht, ein sanftes, gar nicht trauriges Grau, von tiefen Schatten und Sonnenstrichen belebt. Frauen gehen einkaufen, Kinder hopsen die Stufen der kleinen Brücke rauf und runter, Touristengrüppchen legen auf Befehl die Köpfe in den Nacken. Aber alle sind still. Eigentlich ist nichts zu sehen. Erst viel später, wenn die ganze, ruhige Normalität des Platzes und der Gassen scheinbar begriffen ist, spürt man, daß etwas hier gleichsam den Atem anhält. Wahrscheinlich haben wir Menschen kein Sinnesorgan zur Wahrnehmung der Geschichtszusammenballung, wie sie hier ist. Sichtbar ist sie nicht, weder riech- noch hörbar. Jeder aber spürt sie. Womit? Die Japaner fotografieren nicht, die Amerikaner haben keine kurzen Hosen und blauen Haare. Im ganzen übrigen Venedig machen die Touristen selbst ihren gröbsten Klischees Ehre, hier nicht. Auch nachher, im jüdischen Museum und in den Synagogen, werden die Besichtigung und das schüchterne Herumgehen fast lautlos sein.

Mag sein, daß das nicht immer so ist – aber ich habe es nie anders erlebt. 1516 ist dieser Ort eingerichtet worden, aufgrund der düsteren Drohungen des Klerus, der eine Wirtschaftsflaute der Serenissima zum Anlaß nahm, die Freizügigkeit der Juden als größte Sünde des Staates zu bezeichnen und ihre Absperrung zu fordern. Seit dem zwölften Jahrhundert spielten die Juden in Venedig eine wichtige Rolle, die Giudecca soll nach ihnen genannt sein, aber der Beweis dafür steht aus. Das Verhalten der Regierung zu den Juden war von Anfang an ein Geflecht von Sanktionen und widerwillig zugestandenen Freiheiten; Erlaubnisse und Verbote wurden denen, die in der Finanzwelt der Stadt und ihren vielfältigen Verzweigungen eine wichtige Rolle spielten, erteilt, wie es gerade opportun war.

Die venezianischen Juden befanden sich immer auf rechtlich glattem Terrain, seit Mitte des vierzehnten Jahrhunderts die christlichen Banken zusammenbrachen und, wie es heißt, die jüdischen Geldverleiher nach Venedig kamen. Antonio in Shakespeares *Kaufmann von Venedig* sagt es kühl: »Der Doge kann des Rechtes Lauf nicht hemmen. / Denn die Bequemlichkeit, die Fremde finden / Hier in Venedig, wenn man sie versagt / Setzt die Gerechtigkeit des Staates herab / Weil der Gewinn und Handel dieser Stadt / Beruht auf allen Völkern ...« Alles dient der Wirtschaft. Man treibt ungerührt Handel mit dem, dessen Glauben man verachtet. Man will ihn knebeln, aber nicht vertreiben. Man hofiert ihn und spuckt ihn an. Im großen Buch von Richardo Calimani wird genau beschrieben, wie der Staat sich der Juden in ihrer Eigenschaft als Geldverleiher gleichzeitig als Wirtschaftsfaktor und als Blitzableiter der öffentlichen Meinung bediente. Alte, immer moderne Doppelzüngigkeit: Fromme Dekrete untersagten den Geldverleih, der aufblühende Handel verlangte ihn. Also überließ man den Juden das Geldgeschäft und wurde ihr Nutznießer. Immerhin hatte das eine – wenn auch verlogene und unsichere – religiöse Toleranz zur Folge, so daß aus Deutschland, Spanien und der Levante Juden nach Venedig kamen und ihre fremden Kulturen mitbrachten. Am Anfang des sechzehnten Jahrhunderts aber hatte der venezianische Adel, vom Klerus aufgehetzt, genug davon, daß man »sie, weil man sie brauchte, fast überall sah«. Man wollte Überschaubarkeit und meinte Kontrolle. Im Dekret vom 29. März 1516 heißt es: »Die Juden müssen alle gemeinsam in dem Komplex von Häusern wohnen, die sich im Ghetto bei San Girolamo befinden, und damit sie nicht die ganze Nacht umhergehen, seien ... zwei Tore errichtet.«

So hat es angefangen. Das Ghetto von Venedig, begonnen in jenen Gebäuden und nicht benannt nach der dort damals gelegenen, nicht mehr benutzten Gießerei – was man aber lange Zeit glaubte –, war das erste seiner Art auf der Welt. Noch lange hatte dieser Name aber nicht die fürchterliche Bedeutung unserer jüngsten Geschichte, wenn er auch Unterdrükkung, Mißtrauen und Verachtung symbolisierte. Die besagten Tore wurden morgens geöffnet und abends geschlossen, von christlichen Wächtern, die aber die Juden bezahlen mußten.

Am anderen Tag suche ich mir den Weg von der Vaporettostation an vielen Kirchen vorbei zum Ghetto Novissimo, dem alten Teil, wo alles angefangen hat. Die Häuser sind hier höher und haben niedrigere Stockwerke als sonst in Venedig üblich. In der Calle delle Contarie ist es ganz still, es stinkt sanft, die Boote liegen unter der Last von Bierflaschenkisten und Bausand tief im Wasser des Kanälchens, natürlich kann man Tauben und Schlagermusik hören, aber wie von sehr weit her. Hier gibt es sogar kleine Gärten, eigentlich nur Beete, in denen Blumen und Tomaten gedeihen. Das ist ein ungewohnter Anblick in Venedig und paßt nicht ganz ins Bild. Auf einem Sockel in einem der nudelbrettgroßen Gärtchen steht ein Cäsarenkopf aus Marmor, das heißt, ich hoffe, es ist ein Cäsarenkopf, er sieht Mussolini leider sehr ähnlich. Wieder ein dunkles Nadelöhr, das zum Platz des Ghetto Nuovo führt, zu den Synagogen, dem jüdischen Altersheim, der Gedenkstätte für die aus Venedig deportierten Juden. Das Nadelöhr war damals vom Tor verschlossen, ein Gefängnis, vielleicht aber auch ein Schutzraum? Erst Napoleon hat die Ghettotore in ganz Europa geöffnet.

Vor mir geht eine junge Familie, mühsam hoppelt die Kinderkarre treppauf, treppab über die kleine Brücke, von der Sonne in den Schatten. Der Vater hat das Kind auf den Schultern, der Durchgang zum Ghettoplatz ist so niedrig, daß er den kleinen Jungen querlegt wie einen Schiffsmast unter einer Brücke. Auf meine verlegene Frage, ob im Ghetto noch Juden wohnen, habe ich widersprüchliche Antworten bekommen. Ja, ein paar Familien, sagt der Rahmenschnitzer. Nein, niemand mehr, sagt die Souvenirhändlerin. In der Synagoge sei natürlich Gottesdienst, freitag abends. Die Gemeinde sei aber längst über Venedig verstreut.

Ein Museum ist das Ghetto dennoch nicht, auch keine menschenleere Architekturzurichtung, zu denen Orte von solcher Geschichtsdichte oft gemacht werden. Es läßt einem die Freiheit, sich Geschichten hinein- und herauszudenken. Venedig ist mehr als jede andere Stadt ein Ort der Spiegelungen, nicht nur in den allgegenwärtigen Wasserflächen. Es ist labyrinthisch, sachte bedrohlich, verwirrend. Auch der vermeintlich Ortskundige verliert leicht die Richtung. Scheinbar Bekanntes vermischt sich mit scheinbar Fremdem. Das Ghetto macht hier keine Ausnahme, läßt vielleicht die Unsicherheit noch deutlicher spüren.

Neben mir schwatzen zwei ältere Frauen mit runden Broten im Netz am Arm, ein Kameramann stellt ein Stativ auf, eine junge, sehr reporterinnenhafte Reporterin erzählt halblaut was in ein Mikrophon. Und trotzdem – ich denke an das Prager Zimmer des Golem, dessen Fenster zwar jeder sehen konnte, dessen Tür aber niemand fand. Das Museum ist offen. Aus aller Herren Länder haben die Juden ihre Handwerke, ihre Fertigkeiten, ihre Formensprache mitgebracht – dafür kann man hier wunderschöne Zeugnisse sehen. Seidenweberei, Gold- und Silberschmiedearbeit, Druckkunst. Das Haus, in dem das Museum untergebracht ist, drückt sich halb in den Schatten, es ist klein und unscheinbar. Der Platz ist heiß und still. Neun Bäume stehen darauf, noch ein eisenverschlossener Steinbrunnen, eine Telefonzelle, drei Andenkenläden. In Deutsch machen wir keine Führung, sagt die junge Frau, die die Eintrittskarten zum Museum verkauft.

Hier, im selben Haus, ist auch die Deutsche Synagoge. Als ich zum erstenmal danach suchte, vor Jahren, wollte ich das nicht glauben – wie sollen all die Räume in ein so unscheinbares Haus passen? Des Golems Zimmer: ... und durch eine kleine Tür im oberen Geschoß quetschen sich die Besucher in die Pracht der Deutschen Synagoge. Im Ghetto von Venedig sind alle Synagogen im Obergeschoß der Gebäude – Gott näher, wie einer der Studenten sagt, die das Trüppchen stiller Fremder von Synagoge zu Synagoge führen. Und die Frauen auf der Galerie seien Gott am allernächsten! Diese Deutsche Synagoge gilt als die reichste und schönste, sie war auch die erste und ist von aschkenasischen Juden erbaut worden.

Die Gottesnähe – die ja gleichzeitig Menschenferne und den Wunsch nach Verborgenheit bedeutet – hatte wohl ihren Preis. Der Terrazzoboden ist ganz schief, eine gefährlich aussehende, dafür aber königlich glänzende Schräge. Die Statik hat das Gewicht des Baus nicht ausgehalten, so mußte man das Heiligtum an der Stirnseite des Raumes aufbauen anstatt, wie üblich, in der Mitte. Für ein jüdisches Gotteshaus sind die goldenen Wände und die Ornamente fast zu prächtig, Glanz wird man auch in den anderen Synagogen sehen können. Selbst die frömmsten Juden wollten wohl im von heftigen Veränderungen, Vermischungen – auf der engen Fläche des Ghettos lebten mehr als ein halbes Dutzend Nationen – und Abgrenzungen geprägten sechzehnten und siebzehnten Jahrhundert ihre nationale Zugehörigkeit stolz und selbstbewußt an ihren Gotteshäusern zeigen.

Von der Italienischen Synagoge sieht man seit Jahren nur die fünf verschlossenen Fenster und das kleine Kuppelchen auf dem Dach. Sie werde restauriert, heißt es, das ist in Venedig immer ein schwieriges Kapitel. Wohin mögen die vielen Unesco-Millionen wohl gesunken sein, die man zur Rettung der Serenissima schon gesammelt und hingeleitet hat? Aber das ist eine andere Geschichte, und es ist tröstlich, in der restaurierten und vor fünf Jahren fertiggestellten Canton-Synagoge zu erfahren, daß ein bißchen von dem Geld wohl doch an die richtige Stelle gesickert war. Nach der Führung sagt allerdings der

Guide und grinst, die ganze Restaurierung sei »for a special marriage« unternommen worden. Deswegen sei man auch ganz unitalienisch schnell fertig geworden damit, denn das geradezu märchenhaft reiche Brautpaar habe nicht bis in sein Greisenalter mit der Hochzeit warten wollen. Die Scola Canton, nur drei Jahre nach der Deutschen Synagoge im Jahr 1531 erbaut, hat eine Besonderheit: In den Veduten an den Schmalseiten des Raums erkennt man bildliche Darstellungen aus dem Alten Testament, für ein jüdisches Gotteshaus ist die bildliche Darstellung eigentlich verpönt. Aber in diesen fünf »dem Himmel nahen« Synagogen, den »Scole«, ist alles ein bißchen anders als in anderen. Auch diese haben aschkenasische Juden erbaut, der Name Canton wird auf die Stifterfamilie zurückgeführt. Ihre Säulen sehen aus wie goldene Weinstöcke, und an Wänden und auf dem Boden ist jener spezielle »venezianische« Marmor üppig verwendet, der eigentlich aus einem besonders bearbeiteten Gipsgemisch besteht und hier erfunden wurde, weil die Steuern für echten Marmor so hoch waren.

Die Gotteshäuser, die man als Tourist anschauen darf, strahlen durch die Farben, das Gold und die Form der Räume eine Art heitere, aber auch feierliche Geborgenheit aus. Es ist dennoch nicht möglich, sich ohne Bedrücktheit in ihnen zu bewegen. Die Flucht aus der jüngsten, noch blutenden Geschichte in die ältere, deren Ängste unter den Farben ihrer kulturellen Vielfalt verschwunden sind, ist unmöglich.

Ich versuche, mir die legendären Gestalten des

Ghettos hier vorzustellen, vor allem die Dichterin Sara Coppio Sullam, die Anfang des siebzehnten Jahrhunderts im Ghetto einer Art literarischer Akademie vorstand. Sie unterhielt einen berühmten Briefwechsel mit einem Genueser Dichter und Übersetzer, Ceba, den sie abbrach, als ihr Briefpartner, der sie nie gesehen hatte, sie zum christlichen Glauben bekehren wollte und dies als den Hauptsinn seiner Briefe zu erkennen gab. Auch an einer anderen Front kämpfte sie mit der Feder, mutig und erstaunlich modern, wie man aus den nicht sehr vielen erhaltenen Texten schließen kann. Wie mag es zugegangen sein in der Enge der Ghettogassen, in denen zur volkreichsten Zeit mehr als fünftausend Menschen gelebt haben sollen und die man in kurzer Zeit durchmessen kann? Gedränge? Gondeln? Die waren den Juden verboten, dann zwischendurch durch andere Dekrete wieder erlaubt.

Die Dichterin Sara, die als blond, sehr hübsch und zart beschrieben wird, wußte, was sie schrieb, als sie ihrem Kontrahenten Baldassarre Bonifacio auf seine Anwürfe antwortete: »Um jeden Zweifel, was meine Einstellung angeht, auszumerzen, müßte letztlich mein Bekenntnis zum Judentum genügen, denn wenn ich das glauben würde, was Ihr mir ankreidet, und daher nicht fürchten würde, die Seligkeit im anderen Leben zu verlieren, hätte es mir nicht an Gelegenheiten gemangelt, die Religion zu wechseln, um meine Lage zu verbessern; das können viele hochgestellte Persönlichkeiten bezeugen, die es unentwegt versuchten.« Bonifacio hatte die Dichterin, deren

Akademie er früher als ihr Bewunderer frequentiert hatte, bezichtigt, die Unsterblichkeit der menschlichen Seele zu leugnen. Das war ein Vorwurf, der zur damaligen Zeit nicht nur für Juden lebensgefährlich werden konnte. Sara starb 1641 »am Fieber«, wie es lakonisch heißt. Vorher stand sie noch mehrmals im Mittelpunkt von Affären, an denen sie wohl keine Schuld trug; ein farbiger Reigen von Betrug, Diebstahl, Eifersüchtelei und Eitelkeiten muß sich um sie gedreht haben.

Sind Gestalten wie sie im Ghetto noch »sichtbar«? Oder aber die großen Rabbinerpersönlichkeiten, die Wissenschaftler, Gelehrten, Ärzte und Künstler, deren sich die Republik Venedig immer wieder bediente, von denen sie profitierte, ohne ihnen zu vertrauen und ohne sie letztendlich zu achten? Es ist schwer, an diesem fast menschenleeren, grauen und stillen Platz sich überbordendes Leben vorzustellen, das ja nicht nur Bedrängung hieß, sondern auch gegenseitige Steigerung, Diskurs, Elitebildung. Den jüdischen Glauben beizubehalten bedeutete immer Kampf und Rechtfertigungsnot, auch Demütigung – zugleich die trotzige Erinnerung an das Auserwähltsein. Nein, der Fremde kann die Stätte nicht beleben. Und doch ist sie nicht erstorben. In einem der kleinen Souvenirläden gibt es ziemlich alles, was man kennt, bronzenes, stöffernes, falschsilbernes Erinnern – alles sind jüdische Symbole. Der Stern und die Menora, kleine Thorarollen, Mesusen und sogar winzige Rabbis mit Schläfenlocken aus Muranoglas.

Viele amerikanische Juden kämen, erzählt die Inhaberin des Ladens, die sich als Geschichtskennerin und nebenberufliche Buchhändlerin des Ghettos entpuppt, die Amerikaner würden ja immer in Europa nach sich selbst suchen. Und die kaufen die kleinen Glasrabbis? frage ich. Die Händlerin lacht.

Warum denn bei ihnen immer alles anders sein solle, fragt sie zurück und erklärt nicht genau, wen sie meint. Ja, das alles werde gekauft. Und das auch! sagt sie und deutet auf ein Bild, wo ein kleiner orthodoxer Junge und ein Palästinenserjunge einander umarmen.

Es wird schon ein bißchen dämmerig am Ghetto Nuovo, und ich schaue die vielen Tafeln über den trockenen Goldkränzen mit den Schleifen und den Glaskügelchen an. Gedenkzeit ist immer, jeden Tag, hier gewiß, auch wenn es sich sehr lautlos vollzieht. Eine lange Inschrift an der Spanischen Synagoge ist dem letzten Rabbiner der Gemeinde gewidmet, der bis zum Ende, 1945, hier amtierte. Der »Maestro e Martyre Israele Adolfo Ottobuchi« hatte das Amt seit 1919 innegehabt. Man gedenke, heißt es, seiner in Dankbarkeit und Verehrung. Neben dem jüdischen Altersheim ist die Gedenkstätte für die deportierten Juden Venedigs. Wie fast alle Gedenkstätten sieht sie hilf- und harmlos aus. Eine Art Klagemauer mit sieben Bronzedarstellungen, sieben Reihen Stacheldraht auf der Mauer heben sich zart und unbedrohlich vom nachmittäglichen Himmel ab. Die Fassade des Altersheims scheint mehr Geschichten zu erzählen als die Gedenkstätte. Natürlich muß sie hier sein, vielleicht muß sie auch so aussehen. Die Gestalten des Ghettos, die geschichtenreichen Bewohner der knapp dreihundert Jahre, in denen das Ghetto, es fällt nicht leicht, zu sagen, blühte (aber genau das scheint es getan zu haben) – diese Gestalten verblassen jetzt hinter den Zeichen der nicht vergangenen Geschichte. Zwei Synagogen von den fünf dienen noch ihrem Zweck, die Spanische – von sephardischen Juden erbaut – im Sommer und die Levantinische – von den griechischen Juden errichtet – im Winter. Das ist eine einleuchtende Lösung, denn die eine kann geheizt werden, die andere nicht.

Die Levantinische kann auch besichtigt werden, Namensschilder an den Plätzen machen sie ganz lebendig, gleichsam alltäglich. Die Vorhänge an den Fenstern haben die Farben der Wüste, Rot und Gelb. Es würde lang dauern, die Symbolsprache dieser Synagoge lesen zu lernen, denn die levantinischen Juden lieben Anspielungen auf die Kabbala, Zahlenzeichen und Umschreibungen. Können Sie die Zehn Gebote hier finden? fragt die Fremdenführerin – keiner kann. Sie werden dargestellt durch zehn koschere Kerzen, die zum Gottesdienst angezündet werden. Wenn man es weiß, ist es ganz einfach. Wirklich in die Kabbala einzudringen – man könnte in dieser Synagoge damit anfangen – ist kaum möglich. Wahrscheinlich verstehen wir in unserer säkularisierten Welt gar nicht mehr, was es bedeutet hat, dem Plan des Schöpfers, seinen Ordnungen und Geheimnissen voller Demut nachzuforschen.

Es ist Freitag abend, mitten im Sommer. Also wird

der Gottesdienst um halb acht in der Spanischen Synagoge stattfinden. Ich will nur von weitem schauen, mitbekommen, wie nach und nach die kleinen Läden geschlossen werden. Die Bäckerei, der Bilderrahmenmacher, die Souvenirhändlerin, der Silberschmied. Es wird ruhig.

Die Fenster der Spanischen Synagoge werden ein wenig hell, zwei Polizisten nähern sich langsam und gelangweilt von der Vaporettostation. Von dort kommen auch junge Männer in dunklen Anzügen, Mütter mit ihren Söhnen, zwei sehr eilige Damen. Während man sich im unteren Vorraum versammelt, lacht und ein bißchen was erzählt (wahrscheinlich, was während der Woche so war), entziffere ich die Tafel, die hier hängt. Sie ist furchtbar leicht zu übersetzen: »Zweihundert Juden von Venedig / Achttausend Juden von Italien / sechs Millionen Juden von Europa / Gejagt, gefoltert, unterdrückt / erinnern an die bitterste Beleidigung / Jeder menschlichen Zivilisation / erinnern alle Menschen / An Gottes Heiliges Gesetz / An den Geist von Brüderlichkeit und Liebe ...«

So steht es da. Die Synagogenbesucher werfen keinen Blick darauf. Damals, vor kurzer Zeit, die mir jetzt sehr lang vergangen scheint, unterhielten sie sich leicht, heiter, mit viel Gelächter. Die Kinder hatten ein neues Spielzeug, eines von diesen blödsinnigen Spielzeugen, die man plötzlich in ganz Venedig sehen kann, drei Tage später verschwinden sie wieder für ganz andere. Damals, im vergangenen Sommer, sausten die Kinder alle herum mit Fußketten aus Plastik, an denen Riesenkugeln hingen, wie bei Gefangenen im Witzblatt. Jetzt werden sie damit bestimmt nicht mehr herumhopsen. Und die Gespräche am Sabbat-Abend werden jetzt anders klingen.

Es ist halb acht. Zwei Amerikanerinnen versuchen, in letzter Minute noch die Spanische Synagoge zu besichtigen, wer weiß, vielleicht wollen sie sogar einen veritablen Gottesdienst besuchen – aber das verwehrt man ihnen. Sie werden höflich abgewiesen und wandern langsam über den leeren Platz davon. Zeit für alle Fremden, nach Hause zu gehen.

Eine venezianische Oper: Das Hotel Fenice

Möglicherweise erkennt man im Aufwachen nicht gleich, daß es Verdi ist, der einem aus ganz verschiedenen Richtungen, aufgeteilt in verschiedene Instrumente und Stimmen, ins verschlafene Ohr dringt. Es scheint auch, daß zur gleichen Zeit zwei verschiedene Opern zur Aufführung gelangen, eine unten auf der Straße, eine andere irgendwo oben am Firmament. Langsam verschwindet die eine Arie um eine imaginäre Ecke, ein Cello keucht, dann ist es still, und der Hotelgast des Fenice sucht sich zu orientieren. Eingeweihte Gäste (und es scheint so, als gebe es nur die, aber das, wie wir bald sehen werden, trügt!), eingeweihte Gäste also wohnen in den Dachzimmern des Hotels, im Geschachtel der Treppchen und Dachgärtchen, wo die Vögel noch eine andere zu den Dutzenden von Melodien fügen und Eidechsen in zarten Bögen die Begrenzungsmäuerchen schmücken. Eine neue Wolke von Musik umhüllt das Hotel. Unten, an der schwierigen Biegung des schmalen Kanals, wiederholt ein Gondoliere noch mit morgendlich aufgerauhter Kehle immer dieselbe Passage, es könnte aus dem Troubadour sein, genau weiß ich es nicht, ich bin noch neu hier. Aber was vom Probenraum des fast ans Hotel gelehnten Teatro Fenice herunterklingt, ist eindeutig Traviata.

Die wahren Mauern des Hotels Fenice sind die Musik, nicht seine aprikosenrosa rauhe Fassade. Seine richtigen Hotelgäste sind jene ein wenig feisten, heroisch auf Autogrammpostkarten posierenden Damen und Herren, die sich im Gästebuch finden, welches wiederum feierlich aufgeschlagen wie eine Partitur auf einem Pult an der Rezeption liegt. Auch die Portiers scheinen einer Oper entstiegen, ein verschmitzter, zu Ratschlägen und Hilfestellungen aller Art fähiger, ein Buffone am Tage und des Nachts ein Melancholiker, hohlwangig und düsteräugig, der sich die abendlichen Erlebnisse der Gäste oder die haarsträubenden Probenabenteuer der eigentlichen Gäste, der Artisten, anhört. Kafka sei sein Lieblingsdichter, sagt er traurig, und wir vertreiben uns ein paar nächtliche Minuten mit der unlösbaren Frage, warum denn der arme Kafka auch schon in Italien als Hausgott der Trauerklöße herhalten muß, was er doch gewiß nicht verdient hat.

Das Fenice: Nachts ist es unheimlich, durch die staubigen und prunkvollen Gänge zu gehen, wer weiß, welche leise singenden Gespenster aus den stoffbezogenen Schränken und den geschnitzten Truhen kriechen. Das Hotel zehrt von seiner Vergangenheit, es stellt sie aus, aber nachlässig. Vom Erdgeschoß bis zu den Dachgärten führt es die ein wenig verdächtigen Fertigkeiten längst dahingegangenen Handwerks vor. Marmor ist nicht Marmor, Gobelin nicht Gobelin, Maroquinleder nicht einmal Leder: Und dennoch ist durch die Patina der Benutzung, durch die vielen Spuren kunstsinniger

Hände eine andere, gleichsam echtere Echtheit entstanden.

Auf dem wirklichen Marmor zum Beispiel lagen hohe Steuern, so bearbeiteten Venedigs Bauhandwerker einen Gips derart, bis er den weichen, empfindlichen Glanz und die schönen Sprenkel des echten Marmors perfekt zeigte. Und als es diese Steuern nicht mehr gab, ging es einfach weiter mit dem venezianischen Marmor. Er bildet die kassettierten Wände des Treppenhauses, durch die halboffenen Türen sieht man wilde Farben. Jedes Zimmer ist anders. Theatervorhangrot und Blumenwände wie Kulisse, aristokratisches Grün, Damenzimmer, Herrenzimmer, Jungmädchenzimmer, Zimmer für Liebende. Oder? Eigentlich haben Liebende in Venedig nichts verloren, sie brauchen die Stadt nicht. In Venedig machen Paare Station, die sich an etwas erinnern, etwas Silhouettenhaftes, Dahingeschwundenes. Deshalb schauen sie alle schweigend und ein wenig traurig vom Bug des Vaporetto auf die zarte, graue Silhouette der Stadt. Wir korrigieren also: Die Dekoration der Zimmer ist nicht für Liebende gemacht (gelegentlich sich ins Fenice Verirrende wird man dennoch nicht abweisen, und ihnen sei besonders das Zimmer 406 empfohlen, ganz oben, nur von Tauben und Schwalben gestört) – nein, diese Dekorationen sind eine Fortsetzung der prunkvollen Bühne des Fenice nebenan. Und es sind hart arbeitende, sich allabendlich zur Schau stellende Menschen, die im Hotel Fenice logieren und ein wenig bunten Pomp mit in ihren kurzen Schlaf nehmen.

Morgens, beim Frühstück im winzigen Innengärtchen, an den Mauern glänzt der Efeu noch feucht von der Nacht, hockt wie zum Beweis eine mürrische Gruppe von spanischen Tänzerinnen und Tänzern. Am Abend zuvor hatte man das Regengeräusch des heftigen Beifalls bis auf den kleinen Platz hinaus gehört, und jetzt sitzen sie leibhaftig da, an den kleinen Tischen, zerkrümeln die Brötchen und rauchen beim Essen. Die Mädchen sind ungeschminkt und tragen untertassengroße Ohrringe, sie gehen mit auswärts gedrehten Füßen von Tisch zu Tisch, sie regnen immer noch Krümel und scheinen mit dem ganzen Körper zu sagen: Tagsüber muß ich nicht schön sein, seht mich abends an, dann werdet ihr euch wundern! Ein paar eingeschüchterte Amerikaner machen Stielaugen und wagen nicht aufzumucken, als das Ham and eggs wie Suppe aussieht. Bühne, wohin man schaut.

Auftritt Choreograph. Der hat einen Tönnchenbauch unter einem rosa T-Shirt und Öllocken im Nakken, aber seine Tänzerinnen flattern hoch wie die Tauben auf dem Markusplatz, und die Amerikaner sind glücklich über das kleine Theaterstück zum Frühstück. Dies ist das Geheimnis des Fenice, die Abfolge von kleinen Inszenierungen aufrechtzuerhalten, obwohl die ganz großen Stars woanders wohnen, in den hochnäsigen Grittis und Danielis und natürlich im Cipriani, das weit weg ist vom schönen Phönix-Theater. Fenice, der Phönix. An der fruchtfleischfarbenen Außenwand sind links und rechts vom Eingang des Hotels kleine Marmorreliefs angebracht, die den feuergeborenen Vogel darstellen sollen. Was drauf ist, sieht aber eher aus, als erhöbe sich eine Gans aus einem Salatbeet.

Im Foyer Koffer über Koffer, das spanische Ballett macht einem Gitarrenorchester Platz. Nein, die ganz großen Größen kommen, mit wenigen, traditionsbewußten Ausnahmen, nicht mehr. Svjatoslav Richter war unlängst da, das Gästebuch aber wird glanzvoller, je weiter man sich in die Vergangenheit zurückblättert. Das Etablissement Fenice ist, jedenfalls mit seiner Urzelle, dem Haus, schon vor hundertvierzig Jahren erwähnt worden. Genau gesagt, hatte nur der wunderliche Zustand der Gebäude Aufmerksamkeit erregt, denn in den Mauern stecken mächtige Kanonenkugeln, das vermerkte schon 1869 die *Gazetta de Venezia* am 11. August. Die Kugeln kann man immer noch anschauen, aber woher sind sie gekommen, und gegen wen sind sie denn abgefeuert worden? Gibt es einen geschichtskundigen Patron, der die vielfältigen Geheimnisse des Hotels »La Fenice« lüften könnte?

Zunächst sieht es so aus, als gebe es überhaupt keinen Patron, hier geht es zu wie in einer uralten En-suite-Inszenierung, bei der alle vor sich hin spielen und keiner den Regisseur vermißt. Habt Ihr ihn in den vergangenen Jahren mal gesehen? Macht nichts, es geht auch so. Signora, ja, eigentlich wollte er heute kommen, nein, gestern schon, aber was wollen Sie wissen? Die Kanonenkugeln? Ach, die. Im Fenice probieren sie Tschaikowsky, hören Sie? Es wird eine wunderbare Freilichtaufführung geben und dann eine im Theater. Wollen Sie Karten? Es ist gar nicht notwendig, alles so genau zu wissen. Immer wieder öffnet sich ein Zimmer beim Vorbeigehen, öffnet sich wie von selber und gibt den Blick auf neue Bühnenbilder frei. Vielleicht haben die Stukkateure und Dekorateure, die Schneiderinnen und Waffenmeister des Theaters für die Inneneinrichtung gesorgt? Und die Stücke sind von Dumas oder D'Annunzio. Der war auch hier. Aber wann genau? Und hat hier ein Akt seiner schrecklichen Geschichte mit der armen Eleonora Duse gespielt? Seltsamerweise interessieren mich diese staubigen, damastenen Geschichten mehr als die Frage, ob das Essen in der noch immer existierenden »Taverna Fenice« etwas taugt.

Sie sieht sehr fein aus, ein bißchen zu fein, und nichts erinnert an die ersten kulinarischen Genüsse, die laut den alten Zeitungen hier vor hundert Jahren angeboten wurden: kaltes Fleisch und Käse, Grappa aus Friaul, eine berühmte Suppe aus Bohnen und Kutteln und – für die sehr treue jüdische Kundschaft – koschere Spezialitäten. Die Namen der Köche und Köchinnen werden respektvoll vermerkt. Alles läßt darauf schließen, daß es ein bäuerlicher Boden war, auf dem dann die Künste wuchsen. Wer viel singt, muß gut und kräftig essen, man sieht es noch immer den Herrschaften im Gästebuch an. Nein – daran erinnert die »Taverna« nicht mehr. Nur das Haus selber, das Hotel, hat trotz seiner üppigen Dekoration etwas Bodenständiges behalten, es sieht aus, wie sich ein Bauer die große Pracht vorstellt. Es ist heiß, es ist sogar schrecklich heiß in Venedig. Die Fensterläden sind geschlossen, die Reisegrüppchen schleppen sich erschöpft hinter ihren Guides durch die Gassen, heben kaum den Kopf nach den Papierblumen und japanischen Schirmen, die als Gruppenzeichen geschwenkt werden. Auf der kleinen Piazza San Fantin vor dem Hotel liegen die Katzen wie überfahren auf den Steinen, obwohl doch Venedig die einzige Stadt ist, in der ihnen gerade das nicht passieren kann.

Das Hotel schläft tief, nur die Klimaanlage spielt Trommelwirbel, die man gedämpft vom Dach hört. Auf den Betten, allein in Gesellschaft der bauchigen Kommoden und bemalten Schränke, werden die wenigen vernünftigen Hotelgäste liegen und versuchen, nicht auf die Plüschvorhänge zu schauen, weil einem davon noch heißer wird. Nebenan, im Theater, probieren sie die 1812 von Tschaikowsky. Man riecht den bedrohlich faulen Dunst der Kanäle, Algen seien das, hat der Buffone-Portier gesagt, umgekippte Algen! Nicht Gift und Dreck und Schlamperei. Algen also – es ist zu heiß, um wütend zu werden. Nebenan beginnen sie mit der Marseillaise, immer wieder die Marseillaise von Anfang an, und noch einmal »Allons, enfants de la patrie ...«, und immer bei patriiiii – patzt er. Das wird man sich anhören müssen, feststellen, wie es weitergeht. Im Bad, im weiß gekachelten Bad unter viel kaltem Wasser, ist es auszuhalten. Oder in der Bar, die unten hinter dem Empfang träumt und sicher auch Hemingway gefallen hätte. Wie alle guten italienischen Bars sieht sie ein bißchen amerikanisch aus, mit kühlem Steinfußboden und tiefen Sesseln. Sie träumt, aber sie kann ganz unversehens explodieren, wenn sich nur die richtige Gruppe zusammenfindet. Von irgendwoher kommt dann auch plötzlich ein Barkeeper, den man nie vorher gesehen hat, und der im Halbdunkel verborgene Gast, der nicht dazugehört, hat sich noch nie vorher so geärgert, daß er nicht Italienisch kann. An den Wänden hängt bunte Kunst. Eine ganz große Künstlerin sei das, sagt der melancholische Nachtportier später, wirklich, eine ganz phantastische Signora. Er erwäge, ein Bild zu kaufen. Ob man das nicht auch wolle? Es ließe sich da vielleicht etwas machen ...

Und immer noch: kein Regisseur. Alles klappt, die Zimmer werden pünktlich und schnell in Ordnung gebracht, die wunderbaren, altmodischen Waffelhandtücher (die besten und angenehmsten Handtücher der Welt) hängen jeden Tag in angenehmer Menge frisch im weißen Bad, die Sonne wird ausgesperrt und der Morgenschlaf nicht durch Staubsauger unmöglich gemacht – kurz, alles, soweit man sehen kann, wie es sich gehört. Aber kein Patron. Ob es gar keinen gibt? Ob jener Enrico Zoppi, der »Seemann und Sohn eines Seemanns«, eines Tages »groß, blond und dick« sich in die Wirtstochter verliebt hatte und 1907 ein sehr erfolgreicher Patron wurde – ob er immer noch das Heft in der Hand hält? Von ihm heißt es, daß er das Geheimnis des guten Gastwirts wußte: Es geht nicht nur darum, den Menschen zu essen und trinken zu geben – sondern ihnen freie, entspannte Stunden, Ruhe, Unabhängigkeit und Intimität zu vermitteln. Drei Dogmen galten für sein Haus:

Gutes Aussehen, gute Küche, gute Preise. Das sind, bis auf den letzten Punkt, einleuchtende Prinzipien, die »guten Preise« allerdings sind so eine Sache – gut für wen? Doch wir wollen konstatieren, daß das Fenice, gemessen an den venezianischen Phantasiepreisen, eine durchaus erträgliche und angemessene Adresse ist. Wie im benachbarten Theater: Man bekommt etwas für sein Geld. Theaterdonner und Theaterzauber, ordentliche Kulissen und ordentlichen Belcanto, nicht diese unangenehme moderne Kargheit, bei der man nicht weiß, was sie eigentlich soll. Ein wenig ist doch noch von Zoppis und seiner Patronin Elisa propagierten schweren, sättigenden Küche übriggeblieben, im übertragenen Sinn. Hier bezahlt keiner eine halbe Million Lire für einen wagenradgroßen, silbernen Teller, auf dem sich ein paar halbrohe Gemüsekügelchen fürchten. Verdi! Rossini! Und in Rot und Gold verpackt, wie man es sich insgeheim nie aufgehört hat zu wünschen. Bohnensuppe mit Kutteln! Der unermüdlich in der Hitze des Tages probierte Tschaikowsky drängt zur Aufführung, man hat es – in die Geschichte des Hauses vergraben – fast vergessen, auch die Hürde über das Patriiiiiiii- scheint genommen. Abends ist es soweit, die erste Aufführung in einer Chiesa auf dem Lido, ein langer Weg, aber das ist es wert. Sind wir doch in diesen Tagen den Orchestermitgliedern nah gewesen, als gehörten wir zur Familie, alle Unsicherheiten, ja, auch die Ermüdung und Verbitterung, die zur Pflege der Musik und zu ihrer größtmöglichen Vollendung gehören, sind uns nicht fremd geblieben.

So macht sich ein Grüppchen auf den Weg zum Vaporetto, um die Früchte der Arbeit in den Proberäumen des Teatro Fenice mit zu ernten. Auch Musiker mit ihren Instrumentenkoffern gehen durch die heißen Gassen zur Anlegestelle, das Gefühl der Zusammengehörigkeit verstärkt sich. Braungelb ist der Himmel über der Lagune, und ein Wind kommt auf, eigentlich schon ein Sturm. Auf dem Lido fühlt man sich meilenweit von Venedig entfernt, wie in einem ganz anderen Land. Der Weg zur Chiesa zieht sich, ein Bus fährt die Musiker an uns vorbei. Der Wind nimmt zu, eigentlich ist es ein Sturm, Sehnsucht packt alle nach dem kleinen Platz mit dem gemütlichen Theater und dem verläßlichen Hotel. Aber was nützt das? Die Kunst soll überallhin getragen werden, das haben sie jetzt davon. Der weite, offene Hof der Kirche füllt sich mit Menschen, die Damen halten ihre Schals und ihre Frisuren fest, und den Geigern drohen die Bögen davonzufliegen. Das Orchesterpodium ist mit rotem Samt verkleidet, den der Sturm in dramatische Bewegungen versetzt, jetzt wickelt er ihn ums Dirigentenpult. Alles ist gespannt, mit welchem Gerät die für 1812 nötigen Kanonenschüsse erzeugt werden. Oder hat man sich himmlischer Hilfe versichert? Die Gewitterfarben des Himmels, die hohen Wellen auf der Lagune lassen alles erwarten.

Zweimal haben sie dann angefangen. Zweimal hat der Dirigent das Pult ausgewickelt, die Musiker hatten auf ihn und nicht mehr nach oben geschaut, zweimal rauschte die Musik los und übertönte den Sturm, und dann kam der Regen. Er spülte und schwemmte alle weg, Künstler und Publikum, Frisuren und Instrumente, und alle machten sich naß und gemeinschaftlich wieder auf den langen Weg, zurück in die Sicherheit des kleinen Platzes San Fantin. Im Fenice, im Teatro könne man die Karten benutzen, rief man uns noch nach. Wie all die Leute ins Fenice paßten, habe ich leider nicht mehr herausbekommen, auch nicht, ob bei der endgültigen Aufführung das »Patriii ...e« ohne Patzer die Revolution verkündet hat. Da war ich schon wieder weg, und ich hätte doch gar nicht ins Theater zu gehen brauchen, sondern oben, auf der Terrasse des Zimmers 406, in Gesellschaft von Eidechsen und Schwalben dem etwas gedämpften Musik- und Kanonendonner zuhören können. Dieses Zimmer 406 – eigentlich ist es das am wenigsten bühnenbildhafte von all den Zimmern, die ich gesehen habe. Sein Bühnenbild hat es vor den Fenstern, die Dächer von Venedig und den schiefen, strengen Turm von San Michele, an dem die Mondsichel angelegt hat wie ein Boot. Wir sagten es schon: Liebende brauchen Venedig eigentlich gar nicht. Aber wenn das Leben mal eine Flitterwoche wünschenswert erscheinen läßt, ist hier kein schlechter Ort dafür.

Vorbei der Sturm von 1812, vorbei die dämonische Hitze, alles ist wie gebadet, und die Kanäle duften fast unschuldig. Sehen Sie, Signora, sagt der Buffone, schon weg, die Algen! Wie gern glauben wir den Lügen, hier noch mehr als anderswo, denn in Venedig gibt es überhaupt keine Wahrheiten. Als ich ein Kind war, konnten die Erwachsenen mich ganz verrückt machen mit ihren Geschichten von der versinkenden Stadt. Ich war nicht sicher, ob sie noch so lange aushalten würde, bis ich sie besuchen könnte. Darüber hat die Klientel des frühen zwanzigsten Jahrhunderts sich sicher wenig Sorgen gemacht. Zoppi, Elisa, ihre Schwester Amelia »verfeinerten und erweiterten die Kundschaft«. Rechtsanwälte und Journalisten verkehrten wie die Künstler in der Taverna – und die »Politischen«. Es waren venezianische Nationalisten, die im Fenice ihren ständigen Treff hatten.

Vor dem Ersten Weltkrieg hatte sich hier ein kleiner, aber wichtiger patriotischer Stammtisch formiert, Namen, die mit Respekt genannt werden und die bei uns heute niemand mehr kennt. Sie waren leidenschaftlich für die Neutralität Italiens, aber was helfen schon Stammtische? Und so wurde Italien Kriegsteilnehmer und auch der Patron Zoppi. Ihm ist, im Gegensatz zu seinem Land, nichts geschehen, und was bis dahin Trattoria Zoppi hieß, soll dann Gabriele D'Annunzio in Taverna La Fenice umgenannt haben. Da ist er denn doch noch aufgetaucht, der kleine gallo mit seinem martialischen Gehabe, seinem schwülen Geschmack und seinen nationalistischen Abenteuern. Ganz genau ist seine Rolle nicht mehr herauszufinden, aber es hatte schon die ganze Zeit ein bißchen nach ihm gerochen. In seinen Romanen liebt er es, Zimmereinrichtungen bis in den kleinsten Faltenwurf hinein zu beschreiben, all die chinesischen Vasen und ägyptischen Plastiken, die Pfauenfederwedel und Seidenkissen – nein, so schlimm ist das Fenice nicht, es ist schön und theaterhaft, ich sagte es schon. Es wird ihn an dem Ort auch weniger sein innenarchitektonischer Ehrgeiz gehalten haben. Große Zeiten? Denen muß man mißtrauen, besser ist es, sich mit den wirklich ewigen Werten wie der Gastfreundschaft, dem Wein und der Küche auseinanderzusetzen. Das wird er auch gewußt haben, der vielgerühmte Patron Zoppi, von dem überliefert ist, daß er kein richtiger Koch gewesen sei und nicht eine einzige Sauce erfunden habe – aber – seine Bohnensuppe! Die zartesten Aristokratinnen sollen sich Nachschlag geholt haben! Im Gästebuch der zwanziger Jahre wird sie als »sympathischste und wirksamste Medizin« bezeichnet.

Ah, das Gästebuch! Am zweiten Juni 1923 hat einer hineingeschrieben »Viva Venezia« – ein wenig einfallslos, sein Bruder jedenfalls hatte sich geschämt und dazugeschrieben: »Venezia – e Zoppi!« – dieser Bruder hieß Arnaldo und der einfallslose Pathetiker Benito Mussolini. Es gab angenehmere Gäste, nehmen wir an, daß auch der damalige Patron sich über Lehar und Kalman, Mascagni und Robert Stolz mehr gefreut hat. Das Gästebuch! Der unberühmte Hotelgast linst jeden Abend, ob auf dem Stehpültchen ein neues Blatt aufgeschlagen ist, ein neues schwarz-weißes Gesicht herauslächelt oder ein Programmzettel zeigt, wer gerade wieder nebenan seine Kunst zu Gehör bringt. Nach der Tschaikowsky-Katastrophe – die Ersatzaufführung wird immer weiter verschoben – haben wir Glück. Blond, lange Haare, sieghafter Blick und vorgerecktes Kinn. Den Namen haben wir zwar noch nie gehört, ein amerikanisch klingender

Name, aber wir sind ja auch nur andächtige Laien und keinesfalls solche Experten wie der Buffone-Portier, der uns zu verstehen gibt, es handle sich um eine große, eine ganz große Künstlerin. Was für ein Gefühl, unter dem gleichen Dach schlafen zu dürfen, vielleicht wird sie ja ein bißchen üben. Sie tut es nicht, sie bleibt verschwunden, auch beim Frühstück im Gärtchen läßt sie sich nicht sehen. Woraus ich denn eigentlich schlösse, daß es sich bei der überaus blonden Dame um eine Sängerin handle, fragt mein unromantischer Begleiter. Das sieht man doch, sage ich. Zwar hat auch der Portier nur von einer Künstlerin geredet, mehr im allgemeinen, aber ich lasse mir die Sängerin nicht nehmen.

Es ist nur ein ganz kurzer Weg vom kleinen Platz, der alles beherbergt, was der Mensch braucht – ein Theater, ein Hotel, eine Kneipe und eine Kirche –, nur ein paar Minuten also geht man zur Piazza San Marco, jenem schönsten Wohnzimmer der Welt. Oder auch er eine Bühne? Vielleicht noch eher, das Billett für einen guten Platz kostet an die zehn Mark und wird von mürrischen Kellnern in Gestalt eines winzigen Täßchens Espresso ausgehändigt. Aber man muß einfach da hingehen und zuschauen, welches Stück gegeben wird. Kundige (dazu zählen sich alle, die zum zweitenmal in der Stadt sind) nehmen mit einem Logenplatz auf der Piazetta vorlieb, wo der Eintritt etwas günstiger ist, wo es aber statt zweier Orchester nur einen Pianisten gibt. Nein, heute ist etwas anders, es ist voller als sonst, und die schweigenden Paare, die sonst aufgereiht wie im Kino auf die

Fassade vom Dogenpalast starren, haben ihre Stühle umgedreht und schauen zum Pianisten, der mit einer kichernden Blondine verhandelt. Das ist sie doch, sagt mein respektloser Begleiter, sieht aus, als ob sie wirklich singen will. Und da legt sie schon los, so daß der Pianist, aufgeschreckt wie ein Droschkenpferd, das plötzlich ein Rennen laufen soll, kaum hinterherkommt. Sie singt Verdi und Puccini auf italoamerikanisch, die Stimme ist gar nicht schlecht, und die Leute freuen sich. Aus der Art, wie sie zwischen den einzelnen Arien kichert und gluckst und den ganz betäubten Pianisten anflirtet, kann man schließen, daß sie sich für den Auftritt vor einem so großen Publikum ein bißchen Mut angetrunken hat. Nun verläßt sie erleichtert das klassische Repertoire und singt »My bonnie is over the ocean«, was den Pianisten endgültig verwirrt.

Später erzählt die Amerikanerin, selbstverständlich sei sie Sängerin, im Christian Science-Chor, aber jetzt müsse es irgendwie endlich losgehen mit dem Berühmtwerden, sie habe sich schon mal Autogrammkarten drucken lassen, das mit dem Gästebuch sei wunderbar, is'nt it? Sie gefällt uns sehr, vielleicht durften wir beim Beginn einer großen Karriere dabeisein, wer weiß? Wer entscheidet schon, was Bestand hat und was nicht? Gern und freundlich wird ein »poeta tedesco« aus den zwanziger Jahren zitiert, auch er hat vielleicht das berühmte Gästebuch als Sprungbrett einer Karriere gesehen. Der Dichter hieß Fritz Rottern, und sein Vers lautet: »Ein Mensch, der eine Seele hat, / Der hat auch einen Magen / der wenn sehr gut gegessen hat / Nur dankeschön kann sagen./« Mir ist nicht bekannt, ob dieser deutsche Dichter danach noch was gedichtet hat. Auch von jenem Kapellmeister Joseph Holzer, der Kalmans Csardasfürstin dirigiert hat, weiß man nichts mehr. Es heißt, er habe kein Wort Italienisch geprochen und seine Künstler durch große Feste im Fenice bei Laune gehalten. Andere Namen freilich sind geblieben – Richard Strauss, Strawinsky, Diaghilew, Max Reinhardt, Toscanini, Schönberg. Ein ganzer Musikerolymp, ein Reigen seliger Geister. Das Fenice: Es »verschönert das Leben und erleichtert die Börse« fand vor vielen Jahren einer – beides trifft auf Venedig insgesamt zu, das weiß doch jeder. Zwei-, dreimal wiederkommen – und das Gefühl der Zugehörigkeit läßt sich auch durch Kritik nicht vermindern. Die Schlagzeugmelodien der Klimaanlage – und wo ist eigentlich der Patron? Er hatte schon vor drei Tagen sein Kommen fest zugesichert. Was ist das für ein geheimnisvoller Patron, der sein Haus nicht besucht? Es ist nichts Neues, daß die Vergangenheit funkelnder ist als die Gegenwart. Der Gondoliere hat sich längst freigesungen und rudert stumme Engländerinnen um die enge Biegung hinter dem Hotel, er schmettert und schreit unbekümmert, und es ist ihm ganz egal, was seine Fahrgäste darüber denken. Hundertfünfzigtausend die Stunde, ein guter Preis, diese geizige Deutsche gestern hat ihn auf neunzig gedrückt: Dafür hat er mich aber auch nach einer halben Stunde gnadenlos in einer fremden Gegend ausgesetzt. Jetzt kann er nicht weiter, denn eine andere

Gondel bringt goldene Kulissenteile, und hoch über dem Wasser öffnet sich im Theater ein Tor wie ein weites Maul.

Die ganze Gegend sieht der immer wieder spannenden Aufführung zu, unter Geschrei und Stöhnen, begleitet von den Fagottönen aus dem Probenraum. Mit Seilen und Leitern werden die Bühnenversatzstücke vom schwankenden Boot in das Theatertor gehievt, alles wackelt, nirgends fester Boden unter den Füßen. Das kann nicht gutgehen. Aber ein paar Minuten später ist der Kanal frei, das Tormaul hat die goldenen Brocken geschluckt und ist wieder geschlossen, der Gondoliere transportiert seine Engländerinnen weiter zum Canal Grande, auf dem Wasser schaukeln Orangen und Salatköpfe wie Blumen.

Auf der kleinen Piazza San Fantin steht eine schöne, düstere Kreuzigungsgruppe, flankiert von häßlichen Vasen, aus denen verwelkte Gladiolen stechen. Die Kirchendienerin zupft an ihnen herum, zieht das staubige Altartuch glatt und schlüpft aus ihren Schlappen, um sich auf dem Steinfußboden die Füße zu kühlen. Besonders schön ist die Kirche nicht, es gibt Hunderte von ihrer Art in Venedig. Eine Alltagskirche, eine Gebrauchskirche. Ein Kater hat es sich unter dem Weihwasserstein gemütlich gemacht. Von drüben hört man die Klimaanlage und ein Mozartduett, makellos und wie nicht von dieser Welt gesungen. Die beiden Frauenstimmen überstrahlen ohne Mühe die Melodie der Schleifmaschine an der nahen Baustelle. Es kann nicht schaden, eine Kerze zu kaufen und sie dem zuständigen Platzheiligen zu weihen.

Traurige Tropen

Hier bleibt nichts mehr zu wünschen übrig. Wer hier am Abend auf den hölzernen Terrassen sitzt und gelegentlich in den Mond schaut, der wie eine silberne Suppenschüssel aussieht und alle Poesie, die sich je um ihn gedreht hat, weit hinter sich läßt, wer also hier sitzt mit einem eisigen Glas in der Hand und einem sonnenölgetränkten Kriminalroman auf den roten Knien, hat es gewagt, sich den Urwunsch schon im Diesseits zu erfüllen. Es gibt ja viele Leute, die das Paradies anschauen und nicht warten wollen, bis es dafür Zeit geworden ist. Diese Ungeduldigen findet man auf den Inseln, und hier sind sie ganz geduldig geworden und ein wenig erschrocken, denn es bleibt ja nun nichts mehr übrig. Manchmal geraten sie noch ein wenig in Bewegung, jene alt und reich gewordenen Engländer, Amerikaner und Belgier, nämlich dann, wenn ihnen Kunde wird von einem noch perfekteren Platz, einer noch mehr ans Ende, an die Vollendung gemahnenden Insel. Aber das ist selten, denn Menschen wie sie haben sich alles angeschaut, träge und mit einer skeptischen Müdigkeit in den Augen, ehe sie sich hier niederließen. Und wer auf St. Kitts gelandet ist, wollte da hin und kennt St. Lucia, Nevis, Anguilla, Antigua und all die anderen. Das Paradies kommt immer zu früh oder zu spät, nie rechtzeitig. Jene Paradiese auf den Inseln über dem Wind sind eingezäunt, mit unsichtbaren Zäunen. Wenn man zu lang im Paradies bleibt, gleicht es der Hölle aufs Haar, sagt eine alte Dame zu dem komfortablen Liegestuhl neben sich. Nicht einmal ein Zittern der Zeitung antwortet ihr. Zu spät! Die schwarzen Zimmermädchen schlängeln sich durch den Sand, halten Wäschestapel und Gläser in den Händen. Die Musik kommt aus der Speisehütte (originell! Und es gibt Doppelwhopper und Bratchicken und Salat genau wie im echten Paradies!). Die Musik aber ist gratis für die schwarzen Mädchen mit den gelben und rosa Kleidern und den komplizierten Frisuren, die wie Torten aussehen oder wie gewobene glänzende Teppiche. Die Musik gehört eigentlich nur ihnen, nicht den armen, weißen, alten Ladies, und sie schnicken mit den Hüften und kugeln die Augen, und die armen, alten, weißen Gentlemen und Ladies schauen hin und wieder weg. Zu spät! Das wissen sie selber, und manchmal sehen sie mit schmerzverzogenen Gesichtern auf das glasgrüne Wasser, über dem die Pelikane ihre Sturzflugübungen abhalten.

Das Paradies hat Vorhöfe und ein Zentrum, das innerste, unabänderliche, schauerlich perfekte. Von da geht es nirgendwo mehr hin, also nähern wir uns vorsichtig, über die Vorhöfe. Wer hatte sie sich dereinst erobert, diese kleinen, verschiedenfarbigen Juwelen in der karibischen See? Briten waren es, Franzosen und Niederländer. Starke Imperien, denen sogar vor Gottes eigenem Atem nicht bange war und die ihre

Ordnungen für göttlicher hielten als Seine Schöpfung. Nach Hunderten von Jahren, in denen aus den karibischen Inseln ausgebeutete Sklavenhöllen gemacht worden waren, Zimt, Mahagoni und Menschen geraubt wurden, die grüne Eintönigkeit der Zuckerrohrmeere die Hauptfarbe geworden war und wieder verging, nach all diesen auslaugenden Jahren bemerkten die Menschen aus den satten Gegenden, daß das Meer nirgendwo auf der Welt diese Edelsteinfarbe hat, daß die Blüten und Schmetterlinge samt dem warmen, ewigen Wind übriggeblieben waren und daß all das noch viel brauchbarer ist als Zimt oder Mahagoni. An die Sklaverei denkt man nicht mehr, wenn man sich anschickt, das Paradies zu entdecken.

Die Angestellten in den Hotels, die Fischer, die Musiker und Souvenirverkäufer sind schwarz. Alle Kinder auf den Inseln sind schwarz, nur manchmal erinnert ein hellbraunes mit roten Härchen vielleicht an einen Seemann oder einen verirrten Jungtouristen. Die Tänzer sind schwarz, und die Jungs, die ihre Rastahaarmassen in sofakissenartigen bunten Strickhüllen verbergen und »somethin' for the head« anbieten, sind auch schwarz. Jung und schwarz. Die Gäste, um deretwillen das ganze Stück, genannt Inselleben, gespielt wird, sind meist alt und immer weiß. Somethin' for the head ist Koks oder Crack: Es ist billig auf den Inseln. Ob die Glücksucher aus Amerika deswegen kommen? Ach nein, von der Art ist ihr Elysium nicht. Während am Strand die Halbwüchsigen schwarz-weiß spielen, haben sich die wirklichen Paradiesinsassen in die Berge zurückgezogen, in die ehemaligen Pflanzungen, in die winddurchatmeten weißen Hallen mit den Chintzsesseln und den alten, alten Zeitungen von irgendwo. Nachrichten braucht man hier nicht mehr, das Leben geht woanders weiter. Weiße in den Tropen altern doppelt so schnell wie in ihren eigenen Ländern. Das wußten schon die Tropenroués wie Graham Greene und Somerset Maugham. Aber wenn sie erst einmal ganz woanders beim Geldverdienen alt geworden sind, halten sie sich auf den Inseln noch eine Zeitlang unverändert. Sorgfältig eingehüllt von den Insignien britischen (oder belgischen, amerikanischen und holländischen) Lebens haben sie sich an die Unbeweglichkeit gewöhnt. Zu ihrer Unbeweglichkeit gehört ein Bühnenbild, Statisterie und gelegentliche überraschende Ausbrüche.

Die Grundsteine für das Bühnenbild hat der Feudalismus schon lang vorher gelegt: Die Pflanzeranwesen mit ihren dämmerigen, luftigen Räumen, den großzügig bemessenen Terrassen und den glänzenden Wasserbecken erfüllen genau die Träume des pensionierten Mathematikprofessors aus Connecticut oder der siebzigjährigen Medienwissenschaftlerin aus Liège. Die schönsten von diesen Inselhotels (wobei das Wort »Hotel« nicht alles umfaßt, worum es hier geht) sind so weiß und still, so durchdacht und zusammengestellt, daß Menschenspur und Menschenlärm in ihnen störend scheint. Das soll ja im wirklichen Paradies nicht anders gewesen sein, im »Golden Lemon« beispielsweise sind Kinder und ihre laute Regellosigkeit verboten, nicht aber die Menschen an sich, die mit vielen, vielen Dollars für solche einschüchternde Makellosigkeit bezahlen. Die Betten hier: Aufbahrungsorte wie für tote Könige, weiße Phantasiegebilde keuschester Art, Schneewittchen und Dornröschen in den Tropen. Keine böse Fee weit und breit, wenn man nicht so banal ist, die Rechnung dafür zu halten – aber darüber denkt, wer hier Gast oder gar Dauergast ist, nicht mehr nach. Business und money, power und cleverness hießen die Götter jener, die hier weilen, über viele Jahre. Nichts mehr davon! Sie haben dafür gesorgt, diese weißbrüstigen, rotgesichtigen Herren mit den kleinen Golfmützen und den fliederfarbenen und mintgrünen Bermudas, daß ihre Währung auf der ganzen Welt regiert – auch hier. Das wollen sie jetzt genießen. So ist das Bühnenbild also. Und die Statisterie, unverzichtbar für das Wohlbefinden in der Unbeweglichkeit: Das sind die Mädchen und Boys, der patriarchalische Besitzer eines ganz anderen Hotels, als Kontrast, als Vorhof gern gesehen. Die hellen Stimmen der Kinder im Städtchen sind Statisterie und die mürrische Eisverkäuferin mit dem mächtigen grünseidenbezogenen Busen. Es ist ja nicht so, daß man im Innern, am Endpunkt selber, auf die Menschen und das Leben verzichten könnte! Als Geräusche, als Farben sehnt man sich sie wahrzunehmen, vielleicht auch danach, zu ihnen zu gehören. Aber wie gesagt, dafür ist es entweder zu spät oder noch viel zu früh!

Die Statisten tanzen und schauen mit unverschämtem Mitleid auf die mattweißen Hälse und die glühenden Waden der Gäste. Sie stellen die Stühle zurecht und lassen sich einfach nicht beibringen, die Milch heiß zum morgendlichen Kaffee zu servieren. Wenn sie sanft gerügt werden (etwa wie von Erzengeln, die unbotmäßige Unterengel rügen), lachen sie laut. Die Statisterie könnte jederzeit die Hauptrolle in dem Stück, genannt »Inselleben«, spielen! Auf manchen Inseln tun sie es, aber mit der Unterwürfigkeit schwinden auch die Dollars, die Paradiese werden gewechselt, bis sich eines, dieses, wieder beruhigt hat – und dann ziehen die schwarzen Männer wieder die Liegestühle in Reih und Glied, harken den Sand und wässern die Bananenstauden und die Blumen. Abends spielen sie Conga mit dem Mixbecher und flirten mitleidig mit den alten weißen Ladies, die sich mit flatternden Tüchern und glitzerndem Schmuck in die Nacht wagen, unter das sanfte, glättende Licht der schwachen Glühbirnen. Es tut ihnen gut, wenn die Band etwas spielt, wobei sie fast einschläft. Wartet nur, wenn die später unten am Strand loslegen! Das hört ihr, schwach nur, wenn ihr in euren wundervollen Betten auf den Schlaf wartet, ihr hört es von ganz weit her, wenn euer Nembutal zu wirken anfängt, die Oildrums klingen wie himmlische Harfen. Zum Morgen hin, wenn ihr in den weißen Zimmern schlaft, lieben sich die schwarzen Paare in den Liegestühlen, und die Seevögel sticken feine Muster in den Sand.

Es gibt aber auch Ausbrüche der Erinnerung an die versunkene Welt, eigentlich eine entrückte Welt, denn man kann sie sich ja heranholen. Gedacht, getan! Zum Glück gehört nicht nur die Ruhe, denn wie könnte man sie genießen, wenn nichts sie wenigstens gelegentlich unterbräche? So haben die weißen amerikanischen Gäste schon dafür gesorgt, daß das Essen sie an ihr Diesseits erinnert, auf den Inseln ernähren sie sich wie in New York oder Detroit. Auf den ehemals französischen oder niederländischen Inseln wehren sich die Traditionalisten zwar noch ein bißchen mit ihrer kreolischen Küche, die im besten Fall wirklich das Wort paradiesisch verdient – aber unaufhaltsam rollen die Bulettenpappbrötchen über die ganze Welt. Der wirkliche Ausbruch von Bewegung in der vollkommen schönen Unbeweglichkeit allerdings wird durch den Sport erreicht. Noch einmal mittendrin sein im lange vergessenen, abgelegten Wettbewerb! Da keuchen sie auf hitzeflimmernden Tennisplätzen in der prallen Sonne, ihre Gesichtsfarbe läßt das Schlimmste fürchten, und das Plopp-Plopp der Bälle auf den huppeligen Hartplätzen läßt alle Köpfe beim Frühstück zucken, während kleine bunte Vögel an den verlassenen Tischen Orgien mit Zucker und Marmelade feiern.

Sollen wir nicht auch mal? Um zwei wäre noch eine Stunde frei! Um zwei liegen die schwarzen Boys reglos unter den Jacaranda-Bäumen und glauben, wenn sie das Plopp-Plopp hören, wahrscheinlich an einen skurrilen Traum. Auf St. Kitts, in dessen Süden das »Golden Lemon« in seiner ruhigen Pracht liegt, haben die Weißen sich einen Traum im Traum erfüllt – denn was wäre der Garten Eden samt allen Engeln für einen Briten oder Amerikaner – ohne einen Golfplatz? So hat man einen angelegt, eine wasserverzehrende Achtzehn-Loch-Anlage mit einem Hotel, über das wir nicht weiter nachzudenken brauchen, denn es könnte überall stehen. Aber der Platz! Die weißen Golfwägelchen stehen in Reih und Glied und werden vorgefahren, hier zählt nicht, wie knickbeinig, faltig oder rotköpfig einer ist, sondern nur sein Drive und der gerade Flug des Balles über den mühsam grün gehaltenen Fairway. Hier versammelt sich, wer drüben, im Leben, gewöhnt war, alles zu bekommen, was er wollte. Immer ist Betrieb auf dem Platz, vom frühen, dampfenden Morgen an, bis die Sonne ins Meer stürzt. Plock. Nice Drive! Und laufen kann man nicht über den Platz, sonst würde man in einer kleinen Schweißpfütze einfach im Sand versickern.

Was aber die Vollendung eines Paradieses angelsächsischer Prägung schien, erweist sich als Sündenfall samt eingebauter Schlange. Schon hat sich nämlich ein Spielkasino am Golfplatz angesiedelt, ein riesiger Palast aus weißem Beton mit grausamen maurisch-new-yorkerischen Bauzitaten – und plötzlich ist es wie überall, nur wärmer, und die Palmen wirken so lächerlich wie die flammenden Blüten des Hibiskus. Das Dunkel der klimatisierten Hallen mit den unendlichen Reihen der Slotmachines läßt die Sonne und das grüne Wasser vergessen, die Sphärentöne der Oildrums sind ersetzt durch das unrhythmische Rasseln der Vierteldollarmünzen. So schnell kann's gehen! So schwer ist das Vollkommene auszuhalten! So viele Schlangen kriechen von den schweigenden Bäumen, sie heißen Henry Dattelbaum oder Ossjan Bagradian, die Schlangen, und bauen Residenzen und Restaurants an den juwelenfarbenen Stränden der kleinen Inseln. Es ist das gleiche Kreuz wie überall: Sobald die Schönheit verfügbar gemacht wird, verschwindet sie unaufhaltsam, und auch den hartgesottensten Business-man muß es mitten in der karibischen Wärme kalt überlaufen, wenn er – zu spät – erkennt, was er angerichtet hat. Die Natur wirkt plötzlich schäbig, traurig und verloren. So können nur jene Inseln in einiger Ursprünglichkeit überleben, die keine langen Strände haben. Nevis zum Beispiel wird immer die träumerischste von den Inseln bleiben, weil man nicht am Meer, sondern nur in den Bergen wohnen kann und weil der Strand klein ist.

Nevis gehört den Kariben, und die alten weißen Gentlemen und Ladies tauchen einmal am Tag in Charlestown auf, um auf die Post zu gehen oder Gummisandalen und Pfefferminzbonbons zu kaufen. Manchmal leihen sie sich einen klapprigen Moke und versuchen, das Inselinnere zu erkunden. Aber sie sehen da eigentlich nichts, ein paar überwucherte Ruinen, verwachsene Wege, mürrische Ziegen und reglose weiße Reiher. Die Geister der Insel schweigen und ziehen sich zurück. Das tun dann auch die Inselgäste, eine unbestimmte Mißmutigkeit begleitet sie, etwas wie Sehnsucht, bohrend wie Zahnweh. Nun ist doch alles da und wunderbar, die Zimmer mit ihrer schönen Deckenkonstruktion wie für eine Kirche, draußen flüstert der Passat, das Essen wird auf Leinen und Silber serviert, und die Drinks sind kalt und gut. Vom Berg aus kann man auf zwei Ozeane schauen, und abends ducken sich die Frösche ins

Gras. Und doch: Was soll man eigentlich dort tun, am Endpunkt von allem? Schwimmen war man schon, außerdem hält man's nicht mehr so lang im Wasser aus wie früher, am Tauchen hat man keinen Spaß. Miteinander reden? Es ist doch seit dreißig Jahren schon alles gesagt, abends stürzt man sich aufs Telefon und saugt Nachrichten von den fernen Kindern ein, die halten dann wenigstens während des Dinners. In Chicago sind dreißig Grad Kälte, sagt eine ältere Dame und fängt aus unerfindlichen Gründen an, bitterlich zu weinen. Dreißig Grad! Und Sheila hat Schulfest! Sheila, denke ich, ist mindestens die Enkelin und kein Ozean, keine weiße Insel der Welt kann sie ersetzen. Derweil stehen die Großväter und Urgroßväter an der Bar, drehen ihre Drinks in den Händen und reden vom Golf oder von den hervorragenden Universitätskarrieren der Enkel. Was tun? Immer nur in den Himmel schauen, der es lohnt und ein eigenes Stück spielt, heiter bis tragisch – das kann man auch nicht.

So sitzen sie in den Longchairs und lesen, und eine Bibliothek der Einsamkeit hat sich Gast für Gast auf den schmalen weißen Bücherbrettern zusammengefunden. Wie die wohl in Deutschland aussähe? Hier finden sich Faulkner und Philip Roth, Joyce Carol Oates, sogar ein Band Yeats und auch, o Gruß aus der Heimat, *The meeting in Telgte*. Es erweist sich, welches das wahre, erträgliche und zugängliche Paradies ist: die Literatur, denn ohne sie wäre die Vollkommenheit zum Sterben langweilig. Sie heben die Köpfe von den Beschreibungen in den Büchern,

Himmel und Hölle ist dort versammelt, und ein angenehmer Schauder mag die Lady überlaufen, wenn sie ihren Dostojewskij senkt und auf das grüne Wasser schaut, auf die kleine Insel Sandy Island, die in sicherer Entfernung schwimmt, so schön ist mit ihren fünf Palmen und von Kälte und Haß nichts weiß.

Mit den Büchern läßt es sich eine Weile aushalten, ein jederzeit auszuwechselndes Kontrastprogramm zu den sanft und schwer einherrudernden Seeschildkröten, den kleinen, süßen Bananen und den großen Vögeln, die ohne Angst sind. Die Inseln sind der einzige Garten Eden, in dem es den Tod gibt, überall am Wegrand sind Gräber. Aber sie stören keinen, man überläßt den Grabschmuck der Natur, und die macht das schön und verschwenderisch. Der Tod geht die Gäste auf den Inseln nichts an. Das wirkliche Leben auch nicht. Morgen früh werden wieder die kleinen bunten Vögel in den Zuckerdosen herumturnen, und die Gäste werden ihnen zuschauen, mit diesem schmerzlichen Zug um den Mund, den sie haben, weil ihnen nichts mehr zu wünschen übriggeblieben ist.

Tausend ganz einfache Freuden

»Meint ihr, das sei die ganze Welt?» fragte die Mutter. »Die reicht auf der anderen Seite des Gartens noch weit, bis an den Pfarrhof, aber da bin ich noch nie gewesen.« Es ist ja nur eine Ente, die das sagt, aber wir wollen sehen, wie die Welt hinter dem Garten und um ihn herum aussieht, und so folgen wir nicht Hans Christian Andersens Blick und seiner Entenmutter mitten hinein ins Vergnügen, sondern gehen erst einmal ringsherum, an den Mauern und Gittern entlang, die manchmal Blicke ins Innere erlauben und manchmal nicht. Nur wenn man außen herum um das Tivoli geht, kann man sich einen verläßlichen Eindruck von seinen Dimensionen machen. Ist man erst einmal drin, gelten andere Maße.

Der große, zu Bronze erstarrte Dichter Andersen sitzt also an dem Boulevard, der nach ihm benannt ist, und sieht den Nachfahrinnen seiner Ente zu, denen ein großer Teil des Parks gehört. Am Wachsmuseum vorbei, von drinnen klingt gedämpft Pfeifen und Trommelschlag, und man sieht pelzige Hügel, die sich später als das obere Ende britischer Soldaten entpuppen. Das Gitter ist zu den außen Vorbeigehenden hinuntergebogen wie eine sanft greifende Hand. Die vielen kleinen Drehtüren lassen nur Besucher hinaus, keinen hinein, denn jeder hat die Festlichkeit des Haupteingangs verdient. Sang og Musik. Hunderfünfzig Jahre. Es wird ernsthaft die Frage gestellt, was die Grundidee für die Gründung des Tivoli gewesen sein mag – als ob irgend jemandem, der vor dem Portal steht, ernsthaft an einer Antwort auf diese Frage gelegen sein könne. Alles, was der Mensch braucht, auf überschaubarem Platz, das Herz, der Vergnügungsgarten, in der Mitte. Am Eingang zum Konzertsaal verkünden Plakate die Bandbreite des Kulturangebots im Jubiläumsjahr: Christoph Eschenbach läßt sich hier ebenso hören wie Papa Bues Viking Jazzband. Hinein in die Bernstorffsgade, vom Bahnhof aus kann man ohne Umweg direkt in den Garten gehen, dem Eintretenden rattert eine Schwebebahn über den Kopf hinweg, in Auf- und Abschwüngen und begleitet von jenem Hiiiiii-Schrei, der die Melodie aller Kirmesfeste, Kerbeplätze und auch jener ganzjährigen Belustigungen ist, deren erster das Tivoli war. An diesem bescheidenen Eintrittstor sitzen fünf junge Mädchen auf dem Boden und haben sich mit je einem Sechserpack des bekanntesten dänischen Biers versorgt. Dem werden wir noch oft begegnen, ein Teil des Vergnügens oder eine Betäubung – irgendwo war allen Ernstes zu lesen, das Tivoli sei erfunden, um die saufenden Leute aus Vesterbro, dem rauhen Kopenhagener Viertel, unter Kontrolle und Aufsicht zu halten.

Noch eine Ecke, und da liegt er, der Haupteingang mit seinen Türmen und Zinnen, ein üppiger, auf Repräsentation haltender Eingang, und die Rathausuhr mit ihrem merkwürdig schrägen Westminster schlag hat sich erst zweimal hören lassen, das heißt, um den ganzen Park herum, um diese Weltberühmtheit zu umrunden, braucht man bei gemächlicher Gangart und gelegentlichem Stehenbleiben grade mal eine halbe Stunde. Man muß gar nicht in das Tivoli hineingehen. Am Eingang spielt sich ein eigenes, immer wechselndes Programm ab. »Und nun wurden alle Blumen in den Blumentöpfen zu großen Bäumen, die ihre Äste und Zweige an den Wänden und unter der Decke hinstreckten, so daß es wie die schönste Laube aussah. Und alle Zweige saßen voll Blumen, und jede einzelne Blume war schöner als eine Rose und duftete herrlich, und wenn man sie aß, schmeckte sie süßer als Eingemachtes. Die Früchte glänzten wie Gold und Kuchen, dick voll mit Rosinen, hingen an den Bäumen. Es war wunderschön!«

Wenn es Abend wird und wir immer noch den Eingang zum Park betrachten, weil indessen eine Matrosenkapelle, ein trikotbekleideter Pseudonackter mit einem aus rosa Samt in Meterlänge gefertigten männlichen Erkennungszeichen, eine bayrische Gruppe und etliche Skinheads vorbeigekommen sind, sieht das Innere mit den nach und nach aufscheinenden Lämpchen wirklich so aus, wie Andersens Sandmann es im Zimmer des kleinen Hilmar gezaubert hat: Die Blumen so groß und ordentlich in Reih und Glied, die Brunnen mit gläsernen Säulen, in denen träge goldene Blasen aufsteigen und, bei den goldenen Krönchen angekommen, vornehm platzen. Bis zum Ende der Allee, bis zu dem weißen Feenpalast, der von fern an Schlösser der Belle Epoque, an lange Handschuhe und Kutschen erinnert, kann man sehen, immer noch vom Eingang aus. Die Laternen glühen in den Bäumen, man kann wahrscheinlich die faustgroßen Tulpen essen, und aus dem Dunkel der Stadt kommt langsam und majestätisch ein seltsamer Zug über die Straße, den es zu den Lichtern des Tivoli zieht: Vorn geht einer der tadellos livrierten Helfer des Gartens in seiner dunkelgraurroten Uniform, dann folgen zwei Bernhardinerhunde nebeneinander, und nach ihnen kommen, die Rüssel zu den Hunden gewandt, ja, sie damit berührend, zwei Elefanten. Die Märchenprozession beschließen ein eher schlampig aussehender Mann und einer der Operettenoffiziere, die zahlreich und freundlich im Park, nein, nicht für Ordnung sorgen, sondern sie gleichsam repräsentieren. Denen muß man folgen wie ein Kind, das dem Zirkus nachrennt.

Der erste Besuch im Tivoli sollte beginnen, wenn der Abend kommt. Es kann einem nichts geschehen, nichts ist unheimlich oder besorgniserregend, keines der abendlichen Gefühle in einer fremden Stadt, wo man, besorgter Mahnungen gedenkend, die Handtasche an sich preßt oder bei jeder entgegenkommenden Menschengruppe die Straßenseite wechselt, wird sich hier einstellen. Es heißt, daß in seiner langen Geschichte über zweihundertsiebzig Millionen Menschen den Park besucht haben, in den vergangenen Jahren jeden Sommer rund vier Millionen Menschen. Und das, obwohl es hier nicht um das Schneller, Weiter, Gefährlicher oder Höher geht. Die Fahrgeräte flößen niemandem Angst ein. Das Gejuchze, das aus der Höhe des Schwanenkarussells herunterklingt, hat nichts Verzweifeltes, aber keiner nimmt es übel, wenn eine, die schon in einem der Schwäne, die sich gleich hydraulisch wie eine sehr hohe Säule emporschrauben werden, Platz genommen hat, sich bei einem letzten Blick in den Himmel plötzlich anders entscheidet und flüchtet. Verwegenheit und ihre öffentliche Zurschaustellung gehören nicht zu den Lebensnotwendigkeiten, für die der Park sorgt. Denn was braucht der Mensch? Er braucht genug zu essen und zu trinken, ein wenig Bewegung, schöne Bilder, Erbauung, Musik und gleichmäßig verteilte Zonen der Ruhe und der milden Aufregung. All das, etwa in dieser Reihenfolge, bietet das Tivoli. In den Restaurants kann man sich chinesisch fühlen oder jahrhundertwendig, man darf bodenständig essen oder fein, und trinken darf man, trinken und wieder trinken, nicht nur das bekannte Bier, sondern ganze Hundertschaften merkwürdig heißender Cocktails.

Das Tivoli ist nicht nostalgisch. Es hat nicht die Boutiquenatmosphäre der auf Adventskalender getrimmten Weihnachtsmärkte deutscher Denkmalsschutzreservate. Das Tivoli ist nur in Ruhe gelassen. Es tut nicht, als ob, es ist so gewachsen, stellenweise ein bißchen voll, aber alles hat Platz und rückt zusammen, denn bunt und vielfältig soll es schon sein, und auch neuen Attraktionen verschließt man sich nicht. »Denn sehen Sie, meine Herrschaften, bei der wirklichen Nachtigall kann man niemals zum voraus berechnen, was kommen wird, aber bei einem Kunstvogel ist alles fest bestimmt. Über den kann man Rechenschaft ablegen, man kann ihn öffnen und das Werk des menschlichen Geistes sehen lassen, kann zeigen, wie die Walzen liegen, wie sie laufen und wie eins aufs andere folgt – !«

Ja, man besteige einen der Koffer im neuen Fahrgeschäft »der fliegende Koffer« – man wird die Nachtigall hören können, und die Walzen, die den menschlichen Geist am besten zeigen, kann man auch ein bißchen sehen. Immer neue Szenen aus den Andersenmärchen tauchen auf. Die Märchenfiguren sind wie große Erzgebirgsfiguren, leise und ernst bewegt sich die Schneekönigin hin und her, und das kleine Mädchen mit den Schwefelhölzern kauert unter uns, während unser Wunderkoffer sich dreht und hinauf- und hinunterschwebt. Und die Nachtigall singt, der Kunstvogel, bei dem man alles im voraus berechnen kann. Im Koffer hinter mir scheppern Bierdosen, und die Nachtigall samt allen anderen Märchentönen wird von einem heftigen, geradezu wikingerhaften Gegröle unhörbar gemacht. Ich sehe, wie sie dem häßlichen Entlein, also dem schönen Schwan, irgendwas am Flügel antun wollen – aber sie trauen sich nicht, nein, das Tivoli wird selbst mit entschlossen unartigen Kindern fertig. Es lähmt und zerstreut sie gleichermaßen, und der Schwan blieb unbehelligt wie der Kaiser mit den neuen Kleidern. »Da sauste etwas an ihr vorbei. Wie Schatten flog es über die Wände hin, Pferde mit flatternden Mähnen und dünnen Beinen, Jägerknechte und Herren und Damen zu Pferd. Das sind nur die Träume, erklärte die zahme Liebste.«

Auch in der Schneekönigin spielt es eine Rolle, das

Gezähmtwerden, und so schauen wir uns gar nicht angstvoll um, als die Jungen aus ihrem Koffer stürzen, die Fahrt durch die Märchen ist ja zu Ende, aber sie rennen so schnell davon, als hätten sie in einem fliegenden Koffer mindestens eine Bombe versteckt.

Gezähmt – so wie König Christian VIII. es vorgehabt hatte: Wer sich amüsiere, soll er gesagt haben, fange keine Revolutionen an. Ob das Tivoli das Geheimnis birgt, nach dem grade jetzt so viele suchen? Das Geheimnis der Zähmung?

Immerfort muß man essen, sonst ist alles nur das halbe Vergnügen. Und wer auf Lebensmittelgesetze pfeift und sich statt dessen Speisen und Getränke in jenen Farben wünscht, die in der Natur niemals vorkommen – der ist hier richtig. Die knallroten Würstchen mit dem schönen Namen Pølser kennt man ja, die gibt's überall. Sie schmecken sehr merkwürdig und einzigartig, genau wie eine ganz grüne Limonade, die ich noch an keinem anderen Ort der Welt gesehen habe. Die Würstchen sind von einer Art Brot begleitet, das aber seinen Sinn hat, das werden wir noch sehen.

Wasser spielt im Park eine große Rolle. Brunnen, immer wieder liebevoll gestaltete und die Geschichte des Parks erzählende Brunnen, kleine, verträumte Brunnen und große, die an ein Schloß erinnern. Bäche und ein Hafen, in dem ein Piratenschiff ankert, das wie eine chinesische Dschunke aussieht und auf dem man dinieren kann. Ein Bootsteichlein, etwa so groß wie ein Swimmingpool, aber da hat man eben die Bötchen ein bißchen kleiner gemacht, und sie fahren ordentlich im Kreis herum, von essenden und trinkenden Menschen ruhevoll und wohlwollend beobachtet.

Wir erinnern uns an das Brot, jenes Pappbrot, das bei den Würsteln war? Ein Glück, daß wir es nicht weggeschmissen haben – uns Ältere erkennt man unter anderem daran, daß wir kein Brot wegschmeißen können ! –, aus dem Wasser erheben sich Dutzende großer, runder, grauer Mäuler. Plötzlich ist das ganze Wasser voll von ihnen, Karpfen, die durch eine tägliche Diät von Popcorn, Eistüten und eben dem Würstelbrot zu unglaublicher Größe herangewachsen sind. Wahrscheinlich sind sie alle verzaubert, das Fischfutter, das man aus einem Automaten ziehen kann, mögen sie nämlich nicht. »Die schönsten Fische, deren Schuppen wie Gold und Silber glänzten, schwammen dem Boote nach; zuweilen schnellten sie in die Höhe, dann sagte es ›Patsch!‹ im Wasser.«

Von den Fischen, die Andersen sicher schon leibhaftig hier gesehen hat – Karpfen werden ja sehr alt –, ist offensichtlich einer der König. Es ist kein Goldfisch, sondern ein riesiger, leuchtend goldener Karpfen, seine Schuppen sehen aus wie frisch geprägte Münzen, und er beteiligt sich nicht daran, wenn sich seine Untertanen mit den Enten um das Brot streiten.

Sicher hat jeder hier die Attraktionen, die für ihn die wichtigsten sind, manche kommen wegen der Ströme von Bier, die so freundlich fließen. Andere, wie die alte Dame mit der großen grünen Tasche und dem sehr geflickten Mantel, kommen jeden Tag zur Pantomime. Für die wirkliche, die ganz echte Kunst, also zum Beispiel Konzerte oder eben das Pantomimentheater, ist der Eintritt frei. Alle anderen Belustigungen kosten extra, da muß man, wenn man die ganze Familie herbringt, das Budget schon schlau einteilen. Dänemark ist teuer. Aber an einem Tivolitag schaut man nicht auf die Krone.

Viele alte Damen sitzen im Freien und warten auf den Pierrot, auf den weißen Clown und die Fee. Das Pantomimentheater hat als Vorhang einen Pfau, der sein Rad schlägt. Es wird voll zur Vorstellung. Brav sitzen junge, kahlgeschorene Männer neben den alten Damen und stellen die Bierdosen nur aus der Hand, um zu klatschen. Ein kleiner, etwas melancholischer Herr aus grüner Bronze, Brille auf der Nase, Stöckchen in der Hand und Zylinder unterm Arm, »grundlagte Tivoli« am 15. August 1843. Da war er grade einunddreißig Jahre alt und hatte nur noch vierzehn Jahre zu leben, der Herr Georg Carstensen. Er wird viel gefeiert werden in diesem Jahr, aber man wird ihm nicht antun, an seinem Park grundlegend etwas zu ändern. Äonenweit weg erscheint uns hier die fabrikmäßige Vergnügungsbataille, die da in Paris – zur Freude mancher mit nicht ganz überzeugendem Erfolg – geschlagen wird. Der Mensch im Tivoli ist keine Geldausgebemaschine. Er kann seine Pølser und sein Butterbrot von daheim mitbringen, er kann sich an fünf Konzerten nacheinander erfreuen, er kann ein Buch lesen oder nur den Kindern zusehen, die ernst und gesammelt ihre Bötchen steuern. Der Eintritt, etwa zehn Mark, ist das einzige. Dauerkarten gibt es – sicher auch Ehrenmitglieder. Ich denke, es würde zu Dänemark gut passen, wenn verdiente Bürger mit lebenslangem Freieintritt ins Tivoli geehrt würden. Und wem es zu harmonisch und hell zugegangen ist, der muß, um sich zu fürchten, den Park nicht verlassen. In Louis Tussauds Wachsmuseum überzieht sich selbst die dickste Haut mit Gänsepikkeln, ich schwöre es. Die dänischen Könige, denen man als erste in dem schönen, düsteren Haus begegnet, sind schon ziemlich furchterregend. Auch die Tatsache, daß ein wenig weiter im Inneren der Gemächer Herr Kohl und Herr Walesa noch ganz schlank sind, gruselt einen ein bißchen. Der Folterkeller aber, in dem hinter einer vermoderten Brettertür in alle Ewigkeit einer stöhnt »Let me go out! Let me go out!«, ist wirklich gruselig. So was gibt's auch in Wirklichkeit, fährt es dem Besucher durchs Hirn. Bloß raus hier. Die Glocke vom Rathaus läutet ihre beschwipste Westminstermelodie. In der kleinen Orchestermuschel spielen sie »Es wird ein Wein sein, und mir wern nimmer sein« und »Machen wir's den Schwalben nach«. Die alten Ehepaare halten sich bei den Händen, und die einsame, für nichts und wieder nichts gebräunte und blondierte Dame schaut ihrem Zigarettenrauch hinterdrein. Manchmal grölen die Jungmannen, aber sie hören erschrocken auf und gehen anderswo hin. Die Schrift überm Restaurant hinter der Konzertmuschel glitzert. Es heißt »Hercegovina«.

»Jetzt ist der Abend längst vorbei und die Geschichte ist auch aus und vorbei. So geht es mit allen Geschichten.«

Mein imaginäres Museum

Mein imaginäres Museum hat kein Portal, nur eine unauffällige Tür, die leicht zu übersehen ist. Allein Liebende können sie finden. Die wenigen Besucher müssen so viele Treppen hinaufsteigen, daß sie schon vor der Begegnung mit den Kunstwerken außer Atem geraten. Die letzte Treppe ist nicht gebohnert – Speichertreppen werden nie gebohnert – fahles, altes Holz, wenig einladend. An der Brettertür hängt ein Schloß, zu dem es nur einen einzigen Schlüssel gibt. Wer hineindarf, muß bestimmte Bedingungen erfüllen. Die erste: Man darf die Bilder nicht abnutzen. Auch Blicke können eine Verwitterung und Erschöpfung bei Kunstwerken hervorrufen, die sich nicht restaurieren läßt. Nur eine Ruhezeit kann da helfen. In meinem imaginären Museum ist die Ruhe das Wichtigste.

Der Dachboden: Hier sind die Beutestücke meiner gedachten Raubzüge zusammengetragen, fürs erste in einer trügerischen Sicherheit. Der Blick gewöhnt sich allmählich an die Lichtbahnen, die durch die vielen Dachluken kommen und in denen der Staub auf- und absteigt. Der Raum, von Lattenverschlägen unterteilt, hat keine rechten Winkel. Vor langer Zeit ist alles weiß gekalkt worden, aber der Ruß hat sachte seine Arbeit getan. Nichts ist grell. In manchen Ecken bleibt es immer dämmrig, auf den Wänden läßt sich die Tageszeit an der Farbe des Lichts ablesen. Morgens um neun sieht man hier andere Bilder als abends um sechs, im Sommer andere als im Winter. Alles bleibt an seinem Platz. Eine andere Bedingung, um eingelassen zu werden: Geduld. Stühle sind genügend vorhanden.

Mein Museum ist die Antwort auf die Deutsche Bank. Es ist die ausgedachte, ungefährliche Antwort auf Verfügbarkeit und Akkumulation von Kunst, auf Inszenierung und Präsentation. Mein Museum ist aussätzig. Es ist kein gesellschaftliches Ereignis. Menschen wohnen unter meinem Museum, wahrscheinlich wissen sie, daß es nicht existiert, oder sie wissen nicht, daß es existiert. Beide Annahmen bilden einen fast unüberwindlichen Schutz.

Wie weit ist es entfernt von der architektonischen Hartschaligkeit, die als einzig angemessener Schutz für Werke gilt, Werke, die unter Dollarscheinen und Blicken längst erstickt sind.

Die Sonne in meinem Museum, an der Decke befestigt gleich über der Eingangstür, ist Günther Ueckers *Organische Struktur* von 1962. Im weißen Morgenlicht ein Tornado, ein kleiner, festgefrorener Sturm, ein Himmelskörper. Ich könnte sie auch auf die Erde legen und hätte eine Wiese, eine von den geheimnisvollen, von Außerirdischen aufgezwirbelten Wiesen, deren Rätselhaftigkeit erst aus großer Entfernung sichtbar wird. Ueckers Plastik an der Decke kämmt das Licht und ist nicht zu übersehen. Ein bewegungsloser Fleck, der immer unruhig bleibt. Ein Atemstoß aus Nägeln. Auf ihnen liegen ist wahrscheinlich einfacher als unter ihnen hergehen. Die Decke hat fast die gleiche Farbe wie die Uecker-Plastik. Eines Tages werden beide eins sein, dann wird es aussehen, als sei die *Organische Struktur* hier, in meinem Museum, aus der Decke gewachsen.

Zur Linken der Tür, in einem großen Verschlag mit offenen Türen, unerbittlich beleuchtet von vier Dachluken, deren Licht allein durch den Dreck gefiltert wird, hängt Max Beckmanns Frankfurter *Synagoge* und Max Liebermanns *Judengasse in Amsterdam* von 1908. Da wird es kompliziert: Wozu will ich Bilder besitzen? Denn der imaginäre Raubzug durch die Frankfurter Museen ist nichts als der zu Ende gedachte und gespielte Wunsch nach Besitz. Beim Beckmann-Bild ist die ehrliche Antwort: Weil die Öffentlichkeit es nicht verdient! Ich will es entführen, weil wir alle nicht in der Lage waren, den ungeschützt offenen und sehr beredten Platz des Frankfurter Juden-Ghettos zu bewahren. Beckmanns Bild erinnert, es schmerzt genau so stark, wie Erinnerung schmerzen muß, wenn sie nicht zu Sentimentalität geronnen ist.

Die aufgebaggerten alten Steine der Häuserfundamente, die jetzt auf irgendeinem Bauhof herumliegen, die knöchernen Nadeln und Würfel, die im Bausand geblieben sind – nichts davon kann ich in mein imaginäres Museum tun, denn ein Museum, das kalte Wut am Leben hält, gibt es nicht und darf es vielleicht auch nicht geben. So betrachte ich das schöne Bild von der Synagoge, mit deren Zerstörung ich nichts zu tun habe. Die Schuldzuweisungen sind alle klar, und schließlich hat man viel Geld für die Bilder des Intakten ausgegeben. Über dem alten Ghettoplatz macht sich der Stadtwerkebau wichtig, und einen Ideenwettbewerb für ein Gedenk-Restchen gibt es auch schon. Nein, sie sollen die rote Synagoge nicht haben. Außerdem werde ich nun endlich ergründen können, warum die große, wunderbare Katze da sitzt.

Liebermanns Bild macht mir den Platz lebendig und zeigt mir die »versunkene Welt«. Ja, ich weiß: Bilder sollen keine Geschichten erzählen, hat Robert Delaunay gesagt. Aber ich kann ohne Geschichten so wenig leben wie ohne Geschichte. Liebermann erzählt sorgfältig und ausführlich, in seinem Bild verfangen, wird mir plötzlich klar, warum ich die Begriffe »orthodox« und »dunkel« immer zusammengebracht habe. Das Dunkle: Es spielt auf meinem Dachboden eine große Rolle, dabei war doch in der Kindheit der Dachboden immer der Ort für die hellen Geheimnisse. Für die dunklen hatte man den Keller. Darüber braucht man sich in den Flachdachzeiten den Kopf nicht mehr zu zerbrechen.

Das Dunkle und der Trost: In einem Verschlag allein hängt Arnulf Rainers Übermalung, davor, im offenen Teil des Speichers, steht die Malanggan-Figur aus dem Museum für Völkerkunde und gegenüber, an einer großen grauen Wand, ist einer von E. R. Neles Mänteln. Fangen wir damit an: Vor Jahren sah ich *Garcia Lorcas Mantel*, ein anmaßendes, wildes Stück mit Blut und Hahnenfedern, dunkel eben, aber auch gleichzeitig sehr hochmütig, furchtbar ironisch den Heldentod bewundernd und verlachend. Mäntel und Verhüllungen waren lange Zeit Neles Thema, meines sind sie immer noch. Ich wäre nie auf die Idee gekommen, so ein gewaltiges Ding in die Wohnung zu lassen, aber ein Museum hält es aus. Braucht es. Im Museum sollte man nicht wohnen.

Warum bin ich eigentlich nicht in der Lage, die Museumseuphorie der achtziger Jahre zu teilen? Warum scheint mir das Museum so oft wie eine Art Sicherheitsverwahrung, angeordnet für die Kunst wie für einen Triebtäter: Auf daß sie entschärft werde und damit ungefährlich? Ach, nicht hier! Der Mantel bleibt wild und etwas beängstigend. Er hat sogar einen eigenen Geruch, den ich mir vielleicht nur einbilde, weil Nele mir vor Jahren unter Gelächter erzählte, wie sie einem befreundeten Arzt ein bißchen Menschenblut dafür abgeluchst hat – ich glaube, sogar sein eigenes.

Raub – Blutraub. Kunst hat immer mit Raub zu tun, nicht nur, wenn man sie sich zusammendenkt, so intensiv, bis man mit klammheimlicher Freude die weißen, leeren Flächen an den Öffentlichen Orten vor sich sieht und das Raubgut zueinanderordnet, allein. Jetzt kann dir keiner mehr was tun!

Als in den dreißiger Jahren eine Völkerkundlerin die Malanggan-Figuren verpackte, jene Totenfiguren, an denen nichts zufällig ist und von denen wir nichts begreifen, sagte ihr ein alter Mann: Sie solle den Menschen erklären, daß es sich nicht um ein bemaltes Stück Holz handle, sondern daß die Figur alles mit sich trüge: die Festmähler, das Muschelgeld, das gebratene Fleisch. Tränen und Gelächter. Wir wissen, daß wir rauben, nicht nur den Gegenstand, sondern auch seine Aura. Vielleicht wächst sie nach.

Museen sind Diebesgut, imperialistische Zwingburgen, Horte der Menschenverachtung, der Ritualvernichtung, Verächter der kulturellen Identität! Das, allerdings, kann man dem imaginären Museum nicht nachsagen, denn der Satz, daß schon der Wille zu sündigen Sünde sei, scheint mir doch sehr übertrieben. Es ist ja gar nichts passiert!

Allein und dunkel, die Schwärze von staubigem Licht zum Glitzern gebracht, hängt da eben diese Übermalung von Arnulf Rainer. Sie war für mich ein Blitzschlag, ein Trost, ein Seh-Erlebnis. Es ging mir mit Rainers Bildern wie mit Alban Bergs Musik. Aus der konventionellen Anerkennung (denn man traut sich ja nie wirklich »das kann ich auch« zu sagen oder einen abgesicherten Klassiker der Kakophonie zu zeihen!) wurde eine richtige, wehtuende Liebe. Jetzt sehe ich, was drunter ist. Jetzt weiß ich, wie sehr diese helle Ecke trösten kann.

Den Weg ins Helle gehe ich weiter, bleibe ein bißchen auf meinen imaginären Stühlen sitzen und suche nach einer Brücke in die Farben, während das weiße Morgenlicht satt und gelb wird.

Farben! Renate Sautermeisters *Sisyphos* von 1989 hält mir sein Rot hin. Es ist leicht zu ergreifen, die nach oben ziehende, wie bergauf fließende Bewegung ist mir sehr vertraut. Mit ihm hatte ich ein paar Wochen lang in meiner Bergen-Enkheimer Stadtschreiber-Enklave gelebt – mit ihm und einem anderen, früheren Sautermeister-Bild: verletzter, verbundener Stuhl mit zaghaftem Pflänzchen, minutiös gegenständlich, mir (Banausin, Laiin, wörtergebunden) zunächst viel näher. Als aber nun die Frage auftauchte, welches ich zu stehlen wünschte, war vollkommen klar: das andere. Abstrakt mag ich es nicht nennen, das Bild, das mit der einen roten Farbe aus der Sisyphos-Vergeblichkeit Tapferkeit macht.

Farben: Ein wenig warten, bis das Licht zarter wird und die beiden Blauen Bilder einander zu bestrahlen beginnen, Blau, das sich in Blau spiegelt, blauer als blau, Bennscher Azur, verrücktes Blau. Nein, nicht Yves Klein. Der im Städel war mir eben nicht blau genug, außerdem wachsen auf ihm Schwämme. Nein: Henri Matisse, die *Fleurs et Céramique* von 1911. Ich bin wirklich im Tag angekommen, in der reinen, rasenden Farbe, man kann in das Bild hineingehen wie ins Wasser, wenn es noch solches Wasser gäbe. Natürlich ist das nicht das Blau des Meeres, sondern das Blau, welches man nur Malern und Kindern erlaubt. Für ein Kleid? Unmöglich. Nicht einmal der Himmel kann es sich leisten. Ja, es sind Blumen drauf, eine Vase, aber das ist nicht wichtig. Es geht nur um die Farbe, an der ich aus allen Richtungen meines Speichers mit den Blicken hängenbleibe, wieder wegschaue, mich umdrehe, damit nichts weggeschaut wird von diesem Blau. Unlängst las ich, man habe acht Matisse-Bilder in Südfrankreich gestohlen. Das war weiter nicht erstaunlich, sowas geschieht dauernd, und mit meiner Imaginär-Diebesgeschichte im Kopf konnte mich das Verbrechen nicht sonderlich erschüttern – aber: Sie hatten die Bilder aus einer Matisse-Wohnung gestohlen, in der seit Monaten oder Jahren kein Mensch mehr gewesen war. Allein hatten sie da gehangen, unberührt, frisch, nur ihrer selbst inne. Man hat sie entführt wie Prinzessinnen.

Vermutlich für die Sammlung im Panzerschrank eines japanischen Fleischextraktfabrikanten mit schmutzigen Augen. Ja, es darf auch ein Fleischextraktfabrikant aus Castrop-Rauxel gewesen sein, mir egal. Ich bin nur noch immer wegen der Van Goghs sauer.

Kunst ist Raub und Imperialismus und Aktie und Dekoration und Selbstinszenierung und Machtgier. Das Blau bleibt nicht intakt, und der Himmel bekommt Risse. In meinem Matisse spiegelt sich über eine Entfernung von zehn oder zwölf Metern ein Lucio Fontana. *Concetto spaziale* heißt das Ding, die klassisch gewordene Frechheit mit den aufgebogenen Schlitzen im Blau, die es schon so lang gibt, daß die Museumsbesucher (dort, wo das Bild früher hing!) daran vorübertrotteten und dachten, daß schon alles seine Richtigkeit habe. Nur Kinder sah ich manchmal ein bißchen ungläubig oder sehnsüchtig davor lachen.

Was ist der blaue, blaue, blaue Fontana? Ob er seinen eigenen Wassernamen verletzen wollte? Oder vielleicht nur untersuchen? Der Matisse ist kein neugieriges, er ist ein südlich ruhendes, gleichsam gesättigtes Bild. Es ist gut, von Fontanas verletztem Blau aufgestört zu werden. Wer wagt schon zu schauen, was hinter dem Himmel kommt? Die Schlitze sind aufgebogen, aber Gott sei Dank nicht so weit, daß man es wirklich sehen könnte. Das Matisse-Bild, das sein eigenes Licht mitgebracht hat, ist 1937 als entartet erkannt und beschlagnahmt worden. Klar: Diese Farbe haben sie nicht aushalten können, wahrscheinlich konnten sie nicht einmal hinschauen. Aber darauf gibt der Fontana gegenüber seine Antwort. Immer sollten sie einander gegenüber bleiben, diese beiden Bilder.

Ganz hinten auf dem Dachboden beginnt der späte Nachmittag. Ich kehre meinem Blau den Rükken und krieche in den äußersten Speicherwinkel, in die Kindheit. Das imaginäre Museum hat den großen Vorteil, zeitgeistigen, kunsthistorischen, prestigefördernden oder sonstigen ernsthaften und gesellschaftlich abgesicherten Kriterien nicht folgen zu müssen. Es darf angstvoll, gefühlsduselig, irrational und kitschig sein. Es zeigt nicht nur die Bilder her, sondern den, der sie aussucht. Es wirft einen in den Mahlstrom des Überflusses. Die Einrichtung im Kopf dauert Wochen, es wird geliebt und verworfen und wieder geliebt. Man schämt sich für manches (was sollten die Leute denken, wenn ich Franz Marcs *Weißen Hund im Schnee* nähme, diesen zwischen Poesiealbumdeckeln erstickten Künstler, den unschuldigen Sieger der Kunstpostkarten?). Aber es ist doch ein so schönes Bild und hätte eine Zeit der Berührungslosigkeit und die Rückgabe seiner Geheimnisse verdient! Und so fort.

Wochenlang durfte ich alles: Mein Bild in Bildern erstehen lassen. Was hätte man nicht aus sich machen können! Eine beinharte Avantgardistin, eine Trendsetterin und Entdeckerin ... vorbei. Vertan.

Ein Bild im Kindheitswinkel stand von Anfang an fest – das wollte ich haben. Das würde mir niemand ausreden können – es hat nicht einmal jemand versucht, denn alle halten das Werk und den Maler für harmlos. Es ist Henri Rousseaus kleines Bild von der Allee im Park von St. Cloud. Die alte Perspektive der Baumreihe mit der spitz zulaufenden Straße, so unbedroht, als könnte man bis in Ewigkeit diese Kinderallee entlanglaufen, und ganz hinten wartet irgendwas Tolles, irgendwann, unendlich viele Jahre später.

Die Kindheit ist vorbei und die Alleen abgeholzt, zweiundzwanzig Millionen Alleebäume allein in den sechziger Jahren. Vielleicht nicht die im Park von St. Cloud. Rousseau sei Dank brauche ich nicht nachzusehen. Ich liebe das kleine Bild als Epitaph für die Bäume an sich, diese runden Bilderbuchbäume, Kindheitsbäume. Kindheit, sagt Edna St. Vincent Millay, ist das Land, in dem niemand Dir stirbt. Deshalb mag ich den Maler Rousseau so verzweifelt gern, weil niemand in seinen Bildern je in Gefahr ist, kein Baum und auch keine schlafende Zigeunerin, der Löwe – Sie erinnern sich – riecht nur ein bißchen an ihr.

Die sanften Verrückten in der Kunst, von den Wissenschaftlern nachsichtig und freundlich geduldet, sind ganz unverzichtbar. In respektvollem Abstand zu Rousseau hängt ein kleines Bild, das mir gehört. Ich habe es geerbt und hänge es jetzt in die letzte Ecke des erdachten Dachbodens, weil es auch Kindheit ist – und die will man ja nicht jeden Tag sehen. Es ist eine Schneelandschaft bei Regensburg, gemalt

Ende der zwanziger Jahre von einem, der Reindl hieß und angeblich Lehrer war. Auf diesen Eisbärenbuckeln, zwischen genau solchen rotgedeckten Hutzelhäusern haben wir unsere Schlittenbahn gehabt. Ja. Jetzt ist da eine große Siedlung, natürlich. Dagegen ist ja wohl auch nichts zu sagen. Leider aber kann ein Bild wie ein Dorn sein, an dem sich die ganze schöne Fortschrittshaut immer wieder reißt und entzündet.

Es gibt kein künstliches Licht auf dem Speicher, nur eine Birne vielleicht, eine Lichtpfütze, damit man nicht über die eigenen Füße stolpert. Deshalb kann man ihn nur noch im Schatten sehen – ganz hinten, frei stehend, mit seinem spöttischen, wild lustigen Gesicht: meinen Pan mit seiner Flöte. Er ist halb verdeckt, wie es sich für einen gehört, der nicht recht weiß, ob er wirklich ein Gott ist oder doch eher etwas Schlampiges, ein bißchen Unanständiges. Er verkörpert die Stille und den Schrecken, aber auch die Anarchie und die Lebensgier – als Hüter eines Museums nicht schlecht geeignet. Mit seiner eingeschlagenen Nase sieht er so aus, als würde er, wenn alle den Dachboden verlassen haben, auf seiner Syrinx anfangen zu spielen.

Glück in Berlin

Ein paar Wochen später wird schon alles anders sein. Vielleicht blüht dann in den Räumen, die gerade gestrichen werden, eine neue Galerie auf oder eine andere ist verwelkt, vielleicht säumen andere Großplastiken die Frankfurter Allee, die mal Stalinallee hieß, vielleicht sind die Verpackungen über all dem riesengroßen Preußen verschwunden und etwas anderes wird verpackt. Zum erstenmal verstehe ich, was Christo mit dem Reichstag tun wollte, ja, warum es dringend notwendig ist, es ihn tun zu lassen.

Ich stehe Unter den Linden, es geht jener furchtbare Wind, von dem Joseph Roth einmal gesagt hat, er komme gradenwegs aus Sibirien und bringe den Schnee gleich mit: diesen »feinen, dünnen Schnee«.

Hier hat er gestanden, als er das sagte, das ist lang her, und es stand all das Verbrechen noch bevor, was diese Stadt zu dem gemacht hat, was sie dann lange war. Auch der Schnee ist der gleiche geblieben und sorgt dafür, daß keine unnötige Euphorie aufkommt.

Das große Preußen ist verpackt, in Netze und Planen, Folien und Tücher, aber wie anders ist diese Verpackung! Jetzt sehe ich es deutlich: Bei Christo bedeutet das zärtliche und minuziöse Nachzeichnen und Verhüllen Trost, Geschenk, vielleicht auch einen heilenden Verband um etwas Wundes. Verpackung beschützt auch. Sie macht kostbar und neugierig. Hier scheint sie zu verbergen, schamvoll, aber ohne Liebe. Jeder weiß, daß man die ganze Stadt heilkräftig verpacken müßte.

Zu viel Interpretation für eine schlichte, viel zu lang aufgeschobene konservatorische Maßnahme? Vielleicht – und doch, und doch: Wenn man sich anschickt, auf der Suche nach Kunst durch den Osten Berlins zu streunen, wird sich an allen Ecken und Enden der Kunstbegriff auflösen und neu kristallisieren, und zum Schluß wird man von den abgesegneten, von eingeübten Übereinkünften getragenen Kunstkathedralen und Messen weiter weg sein denn je.

Die Environments? An der teilverpackten Universität hängt ein pathetisch mattrotes Tuch – »Solidarität mit H. Fink« – es klatscht im nassen Wind hin und her, und ich denke, nicht einmal deinen Vornamen Heinrich haben sie dir gegönnt. Der Innenhof, auch er nachlässig verpackt, zeigt die Struktur üppiger Rankgewächse, noch ohne Blätter, ein schönes, verhüllendes Geäst von grafischer Beschaffenheit. Ein paar Schritte weiter eine Galerie: »Bulgarian Art«. Ich will doch nach Kunst suchen und werde keinem begreiflich machen können, daß ich sie hier an jeder aufgerissenen Fassade, an jedem beschützten Dreißigerjahre-Wandbild finden kann.

In der großen, aus »guten Zeiten« noch üppig ausgestatteten Galerie sind halt Bilder und Kunsthandwerk zu sehen, aber an einem Kachelbild, auf dem unverkennbar Sonnenblumen dargestellt sind, steht ein Schild »Maiglöckchen« – das ist so traurig, ich kann es gar nicht beschreiben – so, als käme es auf nichts mehr an.

In der Galerie sitzt ein Mann an einem kleinen Stutzflügel und spielt. Man hört ihn kaum. Irgendwie bin ich dann am Bahnhof Friedrichstraße, meine Wege gehen kreuz und quer, denn ich kann es ganz naiv immer noch nicht fassen – das Hin- und Hergehenkönnen. Wo war die Mauer? Dort? Manchmal weiß man es wirklich nicht mehr und kann die Spuren kaum mehr erkennen.

Auf den Rasenflächen vor dem Bahnhof liegen kreisrunde Inseln von frierenden Krokussen, die Farbe wie geronnenes Ei.

In ein paar Wochen wird alles ganz anders sein, die Bäume und die Hoffnungen grüner als grün. Kunst als Trost? Das hat ja nun so lang ganz schlechte Karten gehabt, weil man doch die Wahrheit unter der Maske zeigen mußte. Hier braucht sie eine Maske, die Wahrheit, wenigstens eine Zeitlang. Hier muß man für ein paar Stunden spielen dürfen.

Da war doch irgendwo eine Galerie, sagt K., der ein bißchen mit mir geht, zur Zeit am Märkischen Museum arbeitet und sich hier auskennt. Ich weiß nicht, sagt er und steht auf der riesigen Kreuzung der Stalin-, nein Frankfurter Allee, ob es da war oder da oder da oder da – und alle Richtungen stehen offen, alle. Er fragte einen, der vom Wagen herunter Obst und Blumen verkauft.

Da, geradeaus, sagt der und setzt dazu: Sie müßte auch offen sein.

Sowas erlebst du hier öfter, als du glaubst, sagt K.

Die Galerie im Turm ist leer, aber das sind die Galerien bei uns meistens auch, und warum glaube ich eigentlich, daß der Hunger nach Kunst mit der Verfügbarkeit größer wird anstatt kleiner?

Jedenfalls werden darin Arbeiten von Stefan Friedemann (Jahrgang 1963) und Reinhardt Grimm (Jahrgang 1956) gezeigt. Ein Motiv bei beiden, ganz unterschiedlich umgesetzt: der Tierschädel. Das Motiv wird mir immer wieder begegnen, auch der Kadaver, düster oder ironisch, plastisch oder als Bild, zufällig oder Kunst.

Ich schaue Friedemanns Bild lange an, es gefällt mir, ruhige Erdtöne, ein gelassenes Bild, das sich gegen den Tod nicht wehrt. Grimm aber läßt mich ein bißchen spielen. Seine kinetischen Plastiken sind mit Kontaktschaltern versehen, Strippen, Gott sei Dank ein Stückchen Provisorium und Kinderspiele.

Sie dürfen das schon einschalten, sagt die freundliche Galeristin, und wir tun es und schauen dem Pferdeschädel zu, wie er das Maul öffnet und gemächlich, aber gründlich zubeißt, immer und immer wieder, etwas anderes tanzt seil und etwas klopft, und all die Maschinchen zeigen eine heitere Sturheit, die mir plötzlich sehr gefällt und guttut.

Es gibt sogar einen kleinen Katalog, das ist hierzulande, in unserem anderen Land, noch selten, weil teuer. Verblüfft stelle ich fest, daß das tollste Katalogchinesisch, was im Westen doch langsam versickert ist, hier überlebt hat: »Die Gemeinsamkeit unserer künstlerischen Intentionen liegt in der Absicht, über optische Reflexionen hinaus, sinngebende assoziative Momente menschlichen Seins zu artikulieren.« Die beiden Herren gucken auch so künstlerisch düster aus den kleinen Schwarzweißfotos heraus, daß man versucht ist zu sagen: Nu lasset ma jut sein!

Die Kunst darf nicht spielen und nicht vergnüglich sein, und wo sie es ist, muß sie sich zumindest anders interpretieren!

Es schadet alles nichts, ich gebe das Spiel mit den kinetischen Maschinen nur zögernd auf und stemme mich entschlossen gegen den russischen Wind, die Frankfurter Allee entlang, an neuen Läden und alten Fassaden vorbei, begleitet von munteren Großplastiken, die nach der Wende wohl einfach hierher *mußten*, vor die Fassaden, die sich mit den gestohlenen Balustern der vormaligen und vernichteten Architektur aufputzen. Die Plastiken sollen die Baumreihen frech schmücken, diese militärischen nackten Baumreihen. An den Hauseingängen hocken steinerne Soldaten und haben Gott sei Dank nichts mehr zu tun.

In der Frankfurter Allee Nummer 94 A werden Bilder von Dieter Goltzsche ausgestellt. Die Blätter des 1934 geborenen Dresdners, schöne, stille Arbeiten, sind liebevoll präsentiert, hier bekommen wir auch endlich – und freundlicherweise kostenlos, weil nicht mehr aktuell – den *Berliner Kunstkalender*, ein kompaktes, blaues Heft, das monatlich erscheint mit Lageplan und allen Informationen, die man braucht. Der Galerist schließt mir die Vitrinen auf, ich sehe die Arbeitsbücher und ältere Kataloge, auch mit Texten des Künstlers.

Es wird immer so viel und in so wohlfeil verächtlichem Ton über Nischen geredet, vor allem von denen, die sich in einer riesengroßen Nische aufs komfortabelste eingerichtet haben. Als ginge es ohne die leisen und unbeobachteten Orte, als könnte Kunst nur unterm Vulkan entstehen und nicht auch im scheinbar stillen Auge des Taifuns. Oder außerhalb von allem, auch das gibt es. Diese Galerie ist – aber das wird, wie wir sehen, schnell zu Ende sein – erst einmal ein ablenkender, tröstlich-ruhiger Ort: Bis der Westen hereinbricht. Er bricht herein wie im Kino, wie in den schlechten Wessi-Witzen. Ein Herr will die Partizipation an einem gedruckten Galerienprogramm verkaufen, die Beteiligung »ganz billig, es geht mir gar nicht in erster Linie ums Geld, ich bin ein wirklich politischer Mensch, 263 Mark nur, und nur Qualifiziertes, also nur gute Adressen, in die anderen Programme kommt ja jeder rein, der Heringe verkauft und sagt, er hat eine Heringsgalerie, haha! Ich kenne drüben auch alles, in Wahrheit bin ich Anarchist, also sagen Sie mal, wie der Mielke die ganze Westjustiz vorführt, das ist doch zum Kringeln, also da lacht sich ja jeder einen Ast, dieser schlaue Bursche, ich schreib Ihnen dann alles auf, ganz seriös, ums Geld geht es mir wirklich nicht, so sind die Druckkosten, da der Vertrieb, für mich bleibt da, na das ist ganz unerheblich, ich mach' das wirklich nur, weil es mich interessiert, es ist ja widerlich, diese Absahner aus dem Westen, na, mir kann man nichts vormachen ...« Und so weiter, betäubend, nicht endenwollend, und der Galerist mit seinem Aristokratengesicht schweigt, lächelt, aber in die Liste will er schon kommen, soweit ich das verstanden habe. Ich blättere in irgend etwas, lese Goltzsches Text über die Farbe Blau und kann mich gar nicht satthören.

Das war wie erfunden, wie von einem Gerhard Polt der sechzehnten Art, das war so schauerlich-komisch, daß es nichts anderes sein konnte als Kunst.

U-Bahn oder S-Bahn? Im U-Bahnhof Samariterstraße habe ich mir was notiert, fast hätte ich es über diesem kabarettistischen Ost-West-Dialog vergessen, jetzt fällt es mir wieder ein. Die U-Bahnhöfe, einige noch mit den wunderbaren grün-irisierenden Kacheln, die schon der Dichter Alfred Döblin gekannt hat, haben ihre Freiflächen für die Kunst zur Verfügung gestellt, man begegnet ihren mannigfachen Sparten im Vorbeifliegen, im Warten, im Schauen. An der Samariterstraße hatten Kinder auf großen, sorgfältig komponierten Tafeln gearbeitet, und auf einem der schönen Bilder stand Goethes Gedicht: »Wer sich selbst und andere kennt / wird auch hier erkennen / Orient und Okzident / sind nicht mehr zu trennen / sinnig zwischen beiden Welten / sich zu wiegen laß ich gelten / also zwischen Ost und Westen / sich bewegen sei's zum Besten.« Das fällt mir wieder ein, ein Trost, dessen man immer mal bedarf, und den man dann auch an den seltsamsten Orten findet.

Zur Abwechslung also mal S-Bahn, zum ersehnten und gefürchteten Prenzlauer Berg. Ersehnt, weil es mir, der Fremden, hier immer so gut gefallen hat, so gut, daß man mich schon der Nekrophilie geziehen hat, weil ich schon vor der Wende meine klammheimliche Freude über Verrottetes, Vergammeltes, Abgeblättertes und Überwuchertes nicht bändigen konnte und bei jedem halbverfallenen Persilbild an der Wand herumzujubeln begann.

Man erinnert sich vielleicht des wunderschönen Bandes *Berliner Wände*, Fotos von Thomas Höpker und Text von Günter Kunert? Hier ist alles voller Berliner Wände, Kunststück, und ich kriege die Genickstarre und sehe natürlich, daß der Verfall keine statische, sondern eine hochdynamische Angelegenheit ist – wenn man ihm nicht Einhalt gebietet, wird er über kurz oder lang kein Thema mehr sein. Aber dieses wahnsinnige Rosa, dieser bröckelnde Stuck in einem jener Treppenhäuser, wie es sie nur noch hier gibt! Dieses blinde, zweifach gesprungene böhmische Milchglas mit Früchtekorbmuster, dieser zerzauste Lüster, diese blaugrüne Schimmelpracht! Ganz zu schweigen von den Pfeilern und Karyatiden mit schwarzer Patina und eingeschlagenen Balkonen, von der Grazie herunterhängenden Schmiedeeisens und der Versprechung durch eine Fülle jetzt noch kahler Rankrosen und Knöteriche.

Spätestens jetzt würde mich der eine Teil der rechtmäßigen Bewohner für verrückt erklären und der andere – ebenso rechtmäßige – Teil mit Dreschflegeln verjagen, wenn es die hier gibt, weil jeder herumschleichende und glotzende Wessi Gefahr bedeutet. Ich schleiche und glotze herum und kann gar nicht genug Bilder in die Augen und ins Hirn kriegen, von der Seele gar nicht zu reden. Inkonsequenterweise bin ich dann ziemlich froh, als auf der Dimitroff-, nein, Eberswalder Straße (eine blödsinnige Idee, diese tausend Umbenennungen, so hastig, daß im Hotelstadtplan noch der andere Name steht) warmleuchtend, frisch weiß-rot gestrichen, ein Café westlicher Art auftaucht, wie aus dem Schächtelchen, charakterlos, aber funktionabel, postmoderner Einheitsstil, aber fünf Sorten ausgezeichneten Kaffees, ohne Atmosphäre, aber mit einer sehr freundlichen Bedienung. Die lang eingeübte Demutshaltung beim Erwerb eines Essens oder einer Tasse Kaffee gehört, Hosianna, der Vergangenheit an.

Bis auf ein paar Nischen, die man aus Gründen des Artenschutzes, der ja auch für Unfreundlichkeit gelten muß, stehenlassen sollte.

Warum Furcht – bei mir –, wenn ich an den Prenzelberg denke? Es ist das Verschworene, das so ganz andere, der Montmartre-Ersatz des nüchternheitsbedrohten Westdichters, die Soli-Soli-Solidarität, ein Ziel, aufs Innigste zu wünschen – und den Pragmatismus- und Freiheitserkälteten so fern!

Nur die Armut gebiert Großes, heißt es ja so schön, und nur der Druck von außen bringt die innere Glut zu wirklicher Hitze – und dann plötzlich: der ganze Prenzelberg samt Dichtern und Druckern, Denkern und Trinkern ein einziger Stasikindergarten, ein Ort großmäuliger Unehrlichkeit, eingeigelter Selbstüberschätzung, pseudoanarchistischer Verführbarkeit? Je weiter die Feuilletoneros davon weg sind, desto schärfer sind ihre Urteile.

Ich denke an »Moppel« W. in Klagenfurt, der sich so benahm, wie es hierzulande schon seit einem halben Jahrhundert oder mehr – natürlich mehr – kein Dichter mehr wagt, und an viele andere mit rüden Texten und lustigen Manieren, hoch die Tassen und das Leben ist beschissen, Marie; aber es hat doch was … Das alles spürt man hier, und es ist kitschig, unglaubwürdig und beneidenswert.

Oder ist es ganz anders, sind die Verdächtigungen einfach Neid auf das warme Gemeinsamkeitsjäckchen, das in der Diktatur genäht worden ist und nun zu zerreißen droht?

In einer schönen Galerie in der Oderberger Straße schaue ich mir ein Buch von Papenfuß-Gorek an mit Illustrationen von Robert Lippok. Oder-Form heißt die Galerie. Die Werkstatt, eine Formerei, ist nebenan, man wird vielleicht bald neue Räume beziehen, die Eigentumsfrage sei ungeklärt. Das wird aber, erleichtert hören wir es, nicht in jenem Ton der Anklage gesagt, an den man sich mit eingezogenen Schultern gewöhnt: Es ist ja wahr, aber was soll der machtlose kunstsuchende Wessi tun? Es wird vielmehr einfach konstatiert, fröhlich, und daß man mit Freude jetzt arbeite, weil die Kontakte immer intensiver würden.

Im ersten Raum hängen, ironisch und in bunten Farben, lauter Abgüsse von Hähnchen, die, man weiß es, hier Goldbroiler heißen. Das sind eben Buntbroiler, und die nächste Ausstellung wird Peppe D'Angelo gelten.

Natürlich interessieren sich die Kunden aus dem Westen mehr für Ostkunst, sagt die Galeristin, und ich kann ihr meine Dankbarkeit für ihre heitere Auskunftsbereitschaft und Freundlichkeit gar nicht sagen. Warum eigentlich sollen sie auch so verquält sein, die Jungen, es geht doch etwas los, und es wird mehr werden, trotz allem, nicht weniger.

In unserem Kunstführer sind hier viele Punkte, ein Kunst-Nest ist der Prenzelberg, aber man findet nicht alles, denn manches versteckt sich und will herausgefunden werden, etwa die PGH »Glühende Zukunft«. Der Name ist Programm, aber wo sind sie, die diese glühende Zukunft machen?

Ein Flur, ein schöner Hinterhof mit Teich und einer Plastik (weiblicher Akt), ein Treppchen (dunkel), eine Tür. Hier? Eigentlich sieht es wie eine Wohnung aus, ein Name steht dran. Aber es ist dann doch die Künstlergruppe Glühende Zukunft, die sich dahinter verbirgt, und die Tür zum Atelier ist golden angestrichen.

Die Arbeiten der vier Künstler sind stark, frech, selbstbewußt, karikaturistisch – aber auch nicht – realistisch – aber auch nicht – und wissen besser als ihre Betrachter, worum es geht. Nach längerem Betrachten haben auch die Betrachter mehr Ahnung als zuvor.

Das ist gut, aber die Verbreitung dieses krachfarbigen Kunstwitzes sollte intensiviert werden.

Wir? sagt PGH-Künstler Henning Wagenbreth. Wir machen alles. Werbung? Ja, klar, Werbung für Kunst!

Es gibt ausnahmsweise einen Katalog, sehr zu empfehlen. In dem Text, der die explosive Entstehung der Glühenden Zukunft beschreibt, heißt es: »Die

PGH ›Glühende Zukunft‹ ist kein Fall für die Treuhand und muß nicht um Kuchenkrümel betteln.« Das glaubt man aufs Wort, auch wenn der West-Besucher nicht mehr gewohnt ist, geduldig nach den Produktionsstätten zu suchen – es tut ihm gut, wenn er's tun muß.

Was leicht zu erreichen ist, muß nicht unbedingt zeitgemäßer sein.

Im Katalog sehen sie sich selbst ironisch und trauern, das ist ihnen hoch anzurechnen, den kurzen Herbsten der Anarchie und der herzblutigen Gesinnungskunst nicht nach. Aber genau darauf waren wir doch, ausgesprochen und eingestanden oder nicht, so neidisch! Denn was ist eine feine Koje auf der teuersten Messe, die hochkarätigste Expertenrunde, was sind die nerzintensivsten Vernissagen und Einladungen bei den allerhöchst gehandelten Eßtischdeckkünstlerinnen gegen die Nächte auf der Straße, die Flugblätter, die Lust an der eigenen, plötzlich hörbaren Lautstärke? Eben! Und deshalb denke ich mir den Abschied schmerzhaft und zäh. Wer das nicht mitgemacht hat, gehört nicht dazu.

Jeder muß hier seinen eigenen Spaziergang machen, sich Adressen rausfragen oder einfach losgehen. Ich denke in der Schönhauser Allee an die Buntbroiler an der Wand bei OderForm, denn da verkauft einer vom Wagen herunter zwei Hähnchen für sechs Mark. Es gibt eine Schlange, fast schon vergessen, und die sich blitzschnell leerenden Hähnchenkartons bilden ein kantiges, schneeweißes Kunstwerk im Sand des Marktes, einer jener fliegenden, osteuropäisch anmutenden Märkte, auf denen Vietnamesen geschmuggelte Zigaretten verkaufen und Bauern aus dem Spreewald oder sonstwoher mit ein paar Lauchstangen und Gelben Rüben dahocken.

An einer Kneipe in der Nähe steht »Karaoke«. Und in einer anderen Kneipe, die sich noch die völlige Verachtung des Kellners den Gästen gegenüber erhalten hat, höre ich, wie einer sagt: »Det mit die Vereinigung wa det jrößte Ding von die Stasi. Nu is die endjültige Vanichtung diss Klassenfeinds jelungen.«

Es liegt an diesem herzerweichenden Dialekt, daß ich so furchtbar lachen muß. Recht hat er aber nicht, dieser Typ, so eine Art Eckensteher Nante. An einem vollständig grauen Haus mit erblindeten Fenstern steht in einem etwas rötlicheren Grau und riesigen Buchstaben »Farben«.

Wieder hinunter in die U-Bahn. Station Stadtmitte, Übergang zur U 6 – das ist ein langer Gang mit gelben Kacheln, die großen, rechteckigen Werbeflächen tragen Aufschriften.

Es sind in dem gekrümmten Gang 24 Tafeln, jeweils einander gegenüber, und auf weißem Holz steht mit Schablone in internationaler Lautschrift gesprüht jeweils der Name einer Stadt: Das hat etwas Merkwürdiges, erst Beklemmendes, dann Bewegendes, schließlich Befreiendes. Durch die Verfremdung der Schrift ist man gezwungen nachzulesen, stehenzubleiben und nachzudenken. Die Städtenamen gleichen sich gar nicht mehr, man muß sich die Vertrautheit, das Bild, die Symbolik erst wieder erwerben.

Ganz zum Schluß, auf den letzten beiden Tafeln,

kommt noch einmal Berlin, diesmal mit Kinshasa gepaart. Warum die Paarungen? Die meisten Passanten achten nicht auf die fremd gemachte und weggerückte Freiheit, aber einige werden allmählich diese Zeichen wahrnehmen.

Beim Weg aus der U-Bahn steigt, genau in der Mitte des Treppenaufgangs, aus einem leuchtendblauen Abendhimmel leuchtendblau das Schild *Berlin Stadtmitte*. Das ist sie jetzt wieder. Daneben ein paar eingesperrte, hilflos mit Kunst kommentierte Reste der Mauer. Berlin Stadtmitte in diesem Blau. Das ist sowas wie Glück.

Das bescheidene Elsaß

Die Grenze ist ein klarer Bach, in dem Fische flitzen und die Wasserpflanzen wehen wie grüne Haare. Die Grenze ist ein blauweißrotes, verrostetes Schild und ein Brückchen. Ein Hupfer, und man ist von Frankreich in der Schweiz, genauso wieder retour, und die einzige Gefahr dabei ist, nasse Füße zu bekommen. Schön ist die Grenze, gesäumt von Sumpfdotterblumen und wilden Vergißmeinnicht, eingebettet in schwarze Wälder unter einem weißgrauen Himmel. Es scheint keine wirkliche Grenze zu sein, sondern eher ein Witz, eine kleine Kasperei der wenigen Menschen, die hier wohnen: Bis dahin machen wir mal Frankreich, scheint das Schild zu sagen, aber wir könnten euch die andere Wiese schon noch überlassen, wenn ihr wollt. Nur ist der kleine Bach grade so praktisch. Er ist schließlich nicht der Rhein!

So, sagen wir und springen zwischen zwei Ländern hin und her, so sollten alle Grenzen sein. So könnte man sie ertragen.

Später, als der Wald sich lichtet und ein weites Tal sich öffnet, sehen wir die Bunker aus dem Gras ragen, unzerstörbar, fast schwarz, nur schüchtern versuchen die Pflanzen, einen tröstlichen Mantel darüberzuziehen. Wir sind im Sundgau.

Ach, haben die zu Hause gesagt, Sundgau? Wer

kocht denn da? Was sind die bekanntesten Orte? Und damit meinte man die, an denen die Tempel der Neuzeit zu finden sind, wo man sich selbst schöne Sachen zu essen als Opfer darbringt und in langen Exerzitien danach drüber redet. Denn das ist doch das Elsaß für uns: karierte Tischtücher, grünstengelige Weingläser, atemraubende Speisekarten und bestenfalls ein paar Wiesenstücke für den Verdauungsspaziergang. Wer dies als Ziel seiner Wünsche hat, sollte nicht in den Sundgau fahren, in den stillen, lieblichen, etwas melancholischen Süden des Elsaß. Es ist nicht leicht, herauszufinden, was an diesen Tälern zwischen Jura und Vogesen, diesen von kleinen Flüssen durchzogenen, apfelbaumbestandenen Wiesen und den hellen Dörfern so melancholisch ist, und warum trotz des Glücks, das die Ruhe und scheinbare Unveränderlichkeit dieser Region den Besucher spüren läßt, eine winzige Beklommenheit wie eine kleine Wolke nicht zu vertreiben ist.

Es gibt Gegenden, denen die Geschichte so zugesetzt hat, daß der Frieden, den sie in der neueren Zeit endlich erlangt haben, wie eine Art Erschöpfung wirkt.

Alles ist schön, das Alte besser gewahrt als an erfolgreicheren Orten, Bäume blühen, die Höfe strahlen in heiteren Farben – aber da ist eine Menschenleere, eine Langsamkeit der Bewegungen, beim näheren Hinsehen sind die Fensterläden nicht für die Nachmittagsruhe verschlossen, sondern manchmal – nein, oft – für immer.

Es gibt – wie in Frankreich traditionell – viel mehr

Kriegerdenkmäler als bei uns, aber für welches Vaterland sind die gefallen?

Das Elsaß ist geschunden worden, mehr als andere Grenzländer noch. Im aufgeräumten und geschmückten, wohlhäbigen Touristenelsaß ist das nicht mehr so spürbar wie hier, wenn es auch nie laut wird und sich nur an Spuren, Stimmungen und kleinen Brechungen ablesen läßt.

Wenn man in die Region kommt, merkt man davon und von vielem anderem erst einmal gar nichts, man hat sich durch Basel gekämpft oder an Basel vorbei, was empfehlenswerter ist. St. Louis, Bartenheim, Blotzheim: Und wie tausendmal vorher erschrickt man über die Wundränder der Städte. Tankstellen, trostlose Billighotels, obwohl die wenigen Kastanienbäume hinter den Imbißstuben tun, was sie können. Langsam wird es erträglicher, wir nähern uns Orten, in denen der Kirchturm das höchste Gebäude ist, wie es sich gehört.

Die Hauptstadt des Sundgaus ist Altkirch, hügelig bis steil steigt es aus der Ebene, ein Städtchen von schläfrigem Charme. Das Touristenzentrum, zu dem eine verborgene Rundbogentür führt, will augenscheinlich gar nicht gefunden werden, es ist geschlossen, ebenso wie das Heimatmuseum, von dessen Höhe aus aber der Blick ins Tal auf die Dächer und auf die schönsten Fliederbüsche, die ich je gesehen habe, großzügig entschädigt. Wir müssen also ohne Kenntnisse über den Sundgauer Wandel und das Handwerk selber versuchen, uns ein Bild zu machen.

Was ist sundgauisch oder sundgovien? Die Sprache

verrät nichts, weder das Deutsche noch das Französische ermöglichen dem Fremden einen Zugang zu ihr – erst nach langer Zeit. Und wenn das Gegenüber es will. Manchmal wollen sie erst nach geraumer Zeit – heftiges Loben des meist mitgeführten Hundes erleichtert und beschleunigt das Verständnis.

Am Marktplatz zu Altkirch gibt es ein Café, aber auch hier ist die angenehme, dornröschenhafte Lähmung und Langsamkeit zu spüren. Ein arabischer Kellner lehnt mit der traurigen Anmut eines Königs im Exil an der Kaffeemaschine. Es scheint ganz unmöglich, ihn um etwas zu bitten.

Wo in der Stadt ein angenehmes Hotel zu finden sei? fragen wir die *Patronne*, die mit einer müden Handbewegung sagt, so etwas gebe es nicht in Altkirch. Später, Tage später finden wir doch eins, aber sonst sind wir ins Schweizerische zurückgegangen für die Nacht, weil das Beherbergungsgewerbe noch ein wenig rückständig zu sein scheint. Manche der kleinen Hotels sind geschlossen. Wie lang? Es ist nicht zu ermitteln. Andere, wie jenes romantisch-düster aussehende Etablissement in Ferrette, sind ausgebucht. Aber es steht kein Auto davor, und in der Gaststube sitzen schwere Männer beim Wein und schauen uns an, als ob wir störten.

Die »Kantonshauptstadt« Ferrette ist eng und bergig, hoch oben stehen die Ruinen der Schlösser von Pfirt und Roßberg. Mir scheint diese Seite, die Juraseite des Sundgau, sein dunklerer Teil zu sein, während er nach der Vogesenseite zu heller und fröhlicher wird. Aber die kennen wir noch nicht, und vorläufig verstärkt sich der Eindruck einer Vergessenheit, einer übriggebliebenen Zeit noch mehr, als die vielen Sektenkirchen von Lucelle, die dunkel gekleideten, älteren Menschen auf der Straße, die grauen Hänge der Schweizer Seite auftauchen. Ein sehr endgültiger Ort ist das, ein wenig gruselig, und wir verlassen ihn erleichtert an verwunschenen Tälern voller Kalmus, Männertreu und rosa Blumen, die wie Pfeifenreiniger aussehen und deren Namen ich nicht kenne, entlang. Am Weg stehen Milchkannen auf Holzbänken. Die Milchkannen haben Computerstreifen, so erkennt man sein Jahrhundert wieder.

Wir fahren weiter, kreuz und quer durch den Sundgau, ohne Plan, und wenn wir Hunger haben, müssen wir nicht in qualvoller Wahl die Freßführer studieren, sondern suchen eine *Auberge*, die offen hat – was nicht selbstverständlich ist –, und nehmen, was es gibt: Eine Kartoffelsuppe in einem dicken braunen Napf, die eine Kräuterhaube hat und wunderbar schmeckt, oder einfach trockenen, scharf geräucherten Schinken mit grobporigem, frischem Brot, das in dicken Keilen abgeschnitten wird und von dem man nicht aufhören kann zu essen. Der Wein ist hell, ein wenig grünlich, und auch mit ihm hört man nicht gern auf.

Anderswo gibt es Dichterstraßen, Märchenstraßen oder ähnliches: Im Sundgau gibt es die Backkarpfenstraße, eine mit Karpfenteichen und Zuchtanstalten gesäumte Route, Liebhaber dieses Fisches kommen im Sundgau auf ihre Kosten. Wolkengefleckter Himmel, Tausende von Kirschbäumen und an jeder Ecke ein Wegkreuz. In Knoeringue steht eine kleine, spätgotische Kirche von 1608, der Friedhof, der sie umgibt, erzählt elsässische Geschichte: »Unseren im Krieg geopferten Kindern«. Die meisten heißen Munch, noch andere deutsche Namen tauchen auf: Bronner, Zimmermann, Schluraff. Der Friedhof selber ist noch nicht wirklich französisch, die wütenden Gesichter echter Stiefmütterchen schauen weitaus häufiger von den Gräbern als die in Frankreich beliebten Porzellanblumen. *Ici repose* und ruhe sanft.

Folgensbourg gilt als Heimat des heiligen Apollinaris, von dessen Existenz ich vorher nichts wußte. Auf einem Seitengemälde der Kirche kann man ihn beim Taufen sehen, also hat er doch mit Wasser zu tun! Auch Folgensbourg, Muespach-le-Haut, Steinsoultz haben, von den üblichen Neuzeitsünden abgesehen, die undramatische, gottgewollte Dorfordnung: Kirche und Friedhof, Gasthaus, Post und Schule, rechts *Garçons*, links die *Filles*. Die Mairie, die Bürgermeisterei, erinnert überall in ihrer stolzen, ein wenig schloßartigen Herausgeputztheit an das leise Gockelige, das, mit Verlaub, die französischen Polizisten so ziert. Matt hängt an diesem Tag die *Tricolore*.

Die elsässische Sprache war lang in den Schulen verboten. Besetzt und ihrer Sprache, ihrer Kultur beraubt seien sie, hat Tomi Ungerer mehr als einmal gesagt – er, der Elsässer sein will und Europäer, natürlich, und sonst gar nichts.

Auf dem Weg von Dorf zu Dorf, die nonnenmützigen, in verwegenen Farben prangenden Sundgauhäuser bewundernd, schleicht sich immer wieder die Frage nach dem Wesen dieses Europas ein. Wieder ein neuer, ganz eigener kleiner Flicken in der bunten Decke Europa, das nur erträglich sein wird, wenn man den Ländern und ihren kleinen Teilen die unverwechselbaren Farben läßt. Auch im Sundgau finden sich dieselben Verbrauchermärkte und Sparkassen wie in Tromsö oder Palermo, wie sollte es auch anders sein? Sie sind aber bei der Wanderung durch die Dörfchen und Täler so unsichtbar, daß sie, wenn sie auftauchen, mehr als sonst stören, geradezu ein Schrecken sind sie.

Eine einzelne rostige Schiene begleitet den Weg durch die Wiesen bis nach Hirtzbach. Was mag vor Zeiten auf ihr gefahren sein? Auf einer einzelnen Schiene? Vorher ging es eine Zeit am Kanal entlang, hier sieht es aus wie in Holland, das schnurgrade Wasserband mit den Schleusen teilt die Landschaft, Enten schaukeln, manchmal zieht ein kleines, rundliches Schiff vorbei.

Langsame Tage: Und dann kommt Hirtzbach. Es ist schwierig zu beschreiben, in welchem Moment einem die Vollkommenheit der Begegnung mit einem Ort zuteil wird: Und dann kann es immer noch sein, daß jemand, dem man das mitzuteilen versucht, sagt: Ich weiß gar nicht, was du willst: Das Schloß ist kunsthistorisch völlig bedeutungslos, geh mal ins richtige Frankreich, da siehst du ganz andere! Die Kirche ist der übliche Stilmischmasch, der Park, naja, ganz nett, aber ein bißchen spießig, oder? Nein, ich versteh dich wirklich nicht, wo gehen wir denn in dieser Einöde essen?

So könnte einer, mit dem man das Glück eines Ortes teilen will, reden, so könnte ein von Lektüre verführter Leser denken. Man fahre also nicht nach Hirtzbach. Da steht ein weißes Schloß, bewacht von etwas schief geschnittenen Taxusobelisken, eine kleine, wie im Traum erstarrte Allee. Das Schloß ist von jenem alten Weiß, das in reiner Luft nicht schmutzig oder gelb wird, sondern ein bißchen bläulich. Ein Fenster steht offen, ich fühle plötzlich einen winzigen Neidpfeil, aber er geht fast sofort wieder vorbei – oder? Die Tore sind geschlossen, ein Auto steht auf dem buckligen Pflaster des Schloßhofs, wo eine Reihe Kutschen stehen müßte. Seitlich sehe ich eine Art Hausgarten, ein Mann arbeitet darin.

Ob das Schloß bewohnt sei?

Ein paar Leute lebten da, ja.

Die Familie?

Nein, die nicht.

Ob es noch eine Familie gebe?

Ja, die Barone Reinach.

Ob es denen noch gehöre?

Ja.

Kann man hineinschauen?

Nein. Es muß seltsam sein, so etwas zu besitzen, ein Proust-Träumchen gleichsam, aber vielleicht denken die Barone und Baroninnen gar nicht daran, daß da irgendwo im Stillen ein Schloß steht und wartet. Es ist gut, daß man nicht hineinschauen darf. Aber der Park, der Park Reinach ist ja zugänglich, ganz demokratisch, die Bäume haben Schildchen, und die Kinder rennen artig die Wege entlang. Ein kleiner Bach glänzt in der Wiese, Heimat von merkwürdig dick- und buntköpfigen Enten. Vielleicht sind es chinesische, so was hatten Fürsten doch schon früher in ihren Gärten. Der Park wird zu einer weiteren Zeitreise, weiter hinten, entfernt von einkaufstaschentragenden Frauen und den spitzen Kinderschreien, finden sich verfallene Lusthäuschen, die an ihrer Stirnseite Uhren tragen, stehengebliebene Uhren. Der wie ein Schlößchen gebaute Futterspeicher ist leer, überwachsene Mühlsteine lehnen an der einsinkenden Wand. Die Bäume, die hier stehen, haben alles gesehen, die ganze versunkene Welt. Speicher voller Heu und Hafer, die Lusthäuschen voll von Liebespaaren. Pferde und Musik, hungernde Bauern. Wechselnde Herren, gleichbleibende Armut. Dieses Hirtzbach hat noch einen anderen magischen Mittelpunkt: Die wundertätige Quelle der heiligen Afra. Nach einigem Suchen entdeckt man eine kleine, verschlossene Kirche und gegenüber, in blühenden Wiesen, die in einem Häuschen gefaßte Quelle. Auch sie ist von einem Gitter beschützt, rund und glänzend wie ein Auge.

Eine freundliche Frau mit Kirchenschlüssel war aufzutreiben, die Wundertätigkeit der Quelle nachzuprüfen blieb uns verwehrt.

Die heilige Afra war, wie die Bücher sagen, ein leichtes Mädchen des vierten Jahrhunderts, ließ sich bekehren und wurde daraufhin umgebracht. Sie gilt als Beschützerin der Prostituierten. Wie sie von ihrem Ursprungsort Augsburg ins verträumte, ferne Hirtzbach geraten ist, war nicht herauszufinden. Am Quellenhäuschen steht in rührender Offenheit zu lesen, daß das Wunder des Wassers sich in einem unerklärlichen, feinen Ölfilm auf der Quelle gezeigt habe. Seit man aber von der Beleuchtung des Häuschens mit Öllampen Abstand genommen habe, sei auch der Wunderschleier verschwunden. Es sei für die Augen gut, das Wasser, sagt die Frau mit dem Schlüssel und schenkt uns eine kleine Broschüre. Nein, Touristen kämen fast nie. Der Abschied von Hirtzbach ist eine Mischung aus Traurigkeit, Glück und vorauseilender Eifersucht. Ich werde niemandem empfehlen, dort hinzufahren. Es ist ja auch ganz langweilig.

Dafür tobt am anderen Tag in Ranspach-le-Haut ein Feuerwehrfest mit einem ausgedehnten Flohmarkt. Am Ortsrand parken die Daimlers und andere dicke deutsche Autos, in verlogenen Freizeitklamotten strolchen die Händler durch das Gewirr aus Kaffeekannen, Bildern, Waschkommoden und Bronzeleuchtern. Fast um den ganzen Ort geht der bunte Gürtel aus Gerümpel.

Sie kommen zu spät! schreit eine Dame schadenfroh zu uns herüber. Alles schon weg!

Nichts ist weg, sage ich, und wir kaufen einen Krug und ein eisernes Blumenbänkchen, nur so, und am schönsten ist das Informationsgespräch mit einer mächtigen Händlerin, neben der stolz ein prachtvoller Hund sitzt.

Ob der zu verkaufen sei, fragen wir und meinen es gar nicht ernst. Es dauert ziemlich lang, bis wir aus dem elsässischen Wortschwall herausgeklaubt haben, nein, der sei nicht zu verkaufen, aber seine acht Kinder, denen man den Markt nicht habe zumuten wollen, aber man solle doch in Lebensgröße sehen, wie schön die einmal würden, und deswegen säße nun der Papa da, ja, er sei zierlich für einen Basset, aber das, was die Deutschen unter Basset verstünden, das seien gar keine, sondern das seien Bassethund! Hund! sagt die Händlerin noch einmal verachtungsvoll, und der wahre, nämlich elsässische Basset sitzt angeberisch daneben und versteht jedes Wort.

Wir sind der Dame sehr dankbar, daß sie nur den Vater und nicht die Kinder zeigt, sonst wären wir vielleicht schwach geworden. So gehen wir ins große Feuerwehrzelt, essen *saucisses*, trinken Wein und bewundern die schönen Wiesenblumensträuße auf den papiergedeckten Tischen. Es ist eine Gegend der kleinen, unspektakulären Freuden, der überraschenden Entdeckungen, und manchmal sind es die alten, vergessenen Dinge, die wiederzufinden sind – wie zum Beispiel simple Wiesenblumensträuße. Sage keiner, das sei nichts Besonderes: Er besuche lieber ein Feuerwehrfest im Sundgau – im Sommer gibt's eins nach dem anderen, in jedem Dorf ein eigenes Fest. Wiesenblumensträuße stehen auch auf den Tischen der Moulin de Kaegy, die ist nun was ganz anderes, und zum Schluß das feine Restaurant, ohne das jedwede Geschichte aus dem Elsaß unvollständig wäre. Also: Nah bei Mülhausen, in Steinbrunn-le-Bas, liegt die restaurierte Mühle, ein gutbesuchtes Idyll mit klarem Bach und gelb blühenden Wiesen. Liebhaber von Gänseleber und Fasanenpastete, Gemüseterrine und anderen französischen (nicht ausdrücklich elsässischen) Köstlichkeiten kommen hier auf ihre Kosten. An der Wand hängt auf rotem Samt so ein begehrtes Schlüsselchen, den Service versehen sehr hübsche, angenehm gerundete Mädchen in geblümten Kleidern. Auch die Weinkarte lohnt Reise oder Umweg.

Ach, es geht zu Ende, aber da war doch noch die Kirche von Thann und die Madonna, die vom Jesuskind am Kinn gekitzelt wird, da waren die Straßencafés, die prachtvolle Synagoge, auf deren Wegen lang niemand gegangen ist. Ungestört wächst das Gras über allem. Es hat viel Gras wachsen müssen in diesem vergessenen Weltwinkel, über Hexenverbrennung und Kriegsgreuel, Ausbeutung, Verrat und Annexion. Daher kommt sie sicher, diese leise Melancholie, die über allem liegt, so schön sie sind, die Blicke über die Vogesen und in die letzten Auwälder, die Teiche und die blühenden Kirschbäume. Carl Michael Bellman, der schwedische Dichter und Trinker, sang: »Holt mir Wein aus vollen Krügen / Notabene, Wein vom Sundgau / und ein Weib soll bei mir liegen / Notabene, eine Jungfrau«, und beginnt die letzte Strophe mit den Worten: »Laß die Erde heiß sich drehen. / Notabene, bis sie kalt ist ...« Wir sitzen an einer kleinen Straße, es ist ganz still. Der Wein ist aus dem Sundgau, und wir sehen der Erde zu, wie sie sich dreht.

Frau Donau

Warum sind manche Flüsse Männer und manche Frauen? Der Ganges, der Missouri, der Rhein – aber: die Seine, die Themse, die Donau?

Sie wird uns ihre weiblichen Eigenschaften zeigen, unwillig, manchmal nach langem Suchen, sie ist wie eine Frau, die bei der Arbeit nicht gestört werden möchte. Was ist schon dabei, sagt sie, Tag für Tag die Plackerei – Walzer? Die bayerische Donau entlangreisend, sie suchend und oft wieder verlierend, ist das letzte, was einem in den Sinn kommt, jenes Ballsaalgetue, womit man sie seit den seligen Wiener Musiktagen in Verbindung bringt. In Donauwörth sitzt eine Bronzedame mit auseinanderguckenden Brüsten, von zornig blickenden Stiefmütterchen umgeben, mit dem Rücken zum Fluß und schaut: Wie? Etwas zwischen Angeekeltsein und Überdruß kann man in ihrem Gesicht lesen. Das sei, verkündet ein Schild, die JUNGE DONAU. Mit Allegorien ist es immer so eine Sache, aber so gründlich danebengegangen wie diese – das ist schon wieder lustig.

Hinter der Dame zieht sie unangefochten vorbei, die wahre Donau, grün und ein bißchen schlammig ist sie und trägt Baumstämme und eine Menge Enten auf ihrem Rücken. Das Wasser duftet nach losgewaschener Erde, nach Gras und eben nach Wasser, jener

Flußgeruch, der in nicht allzuferner Zeit nur mehr Erinnerung sein wird.

Die Bronzedonau schaut auf ein altes, schönes Hotel. Das heißt, es war einmal schön, das Hotel Krebs, trotz der lauten Kreuzung, an der es steht, umgibt es Stille. Die schmiedeeisernen Fensterbrüstungen zeigen Neptun mit schaumbedeckten Rosen, im Dachfirst ist der Doppeladler, Tauben fliegen ein und aus. In einem Fenster – es ist Sommer – zeigt sich ein frischgeschmückter Weihnachtsbaum.

Gespenster lassen sich vom Fortschritt nicht stören. An manchen Stellen hat die Donau, diese unaufwendige, ein wenig mürrische Flußpersönlichkeit, sich erfolgreich um die Beglückungen der Neuzeit drücken können. An anderen ist sie, bedingt dadurch, nicht wiederzuerkennen, eine öde Betonrinne, Tieffluggebiet, zum Kanal gedemütigt.

Da sind wir aber noch nicht, und wir denken nicht einmal daran, obwohl man es ja weiß.

Donauwörth ist eine neue Stadt mit einer pastellen bemalten Innenstadt, langgestreckt, Gedenktafeln beschwören immer wieder eine glorreiche militärische Vergangenheit. Die ist aber reichlich hundert Jahre her und endet friedsam mit einer Dankeschöntafel, die ein amerikanischer Offizier, dem es in den Jahren nach dem Krieg gut in Donauwörth gefallen hat, aufstellen ließ. Es gibt auch eine interessante Fabrik hier, Käthe Kruse, die legendäre Puppenmacherin, hat nach dem Krieg in Donauwörth die Fabrikation ihrer schönen teuren Puppen begonnen. Wer sich das Vergnügen machen will, ein sachliches Zauberreich zu besichtigen, kann es hier tun. Das sei ein Widerspruch in sich? Im Gegenteil: Das Wort trifft auf die Landschaft am Fluß auch zu. Sie ist eben nicht der Rhein – sie brüstet und spreizt sich nicht, sie zeigt sich nicht her. Ihre Geheimnisse sind spröde, nicht jeder wird sie verstehen wollen. Was ist schon dran an diesen Häusern mit den graden Fachwerkbalken, an den graden, grauen Wegkreuzen, den grauen Straßen, auf denen man oft eine Stunde lang allein dahinfährt? Man hat ihr noch etwas von ihrem Auwald gelassen, hier heißt er Ries, und die umgestürzten Stämme tragen Schleier aus Waldreben und Schlinggewächs.

Überall ist sie hier, die Donau, aus dem hohen Gras schaut sie mit einem schwarzen Wasserauge, zieht dünne, silberne Rinnsale zwischen den Weiden hindurch, man versinkt in ihr, wenn man vom Weg abkommt.

Im Frühjahr blühen Veilchen, wilde Hyazinthen, Anemonen und Schlüsselblumen hier, auch Knabenkraut, heißt es. Manche Kommunen tun so, als sei ihnen der Erhalt des wilden Landstücks höchstpersönlich gelungen, jetzt, wo in jedem Metzgerblättchen was über Ökologie steht. Alles ist Augenwischerei. Wer den Auwald liebt, hat akzeptiert, daß er mit unserer Art Zweckdenken nicht nur nichts zu tun hat, sondern ihr geradezu entgegensteht. Er ist auch nicht zur Touristenunterhaltung oder zum grünen Seelenbad geeignet. Er ist dunkel, naß und will in Ruhe gelassen werden. An den Straßen sind Krötenzäune, aber die Äcker sind bis zum letzten Streifen gepflügt, keine Hecke, keinen Feldrain, kein wildes Eckchen haben sie übriggelassen. Agrarwüste.

Die Kirchtürme sind spitz, in der Ferne taucht das Rokoko-Kleinod Leitheim auf, ganz unpassend rosaweiß in der Landschaft stehend. Es gibt zwar auch eine Schloßkapelle, aber sie vermag den fast leichtfertigen, jedenfalls sehr weltlichen Eindruck nicht zu verwischen. Bei Lechsend mündet der Lech, danach kommt Marxheim, was den bayerischen Freund und Mitreisenden zu der Frage verführt, was denn dort wohl ende …

Er kennt die Gegend nicht. Viele kennen sie nicht, sind auf Oberbayern und Zwiebeltürme abonniert und lassen den Fluß und die spröde Landschaft links liegen. Dabei gibt es so viele Gründe, neugierig zu sein! Bei Burgheim weitet sich der Fluß zu einem bleifarbenen See. Am Stauwerk steht ein riesiger, klobiger St. Christophorus und gibt acht. Das Wasser flüstert unter den Bäumen am Ufer, kein Mensch ist zu sehen, kein Auto zu hören. Nach ihrer Zähmung wird die Donau schneller. Heubündel, Stämme, Schuhe, ein totes Schaf, alles, alles trägt sie eilig davon.

Manchmal gibt es keinen Weg an ihrem Ufer, dann muß man ein Stück zurück in die weite, hügelige Landschaft, fährt durch Dörfer voller Heiligenbildchen und Eternitdächer, fährt an Hochzeiten und Leichenzügen vorbei. Man kann sie nicht immer sehen, die Donau. Aber sie ist jederzeit spürbar, man riecht sie, das Wasser verändert das Licht. An manchen Tagen liegt ein fast perlmuttfarbenes Licht über dieser unaufgeregten, stillen Landschaft, deren Menschen keinen Grund sehen, anders zu sein als das Land, das sie bewohnen. Unauffällig, ruhig, ein bißchen mißtrauisch.

Hoch und schön steigt Neuburg aus der Ebene. Da ist noch die Kirche das auffallendste Gebäude und nicht das Wasserwerk oder die Bank. Hier scheint es, hat man den Blick schon etwas nachdrücklicher auf etwaige Fremde gerichtet, die kommen dann auch und wandern durch die Kirchen und die steilen Straßen. In St. Peter liegen unter den Seitenaltären die heilige Constanze und der heilige Gaudentius, in juwelenbedeckte Seide gehüllt, die Knochenhände mit glitzernden Ringen beladen. Die Reliquien, die Anbetung der sterblichen Überreste – um die es ja eigentlich grade nicht geht – haben hier entlang der Donau eine ganz besondere Tradition. Die Donau hat früher die Schiffe getragen, auf denen Alltagsgüter und Luxusgegenstände ebenso transportiert wurden wie die handfesten Beweise des heiligen Lebens: Knochen und Holzsplitter, Tränenkrüglein und Folternägel.

Die Donau ist eine Frau: Man wendet sich nicht mit jeder Kleinigkeit gleich an den Allerhöchsten, man stellt sich dafür gut mit denen, die ihm nah sind. Die heilige Constanze neigt ihren geschmückten Schädel dem angegruselten Besucher entgegen. Wir können aber leider nicht rauskriegen, für welche Art der Hilfe sie zuständig ist. In Reclams Heiligenkalender kommt sie nicht vor.

Ach, wahre bayerische Schönheit, weit weg von Alpenduselei und Biergarteneuphorie! Neuburgs Oberes Tor ist von 1530 und trägt das hübscheste Wappen, das ich seit langem gesehen habe: nämlich eben das Tor, obendrauf ein relativ sprungbereiter Löwe und darunter, einander wie im Streit zugewandt, die beiden Prinzen Ottheinrich und Philipp: aber sehr mangelhaft bekleidet und auf Steckenpferden! So lobe ich mir die Darstellung der Macht! Das Café an der Kirche hat eine sehr zeitgemäße und gute Auswahl, einen beachtlichen Kaffee, sechs Sorten richtigen Tee und junges Publikum.

Auf dem Hauptplatz, einem wirklichen Wunder an Geschlossenheit und intelligenter Restaurierung, toben im Sommer die Neuburger ihre Geschichtsfreude aus, beim Schloßfest, die ganze Stadt in Renaissancekostümen. Aber auch ohne die sicher lustige Statisterie ist der Platz, er allein schon, einen Umweg wert.

Vom Hang aus kann man die Donau sehen, sprudelnd und grünlich, von tausend Wasservögeln bewohnt. Eine Viertelstunde weiter flußabwärts steht auf einer Wiese ein Reiher. Nach ungläubigem dreimaligem Hinschauen, vorsichtigem Näherkommen steht fest: Es ist kein Reiher, sondern tatsächlich ein Storch!

Weit haben wir es gebracht, daß wir einen Storch, der da auf der Wiese herumstakst, wie ein Wesen aus der anderen Welt betrachten, weil wir wissen, daß es aus einer anderen Welt ist, aus einer, die versunken ist, obwohl wir sie hier noch spüren.

Zeit, sich an die Dichter der Donau zu erinnern,

und es sind nicht die süßen Sänger, sondern sperrige Leute, die den Fluß für uns in Wörtern aufbewahrt haben – sogar jene Stellen, die wir meiden werden, weil sie uns traurig machen: In Wörtern sind sie noch da, und die Wörter zeigen, was verlorenging: »Der große Strom kam breit hergeflossen / Wie ein großer, silberner Fisch. Wälder warn seine Flossen. / Mit dem hellen Schwanz hat er den Himmel angestoßen / So schwamm er schnaubend in die Ebene hinein / Licht wogte um ihn, dunstiger Schein. / Dann war nur mehr er, nur mehr er, der silberne, nur mehr er allein.«

Das hat der Expressionist Georg Britting in den zwanziger Jahren über die Donau geschrieben, gab ihr ein anderes Geschlecht, beschwor ihr Licht und ihre Macht. Die Stellen sind bekannt, die er bedichtet hat – »herrlich, herrlich grün lodern die Wälder ... ein kochendes Grün, ein erzgrünes Grün«, schreibt er in dem Gedicht *Grüne Donau* – man könnte Brittings Gedichten wie einem poetischen Reiseführer folgen. Dort aber, wo er das geschrieben hat, ist es nicht mehr so. Dort hat das dümmste Bauwerk seit dem Turm zu Babel, wie ein Politiker einmal in seltener Deutlichkeit den Rhein-Main-Donaukanal genannt hat, sein Zerstörungswerk getan. Und so suchen wir Brittings Landschaften an anderen, verschlafenen, dem Himmel sei Dank, unbeachteten Orten. Wir verlassen schweren Herzens den übriggebliebenen Storch.

Zwei Bussarde stoßen auf etwas herunter, Federn oder Fell fliegen – ich schaue weg. Habichte kreisen über der aufgeräumten Landschaft. Ach, die Dichter – Ingolstadt vorbei, ich denke an Marieluise Fleißer, und wir kreuzen tatsächlich den Fluß auf einer Pionierbrücke. Auch Bertolt Brecht hat, mögen alle das Gegenteil behaupten, tausendmal mehr mit dem Lech und der Donau zu schaffen als mit der Spree. »Natürlich muß man auf dem Rücken liegen / So wie gewöhnlich. Und sich treiben lassen / Man muß nicht schwimmen, nein nur so tun, als / Gehöre man einfach zu Schottermassen. / Man soll den Himmel anschaun und so tun / Als ob einen ein Weib trägt, und es stimmt. / Ganz ohne großen Umtrieb, wie der liebe Gott tut / Wenn er am Abend noch in seinen Flüssen schwimmt.« (Bertolt Brecht, *Vom Schwimmen in Seen und Flüssen.*)

So waren sie, die Sommernachmittage an der Donau, als sogar der liebe Gott sich noch getraut hat, in ihr schwimmen zu gehen, ja, genauso müssen sie gewesen sein.

Wir fahren schneller und halten nicht mehr, Industriegebiet Saal an der Donau, Hoechst Kelheim, Münchsmünster Petrochemie. Arbeitsplätze. Es darf einem also nicht einmal weh tun. Tut es aber doch. Brittings grüngrüngrüne Wälder sind vom Sturm und vom sauren Regen arg gezaust, das ist kein Thema mehr. Die entschlossene Suche nach den Resten des Geheimnisses ist aber immer wieder erfolgreich.

Bei Kelheim, wenn man den Anblick der Befreiungshalle hinter sich hat, die wie ein großer Kuchen aus Vanille und Pistazien in der Landschaft liegt und bei der man gar nicht mehr ahnen kann, wieviel leidenschaftliches Für und Wider sie einst ausgelöst hat (als ich klein war, galt sie unter aufgeklärten Menschen als das geschmackloseste Bauwerk des ganzen Landes – diese Probleme hätte man heute gern!) –, bei Kelheim also muß man in Richtung Weltenburg abbiegen, zum Donaudurchbruch. Vielleicht tut man es an einem regnerischen Wochentag, es geht schon zum Abend hin, die Parkplätze sind leer und die Andenkenbüdchen geschlossen. Mächtig stehen die Felsen und die Mauern des Klosters am Weg, der Weg ist unheimlich, das Wasser drängt und zieht immer wieder nach unten in kleinen, grünen Strudeln. Weit hinten, wo die Berge den Fluß bedrängen – nein, wo vor Millionen Jahren der Fluß, die Donau, den Stein überwunden und gesprengt hat, müht sich ein Kanufahrer. Hier ist vielleicht die gefährlichste Stelle der Donau, aber man muß allein sein, um es zu spüren. Das Kloster, Lieferant von Bier und Bärwurz, einem ziemlich lebensgefährlichen Schnaps, gibt sich bayerisch-gemütlich und war doch ganz anders gedacht. Den Elementen trotzend, eine wehrhafte Bastion gegen die Unwirtlichkeit und Gleichgültigkeit der Elemente. Noch heute kommt man sich unter den Felsen, unter den schwarzen Wäldern, sehr klein vor. Durch die Scharten der Klostermauer, die den Fluß bis zu jener Stelle, an der Fluß und Felsen allein bleiben und nicht mehr begeh- oder befahrbar sind, begleitet, kann man in Küchengärtchen sehen. Das haben sie immer gut gekonnt, die Mönche und Nonnen, die sich die schwierigsten Siedlungsorte ausgesucht haben: entschlossen, den Alltag der Gefahr entgegenzusetzen.

Am anderen Ufer, unerreichbar (Baden strengstens verboten! Lebensgefahr!) sieht man ein hübsches Jagdhaus, ein Rauchfähnchen weht aus dem Kamin und daneben – man schaut zweimal hin, weil es in diesem dunklen und archaischen Tal gar nicht zu fassen ist: eine Satellitenschüssel, wahrhaftig. Noch nie ist mir ein Gegenstand so fremd, so science-fiction-mäßig vorgekommen wie dieses weiße Rund am Hang der schwarzen Berge.

Ach, so wenige Wörter für so einen langen und verschlungenen Weg! Man könnte natürlich ein Schiff besteigen und die Donau von ihrer Mitte aus betrachten – aber das hat den Nachteil, daß man mit ihr nicht allein wäre und alle naslang die Reiseleiterin sagt, man fahre jetzt an der Walhalla vorbei und an Straubing vorbei, bei Deggendorf werde es Mittagessen geben. Die Donau trägt ihre weißen Schiffe gleichmütig wie alles. Als Kinder hatten wir das Lieblingswort »Donaudampfschiffahrtsgesellschaftskapitän«. Doch der mühsamere Weg ist der richtige – an den Ufern entlang, sie in all ihren Eindeichungen und Zwängen über lange Strecken nur ahnend.

Am Ende liegt Passau – nein, nicht am Ende, nur am bayerischen Ende, und ein wenig weiter, in Budapest, kann man auf der Kettenbrücke stehen und das vertraute Wasser begrüßen.

Passau ist eine schöne Stadt mit einigen befremdlichen Modernisierungen. Passau ist eine wichtige Stadt. Aber ich bin und bleibe der wahren Königin der Donaustädte – der bayerischen natürlich – für immer verfallen: Regensburg. Daß ich das Glück hatte, dort geboren worden zu sein, hat nichts damit zu tun!

Nur hier kann ich eine Donaureise beenden, über die schönste, die Steinerne Brücke gehen und die Jahrtausende unter den Füßen spüren, in der Mitte – vielleicht verbietet man ja eines seligen Tages die Autos! – stehenbleiben und in den breiten Fluß schauen, der sich an den Wehren mit dem berühmten Strudel vorbeidrängt – früher war es eine beliebte Mutprobe, da hinunterzuspringen. Das ist hoffentlich inzwischen aus der Mode gekommen. Den schönsten Blick auf die Stadt hat man vom Spitalgarten aus, man muß sich ganz vorn hinsetzen, dann sieht man die Betonabzweigung nicht, die ein offenbar Blinder dahin gebaut hat. Die Flußfront der alten Stadt, ihre müden Pastellfarben, die stolzen Geschlechtertürme: und über allem der gotische Dom.

Man sollte kommen, wenn die Bäume noch nicht das sommerliche Laub tragen, aber auch dann ist es schön, ach, es ist immer schön. Man sollte eine Radler trinken und einen Radi dazu essen, der seine scharfe Würze vom Donauwasser, das er eingesogen hat, gewinnt. Oder einen Leberkäs mit lauwarmem Kartoffelsalat. Oder Knackwürste – die überall Regensburger heißen, nur nicht hier – abgebräunt oder in Essig und Öl.

So kann es Abend werden, die Mücken tanzen über dem Fluß, und unten auf der Insel liegen lesende oder schlafende Menschen im Gras, von ihren Hunden bewacht. Wenn man am nächsten Mittag vielleicht in das Dampferchen steigen will, muß man wissen, daß man zurückkommt, denn um Regensburg wirklich kennenzulernen, reicht ein Leben nicht aus.

Vielleicht setzt man sich in die sogenannte Historische Wurstküche, die seit Jahrhunderten das Donauufer mit ihrem duftenden Qualm einnebelt, ißt ein halbes Dutzend Bratwürschtel auf Kraut oder eine Kartoffelsuppe (die beste Aschermittwochssuppe der Welt!) und überlegt sich das mit der Weiterreise noch einmal. Die Walhalla kann warten – in jeder Beziehung.

Die Donau ist eine Frau und macht sich nicht wichtig. So ist ihre ganze Schönheit noch längst nicht jedem bekannt, das ist ihr wie den an ihr lebenden bayerischen Menschen wurscht, wie man hier sagt. Eine Geschichte von Georg Britting, die in Regensburg spielt, endet mit den Worten: »Und, sagten wir, du glaubst, daß damals der Mond größer und gelber war? Geh heut abend mit uns auf die Donauinsel, heut abend um acht kommt er, der gelbe Wanderer, sieh ihn dir an! – Ja, sagte der Onkel, der Mond, der vielleicht, aber das Bier?«

So sind sie hier, die Leut. Deswegen fällt auch die Trennung so schwer.

Am Main

Der winterliche Main: Völlig ungarniert, Romantik kann man sich allenfalls dazudenken, wenn man will. Die Promenaden und die Molen, die Industriegebiete und die wilden Stellen – alle seltsam ähnlich mit den kahlen Bäumen und den grauen Böden, Wiese oder Beton, der Unterschied fällt im Winter nicht so sehr ins Gewicht. Und doch: Wenn man sich einmal auf den Weg gemacht hat, irgendwo am Ufer, egal wo, hüben oder drüben – man geht immer weiter, bis die Füße weh tun und die Mundwinkel auch, von der Kälte. Wie beschreibt man einen Fluß, ihn selbst und nicht seine Ufer? Die Weiße Flotte fährt nicht, nur ein leeres, breites Schiff liegt am Eisernen Steg, die *Nautilus*. Man sieht da unten den Gesellschaftssaal leise schwanken, er ist mit Girlanden und bleichen Luftschlangen geschmückt. Dieses Bild trauriger Trunkenheit wird durch eine sehr energische türkische Musik, die irgendwoher kommt, ein bißchen erträglicher gemacht. Kneipen tagsüber, das ist immer so eine Sache, das gilt auch für einen schwer verbotenen Ort meiner Jugend, an dem ich mich gern aufgehalten habe – da war das richtige Leben, Jazz und Fremde und die Suff-Erleuchtung, die nur an Flüssen und in Häfen vorkommt –, das »Down by the riverside«. Ach, die schönen Sünden. Wie die sich wohl heute ausnehmen? Jedenfalls mußte man zum Büßen und Bereuen nur grade über den Eisernen Steg, in die Dreikönigskirche. Fluß und Ufer. Das jeweilig andere, das der Wohnseite gegenüberliegende, aufzusuchen hat immer etwas von einer Reise. Weil die Flußüberquerung, vor allem im Auto, ganz unmerklich vonstatten geht, ist der Stau die einzige Chance. Dann schaut man von der Alten Brücke, dieser über den Fluß gelegten Straße, die ihr Brückentum schon lang leugnen muß, in erzwungener Ruhe auf das, was hier die Skyline genannt wird, immer mit einem entschuldigenden Kichern hinterdrein. Unaufhaltsam wird es aber doch so was Ähnliches.

Wenn man Glück hat, findet der Stau in der Dämmerung statt, der Main gibt farblich sein Bestes – flüssiges Gold, doch, klar, das haben wir hier auch, wenn es uns auch keiner zutraut. Es läßt sich nicht leugnen – dieser Fluß hat Imageprobleme. Als Dreck- und Chemietransporteur gehört er gewissermaßen zu den berufstätigen Flüssen, denen man nicht unbedingt zärtliche Gefühle entgegenbringt. Das ist nicht gerecht, aber bei genauerem Hinsehen ein Vorteil. Der Rhein bietet bis zum heutigen Tage zu den peinlichsten Ausbrüchen Anlaß – das ist dem Main erspart geblieben. Seine Zeiten als kriegswichtiger Fluß sind lang aus dem Gedächtnis. Er zeigt seine Schönheiten nicht ohne weiteres und läßt sie unbesungen.

Höchste Zeit, ein wenig systematisch vorzugehen: Als Anfang bietet sich der Fechenheimer Friedhof an. Von allen Frankfurter Friedhöfen ist er dem Fluß am nächsten. Um sich tröstlichen, seit der Antike vorgedachten Überlegungen hinzugeben, ist dieser Ort wie kein zweiter geeignet. Man sieht es den Gräbern an – die Toten bekommen hier viel Besuch, und gewiß geht kein Trauernder, ohne einen Blick auf den Fluß geworfen zu haben, der vieles vorbeiträgt, Lebendiges und Totes. Am Eingang des schönen Sandsteingebäudes mit dem Figurenfries ist ein Schild angebracht, wo der Rettungsdienst zu erreichen ist. So viel Fürsorge, die möglichen Schwächezustände der Hinterbliebenen betreffend, habe ich noch nirgendwo sonst gesehen.

Der Weg am Main entlang führt durch Dörfer (aus denen Frankfurt besteht), Industrieansammlungen, Hafenanlagen und Wälder, Holundergebüsch und bewachtes Ödland. Vollkommen verschiedene Welten reihen sich am Main aneinander, sie haben unsichtbare, aber feste Grenzen. Die schlammigen Wege am Fluß stadteinwärts mit Blick auf eine kleine spitztürmige Dorfkirche am anderen Ufer, die durch Weidengestrüpp treibenden Bleßhühner und Enten, die gemächlichen Schlepper und der Geruch nach richtigem Wasser, den geheimnisvollerweise auch ein dreckiger Fluß haben kann, und dann das riesige Osthafengebiet mit Nord- und Süd- und Vorbecken, Schleuse und Staustufe. Unerkennbar ist der Fluß zerteilt und eingezwängt, ausgedehnt und gezähmt, benutzt eben. Das war schon immer so, der Osten ist in keiner Stadt die feine und romantische Seite, hier auch nicht. Eine Menge Betriebe sind da, das undurchschaubare Gewirr von Kränen und Rampen, Maschinen und Fahrzeugen, eine Gegend, in der man sich schnell faul und parasitisch vorkommt, wenn man einfach rumläuft und guckt. Die besten Imbißstuben der Stadt finden sich hier, weiter oben in Flußnähe die Anlaufstelle der anonymen Alkoholiker.

Wenn man hier vom Main weg nur fünfzig Meter ins Stadtinnere geht, vergißt man ihn sofort. Man spürt sie nicht, jene Langsamkeit und Gemächlichkeit, die anderswo noch drei, vier Straßen vom Ufer weg anhält – hier ist nichts davon. Also weiter zur Deutschherrnbrücke und auf der anderen Seite zurück, den Mainwasenweg entlang, zur Gerbermühle, Radfahrer und Hundeausführer, Liebespaare und Verfressene, Ruhesucher und Ruhestörer, entschlossene Liebhaber der Stadt und ob der unerwarteten Lieblichkeit gerührte Fremde.

Und Goethe. Goethe (»ist er hier langgeritten, Mama?«) und die Erinnerung an Abgeschiedenheit und einen giftfreien Fluß – an die Gerber und ihre Brühe denkt unsereiner ja nicht! Goethe und die sehnsuchtsvollen Wege zu seiner dichtenden Circusprinzessin. (»Haben die miteinander geschlafen?«) Man ist für alles dankbar, auch dafür, daß es IHM nichts auszumachen scheint, inmitten der freizeitlichen Bonbonfarben aufzutauchen. Nackt sind nur die Kastanienbäume. »An vollen Büschelzweigen, / Geliebte, sieh nur hin! Laß Dir die Früchte zeigen / Umschalet stachlig grün.// Sie hängen längst geballet, / Still, unbekannt mit sich, / Einst Ast, der schaukeln wallet / Wiegt sie geduldiglich.// Doch immer reift von innen / Und schwillt der braune Kern, / Er möchte Luft gewinnen / Und säh die Sonne gern.// Die Schale platzt und nieder / Macht er sich freudig los; / So fallen meine Lieder / Gehäuft in Deinen Schoß.« Erst achtzehnhundertneunundsechzig ist das große Liebesgeheimnis gelüftet worden. Man kann am Fluß sitzen und zuhören, wie die Preise für Geburtstagsfeste und Firmenjubiläumsessen ausgehandelt werden. Man kann darüber nachdenken, warum er die unglückliche Marianne nie mehr besucht hat, so daß die sich von ihrem Gatten hat trösten lassen müssen. Man kann den Schiffen und Enten beim Schwimmen zusehen. Manchmal kommt auch ein Reiter vorbei. Besser, man hält sich hier nicht zu lang auf. Sonst wird das Bild unscharf, sonst haben die anderen Bilder keinen Platz mehr.

Über die Obermainbrücke wieder zurück, hier irgendwo steht am Fluß ein berühmtes Bordell, es soll eine sehr kunstsinnige Bar haben. Oben ist die Alte Brücke einfach eine Straße, aber unten, unter ihrem weiten Bogen, vergißt man alle Geschäftigkeit. Rostige, sternförmige Schmiedeeisengitter an den Luken, ein romantisches Brückenhaus und Moos auf den Sandsteinvorsprüngen. Die Gleise sind zugewachsen, obwohl das Bähnchen noch fährt. Roter Sandstein begleitet den Fluß, Mauern und Mäuerchen, Hauswände und Treppen, immer wieder dieses strenge Rot, im Winter wird das ganz deutlich.

Im Historischen Museum kann man an einem Modell sehen, wie die Frankfurter Altstadt nach der Zerstörung im Zweiten Weltkrieg ausgesehen hat: zerbrochen die Brücken, im Main versunken, Dom, Römerberg, die alten Gassen ringsum – hoffnungslos vernichtet, wie damals viele gedacht haben. Der Dom ist gerade, glanzvoll restauriert, Gläubigen und Ungläubigen wieder übergeben worden. An den schönen Saalhof schließt sich dieses Historische Museum an, um das sich jetzt, als letzte Rettung, allerlei Rank- und Schlinggewächse bemühen: Am Römerberg hat man sich um das Bild eines ganzjährigen Weihnachtsmarktes verdient gemacht, an der dem Fluß zugewandten Seite mußte ausprobiert werden, wie so was in modern aussehen könnte.

Schauen wir lieber auf den Fluß. Von einer jener Wohnungen aus, deren Eingang nichts verspricht außer Trübsal und Spießigkeit und die dann eine ungeahnte, vom Fluß begleitete und bestimmte Pracht zeigt. Freunde wohnen da, haben trotz Tausender Bücher und anderer Mühsal auch noch diesen, den wievielten Umzug ausgehalten. Ich wollte immer am Fluß wohnen, sagt Manfred. Es ist dies seit langem ein von der Stadt angestrebtes Ziel, das »Wohnen am Fluß«. Mancher hat das, wir werden dort noch vorbeikommen, ein wenig anders als vorgesehen verwirklicht. Bei gewissen Bürgern dieser Stadt, die sich durch ihre soziale Wachsamkeit auszeichnen, sind diese Pläne immer wieder auf Kritik gestoßen. Sie fürchten wahrscheinlich ein Prasserghetto, bevorzugte Aufbewahrungsburgen für Reiche und Herzlose. Man sollte das vielleicht etwas anders sehen: Steter Blick auf vorbeifließendes Wasser macht die

Menschen träger, etwas fauler, genußsüchtiger und am Alltag desinteressierter – kurz: besser. Ja, manchen Leuten müßte das Wohnen am Fluß geradezu verordnet werden, auf daß man angenehmer mit ihnen auskäme.

Der Eiserne Steg ist ganz neu und feingemacht. Während der Zeit seiner Restaurierung konnte man ihn wie beiseite gelegt am Ufer sehen, das war ein beklemmender Anblick. Die Frankfurter Brücken sind überhaupt nicht so bleibend und ewig, wie es sich für eine ordentliche Brücke gehört. Ein paar Tage, nachdem ich dort vorbeigekommen bin, hat die Friedensbrücke – ausgerechnet! – ein Stück von sich auf ein Schiff fallen lassen. Wieder was Neues zum Gucken am Fluß! Am Eisernen Steg guckt indessen keiner, auf der Sachsenhäuser Seite ist Flohmarkt, die Uferanwohner stöhnen. Alle rennen über den Steg, und keiner gönnt den Wasserstandsanzeigen einen Blick, die festhalten, in welchem Jahr es die nassesten Füße gab. Das war, soweit ich sehen kann, im Jahr 1342, und man fragt sich, woher die das wissen.

Noch ein Blick von der zugigen Brücke hinüber in Frankfurts geflicktes Herz: »Der Saalhof war nach dem Main zu ein regelmäßiges und ansehnliches Gebäude, dessen nach der Stadt gerichteter Teil aber uralt, unregelmäßig und unscheinbar. Kleine, weder in Form noch Größe übereinstimmende, noch auf eine Linie, noch in gleicher Entfernung gesetzte Fenster, unsymmetrisch angebrachte Tore und Türen, ein meist in Kramläden verwandeltes Untergeschoß bilden eine verworrene Außenseite, die von niemandem jemals betrachtet wird. Hier war man nun der zufälligen, unregelmäßigen, unzusammenhängenden Architektur gefolgt ...« – sie altern eben nicht, die Klagen. Sie bleiben wahr, nach allen Kriegen und Zerstörungen, nach allen Neubeginnen und städtebaulichen Klimmzügen. Wir dachten, ihn an der Gerbermühle in sicherer Entfernung zurückgelassen zu haben. Aber das war ein Irrtum – diesen Fluß entlang folgt er einem, ob man will oder nicht.

Also zum Flohmarkt, diesem erstaunlichen Freiluftmuseum, in dem die seligen Siebziger lückenlos aufbewahrt sind und so tun, als seien sie Gegenwart. Alles, alles ist da, jenes Zündholzrot der Haare, das man im übrigen Stadtbild nie mehr zu sehen bekommt, die Häkelwestchen und Indienmützchen, die Kleider mit den Spiegelscheibchen. Räucherstäbchen wachsen hier noch in dicken Büscheln, sogar eine Hundeart der damaligen Zeit, diese pfiffigen, schwarzweißen Glatthaarhunde von handlicher WG-Größe, immer mit einem roten Tüchlein um den Hals – hier kann man sie noch treffen und freut sich. Die Palästinensertücher haben überlebt, der besondere Duft nach Muff und Patschuli, aus wackligen Plattenspielern tönt die richtige Musik, und der Künstler Henner, den ich treffe, erzählt beim Stichwort Main sofort von Machenschaften der Hafenverwaltung und den vergessenen, unterdrückten Mahnorten am Fluß. Ich schäme mich, weil ich die ganze Zeit einfach so romantisch geglotzt habe. Auch dafür ist der Flohmarkt gut, ein bißchen moralische Wiederaufrüstung, ein paar nur wenig abgenutzte Ideale, ein ganzer Posten kaum gebrauchter Utopien.

Der Handel rückt dem Fluß nicht zu sehr zuleibe. Es ist noch Platz zum Promenieren, unter den ordentlich aufgereihten Platanen, die schon seit vielen hundert Metern den Fluß hüben wie drüben begleiten. Jetzt, da sie kahl sind, sehen ihre knubbeligen Äste aus wie Tausende von gereckten Fäusten – diese Sehweise liegt aber vielleicht am Geist des Flohmarkts, der einen erfaßt. Ach, und die angebotenen Handarbeiten, tausendfach Zeugnis ablegend von jenen längst vergessenen unseligen Kreativkursen im Vogelsberg oder in der Toskana. Eisernes, Hölzernes und Tönernes von erhabener Unbrauchbarkeit.

Gegen die Untermainbrücke zu wird der Markt praktischer und türkischer, jedenfalls auf den ersten Blick. Da sind Schuhe und Kinderkleider, ordentliche Kopftücher und Kochtöpfe zu haben, eigentümlicherweise auch Polizeimützen und durable graue Männersocken, denen was Militärisches anhaftet. An einem Stand ist eine stolze Tafel angebracht: Türkisches Gold. Was mag das sein? Ist es echter als unseres oder unecht? Oder ist das ein Geheimwort für etwas ganz anderes?

Auch die verschiedenen Sektionen des Flohmarktes sind abgeschlossene Welten, mit festgefügten Ordnungen. Es geht hier so wenig regellos zu wie fast überall in dieser Stadt. Die soldatischen Bäume, in Viererreihen ausgerichtet den Fluß eskortierend, geben den Ton an, trotz der goldgeränderten Pyjamas, die in irgendeinem ehelichen Schlafgemach für Aufregung sorgen sollen und in beeindruckenden Größen feilgeboten werden.

Über all dem ist es fast unbemerkt geblieben, Frankfurts Stolz und Bürde, die teure kommunale Last, Freude der Touristen und Neidobjekt anderer Städte: das Museumsufer. Respektlose Leute sagen zwar, das Ensemble sehe aus, als habe ein Riesenkind wahllos seine Bauklötzchen im Gras verteilt, aber manche Menschen müssen eben über alles meckern. Begleitet und langsam überholt vom Frachter Anne-Marie, gehe ich am Drehorgelspieler vorbei in das Café am Museumspark, wo es richtigen Tee und viele Sorten davon gibt. Die Leute, die hier sitzen, sehen alle so aus, als würde man sie irgendwoher kennen. Im Frühling muß man hierherkommen, um die Narzissen zu bewundern. Und am schönsten war es, als im Völkerkundemuseum die berühmte Ausstellung *Langsamer Abschied* gezeigt wurde und die Fähre fuhr, weil die Untermainbrücke repariert wurde. Die Fahrt über den Fluß kostete fünfzig Pfennig, viele haben sich damals fünf Mark gegönnt und sind zehnmal hin- und hergefahren, auf die Ausstellung über das Sterben und den Tod zu und wieder von ihr weg, hin und her.

Am Ufer beim Städelschen Kunstinstitut hat ein Teppichhändler verschwenderisch seine Ware im Schlamm des Weges ausgebreitet, als würde ein Potentat erwartet. Die Leute steigen vorsichtig mit Storchenschritten über die leuchtenden Muster. Von hier aus geht der Blick zu Frankfurts, wie ich finde, schönstem neuen Bauwerk, dem Holbeinsteg. Er ist die anmutigste der Brücken, Beckmann hätte ihn gemalt, wenn es ihn schon gegeben hätte. Wenn man drübergeht, vibriert er und sirrt, daß man das Fürchten kriegt. Vielleicht findet sich mal ein Mäzen, der ihn nachts richtig leuchten läßt? Ein paar Schritte nur vom vielstimmigen Flohmarkt weg – und man kann das Wasser schwätzen hören. Zwei düster aussehende Jungs suchen etwas im Ufergebüsch, ein Depot wahrscheinlich. Als sie meiner ansichtig werden, gefällt ihnen das gar nicht, vor allem, weil ich Notizen mache. Es gibt Welten, da kann Schreiben nur Übles bedeuten.

Ich winke heftig einem Schiff namens Ingrid zu und beschleunige meine Schritte. Im Haus des Frankfurter Kanu-Vereins von 1913 brennt tief im neuen Jahr noch der Weihnachtsbaum, und ein Schaukasten beschützt einen Zettel mit der Regel Nr. 1 für diesen Sport: »Du mußt gut schwimmen können!« Am anderen Ufer werden die pastellgrün und bläulichen Silos der Sehringwerke sichtbar, das große Industriegelände.

Da lag viele Jahre lang Ted Kussmanns Schiff. Ted, Fotograf und Grandseigneur, die im Krieg zerschossene Hand elegant und unauffällig mit einem Schnürchen hochgebunden, Ted, der große Freund und Kenner des Flusses. In jahrzehntelanger Arbeit hat er das ehemalige Kriegsschiff zu einem wunderbaren Wohnsitz gemacht, abgeschieden, eine wirklich splendide Isolation. Mit einem Bootchen pflegte er seine Gäste abzuholen und ihnen Stunden der immer gleichen und immer wechselnden Bilder des

Flusses zu schenken. Unvergeßlich die leise Bewegung des gar nicht mehr martialischen Schiffes und der Übergang vom goldenen zum silbernen Licht am Abend. Der Zettel an der Wand in der Bordtoilette, den korrekten Gebrauch derselben beschreibend, war ein poetisches Meisterwerk.

Eines Tages werde er ablegen, hat er immer gesagt, und nach Zypern fahren. Man war so sicher, daß er das nie tun würde, sondern für immer an seinem Liegeplatz bei der Sehring bleiben und den schönen, prosaischen Fluß betrachten werde. Manchmal sah er einen toten Schwan wie ein Wäschestück vorbeitreiben. An solchen Tagen verstummte er. Und dann hat er doch abgelegt und sich auf den Weg zum Mittelmeer gemacht. Irgendwo in der Fremde ist er gestorben, Ted Kussmann, der Lord vom Main. Immer wenn ich über die Brücke komme, schaue ich zu der Stelle, wo sein Schiff gelegen hat.

Die Armee der Platanen hat indessen die Flußbegleitung den etwas schlampigeren Kastanien übergeben, auch andere Bäume tauchen auf, nach den Unikliniken wird der Weg ländlicher und stiller. Wieder Eintritt in eine neue, geschlossene Welt am Main: Campingplatz Niederrad. Zunächst ein von ernsten Gartenzwergen bewachtes Holzhaus, davor ankernd eine teure Jacht mit Namen Antares. Tiefer aber im Gelände und am Fluß aufgereiht sind die fremdartigen Bleiben zu bewundern, die aus dem Sammeltrieb und aus dem Mißtrauen gegen langweiliges und bürgerliches Reglement entstehen. Damit keine Mißverständnisse aufkommen: In dieser Ansammlung von verrosteten Wohnwagen, Vorzelten, aufgetürmten Sperrmüllmöbeln, sorgfältig verpackten Kisten und Kästen, Sonnenschirmgerippen, abgemeldeten und zugelassenen Autos, begonnenen Anpflanzungen und aus Marmorresten gelegten Weglein, die irgendwo anfangen und gleich auch wieder enden, ist durchaus der Wille zur Ordnung erkennbar, ganz deutlich sogar. Es ist eine andere Art Ordnung, die immer schon erfahren mußte, daß sie es schwer hat.

Obwohl alles in der Ansiedlung mucksmäuschenstill ist, gleichsam die Luft anhält, spüre ich hundert Augen, die mir nachschauen. Ein kleiner Hund taucht auf, um Witterung zu nehmen. Er verschwindet zur Berichterstattung. Drei Angler stehen an einem Seitenärmchen und würdigen mich keines Blicks. Mehrere riesige Gänse kreuzen meinen Weg, hier und da ein Hälmchen zupfend, und tun, als sei ich gar nicht da. Ich versuche, mich bei ihnen anzubiedern – es gelingt nicht.

Durch ein Tor verlasse ich den schweigenden Ort und bin auf der weiten Wiese des Bades, in dem alle paar Meter ein Schild am Ufer steht »Baden verboten!« Dafür gibt es flache Betonwannen mit Duschen, die etwas unangenehm Lagerartiges haben. An der Spitze der Halbinsel steht eine wunderbare, uralte Doppelstamm-Erle. Das Geschrei und Gequake wird laut und lauter. Das hier gehört uns! kreischen und schnattern Tausende von Wasservögeln. Land's End. Hier gehört unsereiner nicht hin.

Wie eine verrückte Kathedrale haben die Gebäude der Stadtwerke vom anderen Ufer aus ausgesehen.

Jetzt versperren sie den Weg zum Main, haben sich große Teile des Ufergeländes zu eigen gemacht, Tore, Straßen, Kontrollen. Weiter zum Westhafen. In der Rottweiler Straße hat man mit den neuen Formen des Wohnens am Fluß ernst gemacht – es ist ein hübscher, postmoderner Platz entstanden. Auf einer Mauer steht »Arbeitsplätze für alle anstatt Wohnraum für wenige«.

Auf der Suche nach dem Ufer, von der ich mich auch durch die Strafandrohung von 1000,– DM beim unbefugten Aufenthalt nicht abhalten lasse, finde ich wieder eine Ansiedlung: Bretterhütten mit dramatisch-roten Samtvorhängen und bunten Lämpchen um die Fenster. Ein kleiner, blauer Opferstock aus Plastik mit Dankeschönschildchen. Es ist zu kalt für Freude und für Sünde, sagt einer der Bewohner. In der Kindheit konnte man in allen Flüssen schwimmen. Die Sommer waren lang, man hielt sich an den Schiffen fest, und im Winter fror es, vor allem, damit man Schlittschuh laufen konnte. So war es, das weiß doch jeder. Goethe hat im rotsamtenen, mit Zobel und goldenen Quasten geputzten Mantel seiner Mutter ein prachtvolles Bild abgegeben auf der »weiten, glatten Fläche« des Mains. Das Nizza und die Moslersche Rollschuhbahn sind klassische Frankfurter Flußadressen. Jetzt sind sie leer. Wie war das mit der Sünde und der Freude?

Auch den Fixern ist es zu kalt, so beleben nur die Hunde die Szene. Aber der Sommer wird kommen, und wenn man dem Fluß die alten Bilder abtrotzen will, dann muß man noch einmal zurückgehen, weit hinter die Stadtwerke, immer weiter, bis man an der Höchster Fähre angekommen ist – da liegt Schlotts Restaurantschiff, wo es Grüne Soße mit hartgekochten Eiern gibt und Enten, die um gekochte Kartoffeln betteln. Wo die Nidda in den Main fließt, stehen die Angler, und die Schnüre pfeifen an dir vorbei und verhaken sich manchmal in den Weidenzweigen.

Nur ein paar Minuten braucht die Fähre bis zum anderen Ufer, wo die schönsten Holunderwälder wachsen, und der Fluß blitzt zwischen ihnen hindurch, als wär' nichts. Als die Hoechster Pressesprecher noch keine Kreide gefressen hatten, meinte einer von ihnen, der Fluß sei nicht zum Spazierengehen da, und Fische seien Indikatoren, basta. So wird es wohl sein. Aber so sieht es nicht aus, an manchen Tagen, an den unbesungenen Ufern des schönen Flusses – hinauf und hinab.

Das verlorene Paradies

Es ist jedem schon einmal geschehen: Jemand stirbt, den zu besuchen, den zu befragen man sich lang vorgenommen hatte, der Wunsch nach Begegnung aber war allzu leise und wurde von der Dauerlautstärke des Alltags übertönt. Manchmal glaubt man auch, die Zeit oder wenigstens einen ihrer Ströme anhalten zu können. Der Freund, vor zwanzig Jahren das letztemal gesehen, soll unverändert auf uns warten. Und dann kommt vielleicht die Nachricht von einer Krankheit, macht mutlos und feige, wir bleiben in der gewohnten Entfernung, um uns der Veränderung nicht auszusetzen. Der schwarzgesäumte Brief sagt dann: Jetzt kannst du nicht mehr fragen, nie mehr.

Das gleiche widerfährt uns mit den Bildern der Erde, öfter, als wir zugestehen wollen, und öfter, als wir, wüßten wir es wirklich, ertragen könnten. Selbst wenn die Reise zu den magischen Orten möglich ist: Die Enttäuschung lauert, auch die Traurigkeit, und man bleibt zu Hause und liest die in Buchstaben und Bildern aufbewahrte Welt nach, die man so lang für wirklich halten kann, wie sie sich den Blicken entzieht. – Mesopotamien, Euphrat und Tigris, Ur und Sumer, Namen für Bruchstücke der Kinderneugier, Mischung aus Religionsunterricht, Abenteuerort der ungehobenen Schätze, Märchen, die viel grellfarbiger waren als jene, die in unseren Breiten spielten. Selbst die rigoroseste Zurichtung der *Märchen aus Tausendundeiner Nacht* für unschuldige Kinderhirne konnte ihnen Pracht und Geheimnis nicht austreiben, Schneewittchen hatte gegen Scheherezade keine Chance.

So liegt das Land, über das die Bomben herfielen, als Sehnsuchtsort auf mannigfache Weise in unseren Köpfen vergraben, ziemlich tief, und arbeitet sich jetzt, wo es zu spät ist, wieder hervor.

Der erste Film, den ich in meinem Leben gesehen habe, war *Der Dieb von Bagdad.* Auch er hat seinen Teil an den morgenländischen Phantasien, die unbeschädigt vom dazugekommenen Wissen über Ölemirate, Diktatoren und unverfrorene Waffenkäufer in den meisten vorzufinden sind. Davon hört man zur Zeit wenig: Zwar werden immer wieder die Wiege der Kultur, das Paradies und die heiligen Stätte mit einem gekränkten Unterton eingeklagt, als hätten sich welche all dessen erst vor kurzem bemächtigt, die da nicht hingehörten, und setzten, was eigentlich uns gehört, der Zerstörung aus. Unter vielen scheinbar strategischen und analytischen Kommentaren flüstert eine enttäuschte Kinderstimme: Als seien die Träume vom alten Land und das Wissen um seine Zugänglichkeit erst mit Beginn des Krieges unwiderruflich verloren. Nach allem, was ich weiß, und das lassen auch die mehr als zehn Jahre alten, ruhigen Fotografien von Ursula Schulz-Dornburg und Rudolf Knubel ahnen, ist das, was wir aus der Ferne für ewig gehalten haben, schon lange nur noch in Resten, gleichsam in Zitaten aufzufinden.

Selbst die kältesten Kriegsbilder, die nur mit der Unsichtbarkeit arbeiten, machen klar, daß auch die Reste und Zitate in Gefahr, wahrscheinlich schon verloren sind. Ganz am Anfang, als uns die Unwissenheit noch nicht so weh tat wie jetzt, hat eine israelische Freundin abends zu mir gesagt: Sie bombardieren Ur! Und ich war so sicher, daß ich da eines Tages, wenn ich es brauche, hingehen werde. In diesem »wenn ich es brauche« liegt etwas sehr Wichtiges und Schmerzhaftes verborgen. Was wird aus uns, wenn von den Mythen und den Legenden des Anfangs nichts Greifbares mehr da ist? Wenn nur noch weggebrachte, zerstückelte und gestohlene Fundstücke, in fremde Museen eingesargt, ein seltenes und mühsames Erkennen der Fäden möglich macht, die uns mit früher verbinden? Und immer sagen wir: Unsere Fäden reklamieren eine Art des imaginären Besitzes, dessen nicht zu Ende gedachte Gefahr sich jetzt zeigt, die Dattelpalmen, das Lebenszeichen in der Wüste, verbrennen und werden von schwarzem Regen bedeckt. Die Gegend, in der die Bilder entstanden sind, wird nicht wiederzuerkennen sein. Je älter eine Landschaft ist, je weniger sie sich im Lauf der Jahrhunderte verändert hat, desto gefährdeter ist sie. Ein Eingriff – wie, ganz unkriegerisch, ein Staudamm am Oberlauf des Euphrat auf türkischem Gebiet – zerbricht das ganze Gefüge. Die Madan, die Menschen in den Sümpfen, werden förmlich ausgetrocknet, man grub ihnen das Wasser ab, an und in dem sie Hunderte von Jahren lebten. Was jetzt mit denen, die das überlebt haben, geschieht, wissen wir nicht.

Eine sehr alte Gegend ist das, die in unseren Geschichten eine Rolle spielt, der Garten Eden, der uns zu langweilig gewesen sein muß, den wir seit der Vertreibung vorgeblich suchen und den wir, wo wir ihn finden, immer wieder aufs neue zerstören. In Mesopotamien soll alles angefangen haben, Eden wird zu Armageddon.

Bilder der jüngsten Tage schieben sich ins Bewußtsein, Frauen zum Beispiel im zerbombten Bagdad, die geduldig Ziegelsteine aufschichten und neu anfangen, immer wieder. Warum eigentlich die Bemühung, die Orte der Menschheitserinnerung als vom Teufel und seinen Knechten bewohnt darzustellen? Keine größere Gefahr für die kriegerische Moral gibt es als die Sichtbarkeit und Vergleichbarkeit des Gegners. Daß sie essen, lachen, sich fürchten wie wir. »Ich blieb stehen und weinte über die Dahinziehenden. Sie sind in meinem Herzen, wenn sie auch weit weggezogen sind. Ich blieb bei den Trümmern stehen und fragte nach ihnen, und ihr Haus war verödet und ihre Wohnung leer.« Dies ist ein Lied, und es singt die Sklavin eines Bagdadenser Kaufmanns in einer der Geschichten aus Tausendundeiner Nacht. Es ist die Geschichte einer Sklavin, die sich in ihren Besitzer, ihren Herrn, verliebt hat und die Trennung von ihm nicht erträgt. Ganz unterschiedlich sind die Bilder, die uns hinter den rauchverdunkelten Schrekkensvisionen der vergangenen Wochen einfallen, wenn wir an das Land zwischen Euphrat und Tigris denken. Es sind zugleich jene leeren, an die Ewigkeit erinnernden Bilder der Wüste »zwischen fast nichts und nichts«, die Bilder von weiten Horizontlinien, durch Bäume und karge Architektur markiert. Bilder wie Luftspiegelungen, Bewegung nur durch Tiere, die Menschen sehr klein und mit der Landschaft verschmolzen.

Die anderen Bilder bersten vor Farben, Gerüchten und Sentimentalitäten: *Der Dieb von Bagdad*, wie gesagt, hat sie in den Köpfen angerichtet. Basare, Gewimmel, archaische Weltordnung. Auf sehr alten mesopotamischen Darstellungen, die man anschauen kann, weil sie nach London, Rom und sonstwohin verschleppt worden sind, sehen die Menschen – Männer – alle gleich aus, genormt, stilisiert, fast gesichtslos inmitten all der Farben, dieses jung gebliebene Blau, Ocker, Schwarz und Rot. Wirkliche Gesichter, ganz unterschiedliche und individuelle, haben nur die Tiere. Sie zeigen Trauer und Erstaunen, Schmerz und Ruhe.

Wir haben von dort in den vergangenen Wochen wenig Menschenbilder gesehen, es heißt, der Diktator habe Dutzende von Doppelgängern. Das wollten wir gern glauben, irgendwie sahen die, die dort lebten, für uns alle ähnlich aus – das wird nur selten zugegeben.

Die Entsetzensschreie galten zu Anfang dieses letzten von vielen Kriegen einem Vogel: dem ölverklebten Kormoran. In ihm erkannten wir Trauer und Angst, seine zarte, verlorene Silhouette ließ auch die schneidigsten Falken, die hierzulande auf ziemlich sicheren Ästen sitzen, für kurze Zeit den Frieden wünschenswert erscheinen. Für kurze Zeit: Dann haben sie wieder ihre Stimmen zum Krieg gegen den Teufel und sein Land erhoben.

Der Teufel aber läßt sich nicht besiegen, nur sein Land wird zerstört, jenes Land, von dem aus unser ganzes Geschlecht aufgebrochen sein soll und dessen Bilder allen Menschen gehören, wie wenig die einander auch offenbar kennen wollen.

Ich würde mit meinem Bagdad-Bild sehr enttäuscht vom heutigen Bagdad sein, sagte mir einer, der die Stadt gut kennt. Er sagte das, bevor die Dinge sich ereigneten, derentwegen wir jetzt nachdenken und herauszufinden versuchen, was wir wissen.

Ich glaube, daß man vom alten Bagdad doch noch etwas finden kann, habe ich damals behauptet. Er gab mir recht. Wahrscheinlich wäre es so verborgen und mühsam, so resthaft gewesen wie die leeren Landschaften, die auch vor zehn Jahren schon nicht leicht zu erreichen waren. Aber die Zitate der Geschichte, wenigstens die, hätten es noch gezeigt, jenes ehemals »mit Gnaden überhäufte« Bagdad. In einem früheren Märchen der Scheherezade (Seltsam ist das Morgenland) heißt es allerdings: »Bagdad ist die Residenz des Kalifen, der Sammelplatz aller Gauner und Spione, die hier gleichsam wie Gras aus der Erde hervorwachsen; ich rate dir sogar, an den ersten Tagen gar nicht auszugehen.«

Welches Bagdad nun hat man da zum Untergang verdammt? Ach, beide und noch viele andere Bagdads, die nur in Märchen und geraubten Fundstükken weiterleben. Vielleicht haben wir uns daran gewöhnt, daß ein immer größerer Teil der Welt und ihrer Vielfalt nur als Fata Morgana, als elektronische oder papierene, existiert. Auch die Apokalypse kann deswegen so schneidig kommentiert und befürwortet werden – bis sie uns in die Wahrnehmung kommt, ist sie gefühllos und geruchlos geworden. Was wie ein Bodensatz bleibt, ist eine amorphe Angst.

Ähnlich wie die verschwundenen, nur noch als Fototapete existierenden Landschaften verursacht das entrückte Phantom des Sichereignenden einen Schmerz, der jenen in längst amputierten Gliedern gleicht.

Die Flüsse haben seit Urzeiten das Land eingegrenzt, geformt, umarmt, getränkt. In Bagdad breiten sich jetzt Krankheiten aus, denn der Tigris ist verseucht, seine Brücken liegen in Trümmern.

Adam und Eva waren am Oberlauf der Flüsse in eine vollkommene Welt der Fülle hineingeboren, der Schutz der Gebirge, das Schwemmland und das Wasser boten Pflanzen und Tieren den vielfältigsten Raum, und keines bedrängte das andere. In einer der ungezählten Analysen aus jüngster Zeit über die offenkundige Paradiesunfähigkeit der menschlichen Rasse heißt es kühl, die Überbevölkerung habe dem ein Ende gesetzt, hinfort konnte niemand mehr ernten, ohne zu säen. Über Öl – diese unstillbare Gier erzeugende Sorte Öl, die jetzt das Meer erstickt – steht nichts in der Bibel. Dieser Stoff hat die neuen Paradiese möglich gemacht, die der Geschwindigkeit und der Höhe, der perfekten Simulation des Verlorenen, der gleichbleibenden Wärme und der zahmen Natur. Mit seiner Hilfe schien es zu gelingen, daß die alte Verurteilung »Im Schweiß deines Angesichts sollst du dein Brot essen« rückgängig gemacht wurde – nicht für alle, natürlich. Wenn alle es haben wollten, das nachgeahmte Paradies, wird es versinken wie schon einst das wahre.

Die Fotografien der untergehenden Landschaft anzuschauen läßt den Gedanken unabweisbar werden, daß sich irgendwo sehr früh ein Mißverständnis eingeschlichen hat. Vielleicht ist das Paradies in Wahrheit nicht die Fülle, sondern die Leere, nicht das Eingebettetsein, sondern das Ausgesetzt sein. Erkennen zu können, was man braucht: das Kamel, das Haus, das Boot. Warum sollte man das ändern?

Viele der nomadisierenden oder in den Sümpfen wohnenden Menschen sind schon während des Iran-Irak-Krieges ermordet worden. Von irakischer Seite, denn ihre jahrhundertealten Grenzen waren anders gezogen als die des Diktators, und ihre Freunde lebten auch auf iranischem Gebiet. Sie waren niemandem eine Resolution wert, ihr Verschwinden ist lautlos wie das der Pflanzen und Tiere, wahrscheinlich waren sie – wie diese – nicht anmaßend genug für die Welt der nachgemachten Paradiese.

Die Märchen aus Tausendundeiner Nacht sind weitläufig und endlos wie jene Landschaft und labyrinthisch wie die alten Städte. Natürlich geht klar aus ihnen hervor, daß sich die Menschen auch damals nicht sonderlich paradiesfähig aufgeführt haben, es wird an den Füßen aufgehängt, geköpft und erwürgt, was das Zeug hält, die Macht und die Religion toben sich so furchterregend aus, wie wir das gewöhnt sind. »Hindmar war nämlich einmal so krank, daß seine besten Ärzte ihn für unrettbar erklärten und es nicht der Mühe wert hielten, ihm Arzneimittel zu geben. Als Djaldjamuk dies hörte, ließ er sich zum König führen, und kaum, daß er ihm den Puls gefühlt hatte, sagte er: Mein König, du hast eine innere Krankheit, für die es nur ein Heilmittel gibt, und zwar, Menschenfleisch essen und Menschenblut trinken.«

Man muß gar nicht zwanghaft Aktualitäten ausmachen, es gibt nur zu denken. Die Parallelensuche in jüngster Zeit erzeugt merkwürdige Kombinationen, Zitate aus der Offenbarung werden jetzt schon mangels eigener Sprachmacht als Aufmacher in der Unterhaltungspresse hergenommen. Das muß auch so sein im säkularisierten Paradies, alles zu dürfen – mit Mozartmusik Klopapier verkaufen und die Bibel als Textknüller.

Schaudernd denken wir an die mit Tabus umstellten armen Menschen im Krisengebiet, direkt vom Mittelalter in die Neuzeit, das konnte ja nicht gutgehen. »So lebt nun Hindmar schon viele Jahre von Raub und Mord, auch ist er schönen Mädchen ebenso gefährlich als fetten Männern, darum fürchtet man ihn allenthalben, und kein König wagt es, ihm den Krieg zu erklären, weil er eben so tapfer und mächtig ist und über unzählbare Heere gebietet. Er fühlte sich aber vor einigen Monaten ohne alle äußere

Veranlassung auf einmal so beklommen, daß er Djaldjamuk rufen ließ und ihn fragte, ob ihm nicht ein Unglück bevorstehe. Djaldjamuk las eine Weile in einem Buche, dann sagte er: Hüte dich vor einem Menschen, der aus Ägypten kommt.« Die orientalischen Märchen sind doch eine weniger aufwendige Parallelenquelle und enthüllen mühelos, was es mit der Drohung des Teufels gegen Mubarak auf sich hat.

Wozu die Suche nach Vertrautem, Begreifbarem, wozu das Kramen nach Erinnerungen – wie kindlich und verloren sie auch sein mögen – an Gemeinsames? Vielleicht sind die Eile und Schärfe, mit der in den vergangenen Wochen den martialistischen Ratschlüssen folgend die Fremdheit und die Unvereinbarkeit beschworen wurde, daran schuld.

Alle Köpfe der Figuren aus dem Museum in Bagdad, Ausgrabungen sumerischer Kunst, Kalkstein, Marmor, Alabaster, all diese Gesichter lächeln. Ich habe ein paar Schwarzweißfotos gefunden, mesopotamische Ausgrabungen, und tatsächlich steht bei etwa einem Zehntel der Funde als Aufbewahrungsort nicht der Louvre oder das Britische Museum, sondern das irakische Museum in Bagdad. Ich schaue diese Fotos seit Tagen an. Dem Lächeln komme ich zunächst nicht auf die Spur. Alle haben riesige, umrandete Augen, ein uralter Ausdruck des Staunens. Aber das Lächeln hat etwas Abschließendes. Es wirbt nicht. Nichts von dem Charme der archaischen griechischen Statuen, die uns mit ihren hochgezogenen Mundwinkelchen so verblüffend vertraut erscheinen, – diese Gesichter lächeln skeptisch, nicht sehr hoffnungsvoll. Man soll ja nicht zu viel interpretieren, vielleicht ist es aber weniger schädlich, Phantasie bei der Entwicklung von Zuneigung zu entfalten als bei der des Hasses.

Also das Lächeln: Nach Tagen fiel mir auf, daß die namenlosen sumerischen und akkadischen Künstler alle einen ziemlich modernen Trick angewendet haben: Die Mundwinkel sind fast unmerklich, aber in verschiedener Höhe nach oben gezogen. Deshalb scheinen die Gesichter den Betrachter leise abzuwehren, sie öffnen sich nicht. Ich bin den Gesichtern nun wiederbegegnet, spät nachts, bei den ersten Aufnahmen irakischer Gefangener, die halbnackt und sehr erschöpft, aber anscheinend – was wissen wir schon? – ziemlich erleichtert im Wüstensand lagen. Da war es: Das gleiche abwehrende, in sich zurückgezogene, wenig hoffnungsvolle Lächeln. Den, der ihnen das alles eingebrockt hat, habe ich noch nie lächeln sehen, nur die Zähne blecken.

Was mag aus dem Museum in Bagdad geworden sein? Nein, die empörten Schreie, man solle nicht über Museen, sondern über Menschen nachdenken und sich um sie kümmern, sind überflüssig. Wenn man ihnen die Kunst und die Geschichte, den Stolz und die Besonderheit wegbombt, ist das auch ein Tod, aber einer, dem keine Neugeburt folgen kann. Auch das Argument, die meisten Menschen kümmerten sich nicht darum, was ihre Vorfahren geschaffen haben, und ins Museum gingen nur Touristen, sticht nicht. Es gibt eine Art unbewußten Besitz, ein Erbe, das sich seiner nicht inne ist und das auf die Zerstörung seiner Zeugnisse mit psychischen Verheerungen reagiert. Dazu ist übrigens gar kein Krieg nötig, schon die Vernichtung gewachsener Stadtstrukturen durch Fortschritt – oder was man dafür hält – hat diese Verheerungen in den Menschen angerichtet. Um das zu begreifen, muß man heute wirklich nicht sehr weit fahren.

Gehen wir noch einmal zurück zu den Bildern vom Tigris, zu den Erinnerungsbildern von Ursula Schulz-Dornburg und Rudolf Knubel. Der Anfang von Architektur und gleichzeitig eine Art Vollendung ist darauf zu sehen, gerade weil die Menschenwohnungen sich der Landschaft fast bis zur Unsichtbarkeit anverwandelt haben.

Irgendwann – vielleicht schon seit Jahren – werden diese großen Alltagsarchitekten ihre Flecht- und Baukunst verächtlich finden. Einer wird ihnen ordentliche Blechhütten verkaufen, das Sumpfland wird durch die Staudämme trocken geworden sein, dann können sie endlich Auto fahren anstatt mit den langsamen Booten. Wenn sie die Kriege überlebt haben.

Wie das Eigene und Eigentliche verschwindet, auch ohne Krieg, das kann man in Malaysia oder in Niederbayern sehen, wenn man soll.

Und es gibt Wege, den Bestohlenen den Verlust als Glück erscheinen zu lassen. Glück ist, wenn alle gleich sind. Wer nicht gleich sein will, wird bekämpft.

Ach, wird jetzt der landeskundige Freund sagen, was du dir unter Mesopotamien vorstellst, gibt es gar nicht, das ist schon lang zerstört, und das Öl hat ein übriges getan. Besser, du lernst die Gegend gar nicht kennen.

Aber ich habe sie kennengelernt, werde ich antworten, in kleinen, disparaten Stücken, in Andeutungen und Aufnahmen leerer Landschaften, in grausamen Fernsehbildern und schlecht gedruckten Museumskatalogen. Ich habe, was irgend möglich war, kennenlernen wollen, weil ich mich nicht zum Haß und zur Überheblichkeit verführen lassen mochte, beides habe ich im Anfang sehr deutlich in mir gespürt, und große deutsche Dichter der Gegenwart sangen mir dieses Lied vor, bis ich es fast geglaubt hätte.

Einen Tag vor Kriegsbeginn bekam ich ein Päckchen aus Jerusalem mit einem wunderbaren Buch aus dem Museum of Islamic Art. Ja, das gibt es in Jerusalem, warum auch nicht? Gemeinsamkeit und Fremdheit haben ganz andere Grenzen als die, an denen geschossen wird.

Es ist manchmal nicht leicht, sich daran zu erinnern. In dem Jerusalemer Buch sind gleichsam Versatzstücke für die Märchen aus Tausendundeiner Nacht abgebildet, Schätze aus Gold und Juwelen, Ali Babas Dolch und Scheherezades Ohrgehänge, ziselierte Schalen, schwere Perlen. Ein größerer Kontrast zu unseren Landschaften ist gar nicht denkbar – und doch gehört beides zusammen und findet seltsamste Wege zum Beschauer.

Wieviel hätte man zitieren können, die zur Zeit sehr beliebte Bibel, jenes Alte Testament, das nicht müde wird, die Wege zur Unterschiedlichkeit von

Menschen zu beschreiben, oder den Koran, der in allen Buchhandlungen ausverkauft ist. Gedichte hätten sich angeboten und Philosophen, um dem Mitleid und der Neugier auf die Sprünge zu helfen: Mein Vademecum aber gegen Fremdheit und ein empfehlenswertes Mittel gegen das Versinken in die so beliebte »Betroffenheit« sind Scheherezades wundersame Geschichten, bei denen man ganz von allein immer die richtige Seite aufschlägt: »Als nun der Hauptmann seinen Plan vereitelt sah, begab er sich nach dem Marktplatze und ließ seinen Leuten durch den ersten besten, der ihm begegnete, sagen, sie haben sich dieses Mal eine vergebliche Mühe gemacht und es bleibe nichts anderes übrig, als den Rückzug nach ihrem gemeinschaftlichen Zufluchtsort anzutreten. Er selbst ging voran, und sie folgten ihm alle in derselben Ordnung, in der sie gekommen waren. Nachdem die Bande sich im Walde wieder versammelt hatte, erklärte ihr der Hauptmann, warum er sie wieder habe umkehren lassen. Sogleich wurde der Führer einstimmig des Todes schuldig erklärt, auch gestand er selbst zu, daß er es verdient habe, weil er bessere Vorsichtsmaßregeln hätte ergreifen sollen, und ohne Zittern bot er demjenigen den Hals hin, der den Auftrag erhielt, ihm den Kopf abzuschlagen. Da es aber für das Wohl der Bande sehr wichtig war, den Schaden, den man ihr zugefügt hatte, nicht ungerächt zu lassen, so trat ein anderer Räuber auf, versprach, es solle ihm besser gelingen als seinem Vorgänger, und bat sich die Übertragung dieses Geschäfts als Gunst aus.«

Ja, Scheherezade, es ist doch vielleicht immer dasselbe. Nur hat dein Räuberhauptmann nicht Land und Meer zugleich in Brand gesteckt, und ob seine Feinde seinem Nachfolger dann die Dolche geschenkt haben, ist nicht bekannt.

Es bleibt nur, deinen Abschiedsgruß zu wiederholen, vielleicht noch inbrünstiger, als du ihn gemeint hast: Gepriesen sei der, an dem die Zeit nichts ändert, und Friede sei mit allen.

Leute

Die Entfärbung der Welt

Wo kommen Sie her? fragt der alte Mann am Ufer eines fremden und weit entfernten Meeres. Er hat eine weiße Hose an, die unter dem Knie mit Schnüren zusammengebunden ist, seine Haare und die Locken auf seiner Brust sind weiß, seine Handflächen sind rosa. Ich sage ihm den Namen des Landes, aus dem ich komme. Er denkt nach.

Ich glaube nicht, daß ich jemals davon gehört habe, sagt er höflich. Es ist zum erstenmal, daß jemand noch nie etwas von Germany gehört hat, und ich warte, denn ich kann es nicht glauben. Der alte Mann schaut auf eine Schiffsleiche, an der sich allerlei Getier festgesetzt hat, er denkt nach. Spät fällt ihm »the Berlin Wall« ein. Er scheint mich wegen meiner sinistren Herkunft zu bedauern, fragt dies und das und will dann, als Regen, Schnee und sonstige Unwirtlichkeiten hinlänglich beschrieben sind, wissen, warum ich denn nicht hierbleiben will. Wenn das jeder täte! sage ich.

Dann wäre es eben, wie es ist! antwortet der alte Mann und verliert sachte das Interesse an dem Gespräch. Ich war freiwillig fremd. Und jetzt, Jahre später, gehen die Begriffe so bösartig durcheinander, als habe irgendwo der Bau eines neuen, diesmal endgültigen Turmes der Verwirrung und der Vereinsamung begonnen. Plötzlich, heißt es in der Bibel, redeten sie nicht mehr in der gleichen Sprache und schlugen aufeinander ein. Jetzt wird schon geschlagen, ohne daß sich jemand die Mühe macht, nach der Sprache des anderen auch nur zu fragen. Vielleicht hassen die, die da sprachlos sind, nicht das Fremde. Vielleicht hassen sie sich selbst. Vielleicht ist dieser Haß das einzige, was sie fühlen können. Aber ohne daß sie es wissen, diese Fremdlinge im eigenen Land, fremder in ihren Wünschen und Äußerungen als der Antipode aus Neuseeland, haben sie eine Rolle zugeteilt bekommen, die sie perfekt ausfüllen: Sie sind der neue Feind, greifbar, sichtbar, primitiv und gemein, wie man sich den Feind wünscht. Wir verlangen von ihnen, das Gemeinsame mit anderen zu spüren. Wir leugnen unser mit ihnen Gemeinsames. Der Widerspruch ist auszuhalten: Das geschichtsverdüsterte Land, in dem wir leben, ist das ersehnte Ziel von buchstäblich Millionen, denen, innerlich oder äußerlich oder in jeder Beziehung, ihr Land abhanden gekommen ist. Sie sind nicht »freiwillig fremd«. Und nur sehr schwer ist zu begreifen, daß dieses Deutschland das Traumziel so vieler Fremder sein soll. Warum das so ist, hat sich verwischt, und Begriffe werden wie Fahnen über den Köpfen geschwenkt. Wirtschaftsasylanten sagen verächtlich jene, die über die einfache Tatsache, daß Hunger genauso schlimm sein kann wie politische Verfolgung, nicht nachdenken. Scheinasylanten werden die genannt, denen wir, die wir nicht fliehen mußten, einen für uns akzeptablen

Fluchtgrund nicht zugestehen. Aber aus Verdrehung und Veränderung des Asylbegriffs wurde auch nur eines jener Wörter, hinter denen sich Angst und Wut ebenso verbergen können wie die nach dem Desaster des Sozialismus begierig ergriffene proklamatorische Einigkeit der Linken bei der Beschwörung des Multikulturellen. Flüchtlinge. Aussiedler. Deutschstämmige Aussiedler. Übersiedler. Asylverfahren. Abschiebung. Fremdenfeindlichkeit. Fremdenhaß. Skinheads. Die bösen Deutschen. Die guten Ausländer. Die Ich-bin-stolz-ein-Deutscher-zu-sein. Die bösen Ausländer. Daß indessen Lebensläufe umgeleitet werden, abgerissen werden, daß mehr aufgegeben wird, als wir uns vorstellen können, daß die eingeübte Demonstration der eigenen Schuldlosigkeit und allumfassenden Menschenliebe der Sache nicht einmal in die Nähe kommt, sei nur am Rand vermerkt. Wenn man leere Hände hat, greift man gern in die Geschichte und zu großen Wörtern. Xenophobie habe es doch immer gegeben, und die Xenophilie – man betrachte die Massaker an jenen, die den weißen Fremden freundlich aufgenommen haben – sei für die sie übenden Völker immer schlecht ausgegangen.

Aber mit der Xenophobie oder ihrem Gegenteil haben wir es ja nicht mehr zu tun, das macht die Sache so quälend. Nicht das Fremde haben die Nazis verjagt und ermordet, es war eben nicht das Fremde. Es war ein Teil des Eigenen, es war eine böse Amputation, die Autoaggression eines Volkes, der dann die Vernichtung des tatsächlich Fremden, wir können aber auch sagen, des Benachbarten, folgte. Die Genauigkeit verbietet die wohlfeilen Parallelen, die zur Zeit so sehr in Mode sind. Jene aber, die die meisten von uns nur aus dem Fernsehen und vom Wegschauen auf der Straße kennen, die mit ihren Trampelstiefeln und kahlen Köpfen, die voller Bier sind, Haß, Haß, Haß schreien und Brandbomben auf kleine Mädchen schmeißen – fremder sind sie als fremd und haben doch zuerst sich selber etwas Furchtbares angetan. Erst kommt die Selbstverletzung, dann die Verletzung des anderen. Zu psychologisch das – und denen ordentlich eins auf die Schnauze, die einzige Sprache, die solche Burschen verstehen? Ich gebe zu, das ist mir auch näher: Es kommt nur nichts dabei heraus.

Wie sind die Länder beschaffen, die verlassen werden für ein rauhes Deutschland? Es sind fast immer mit Waffen und Unterdrückungsapparaten wohlausgerüstete Länder, mit denen es diplomatische, ja freundschaftliche Beziehungen gibt und die sich die Ermahnungen des Zahlvaters, man möge doch gelegentlich die Einhaltung der Menschenrechte beachten, mit frisch erworbenem Stolz als Einmischung in innere Angelegenheiten verbitten.

Oder es sind Länder, die vom System so paralysiert sind, daß offenbar niemandem einfällt, jetzt, da die Lähmung weicht, etwas für sie zu tun. Liebt eigentlich noch jemand dieses Polen, dieses Rumänien, dieses Sri Lanka, dieses Äthiopien? Haben die, die von dort hierherkommen, in die Kälte kommen, sich an ihren Ländern so müde gemacht, daß sie ihnen verhaßt und lästig geworden sind? Oder funktioniert der Internationalismus des Materiellen, des einzig wahren, erstrebenswerten Glücks durch Gegenstände, wirklich so gut? In welchem Mülleimer der Geschichte ist der Begriff Heimat gelandet? Ist er dort zu Hause, wo das zerbrechende Sowjetsystem jenes Pathos wieder hervorschauen läßt, dessen erste Forderung eine eigene Armee für jede selbständig gewordene Provinz ist?

Und jene Hunderttausende, die auch da wegwollen: Genügt ihnen solches Pathos samt der Hoffnung auf bessere Zeiten nicht mehr? Und wer soll die besseren Zeiten machen, wenn alle von überall weggehen? Es sind wahrscheinlich unzulässig naive Fragen, aber ich bin sicher, nicht wenige stellen sie insgeheim. Insgeheim: Noch gelten andere Sprachregelungen. Daß die sich auch entlarven, zeigt sich schnell. In Stadtmagazinen und auf Parteiversammlungen wird fromm und folgenlos immer von neuem das italienische Restaurant, der türkische Müllfahrer, die jugoslawische (jetzt kroatische) Änderungsschneiderin und die nigerianische Sängerin beschworen, ohne die wir doch ein dumpfer Block von Lebensunfähigen und Arbeitsidioten wären. In aller Unschuld wird da aufs fortschrittlichste lediglich gesagt, daß die Verteidigung des Multikulturellen die Verteidigung des eigenen Wohlbefindens ist, dem diese geachteten Fremden freundlicherweise dienen. Darum geht es aber gerade nicht. Es ist nicht eine Frage des Fremden, weder der Fremdenfurcht noch des Fremdenhasses, sondern der gewöhnlichen Furcht und eines alltäglichen

Hasses. Gewiß, es wüten immer nur einige, aber bevor der Eisberg seine Spitze ins Licht der Medien geschoben hat, haben Halbwüchsige einander um den Besitz einer Designerjacke krankenhausreif geschlagen, sammelten Lehrer eindrucksvolle Mengen von Waffen ein – wenn man sie ließ, schauten ganze Gruppen gleichmütig einen grade Erstochenen an, erschoß einer den Nachbarn wegen eines Parkplatzes.

Und dann wurden die Allerschwächsten, vielleicht aber auch scheinbar Renitentesten gefunden: Der Selbsthaß und die gesellschaftliche Öde ist in den Haß auf jene umgekippt, von denen es immer wieder heißt: Was wollen die hier? In dieser Frage steckt unerkannt eine lange Tragödie der Moderne. Was konnten sie dort, wo sie herkamen, noch wollen? Was haben sie sich dort versprechen lassen? Wohncontainer und Arbeitsverbot, Ausbeuter aus den eigenen und fremden Reihen, Prostitution und Einsamkeit können es nicht gewesen sein. So sieht zwar die Wirklichkeit aus, aber die vorgefundene Wirklichkeit erschreckt offenbar weniger als die verlassene. Und wie sieht die Wirklichkeit derer aus, vor denen es jetzt die Flüchtlinge zu schützen gilt? Und wer hat die so gemacht? Auch sie wollen in Wahrheit nicht dort sein, wo sie sind – ihr einziger Vorteil, ihr kreischend und prügelnd vorgebrachtes Recht ist, daß sie auf ihre Misere stolz zu sein vorgeben. Sie, wenigstens, gehören dorthin, wo sie sind, so öde und tot dieser Ort des armseligen und gelogenen Stolzes auch sein mag.

Die sich besser dünken, aber indifferent sind, die klammheimlich oder offen applaudieren, jene, die

die Schatten des Nationalsozialismus sehen, die Asyle schützen, und auch die, die sie als Ort verlorener Menschenwürde verabscheuen und keine Lösung in ihnen sehen: Sie geben sich Symbole, und ein Symbol heißt Hoyerswerda, nicht Hünxe. Das eine ist in Sachsen, das andere am Niederrhein. Deshalb hat das eine zum Symbol werden müssen, obwohl im anderen genauso Gemeines geschehen ist. Eine Frau aus Hoyerswerda machte sich in einer Hamburger Wochenzeitung Luft: »Ausländer lebten schon immer in unserer Stadt, sie haben in der Braunkohle gearbeitet und waren eben da. Sie wurden nicht geliebt und nicht gehaßt. Jetzt sind so viele Bergleute und Kraftfahrer arbeitslos und haben keinerlei Chance, in dieser Region wieder einen Job zu finden. Oder sie sind Schichtarbeiter und müssen um so härter arbeiten. Wenn dann noch jeden Tag und jede Nacht Bambule ist, Kinder von Asylanten betteln gehen, die Erwachsenen laute Musik machen, Schlachtfeten vor dem Haus feiern, ohne daß Aussprachen mit dem Bürgermeister oder den Betreuern der ausländischen Flüchtlinge irgendwelche Verbesserung brachten; können Sie da nicht verstehen, daß da das Faß überläuft? Ich will die Neonazis nicht verteidigen, aber es ist traurig, daß die Medien jetzt, wo alles zu spät ist, die Sache regelrecht für sich ausschlachten, anstatt vorher etwas für uns und für die Asylanten zu tun. Ist das alles nicht sehr scheinheilig?«

Man kann sich leicht vorstellen, wie eine Frau, die zwei Unerträglichkeiten zusammenzubringen und Ohnmacht zu beschreiben versucht, von den fortschrittlichen, den aufgeklärten, zivilisierten und gutwilligen Debattenführerinnen und Debattenführern abgebürstet würde. Sie beschreibt ja nur, was sie nicht aushält. Sie beschreibt einen Ort, an dem sie sein muß und wahrscheinlich nicht sein will, und fühlt sich bedroht durch die, denen ihre lärmende Lebensfreude trotz allem noch nicht ganz abhanden gekommen ist. »Man muß sich das vorstellen, da grinsen die auch noch in einer Tour!« sagte eine alte Frau beim Einkaufen erbittert hinter einer schwarzen Frau drein.

Wahrscheinlich ziehen wir falsche Denklinien in dieser Debatte, die keine ist und nun auf ein Nebengleis geschoben wird. In diesem Fall heißt es »Grundgesetzänderung«. Sich dem Thema mit Gesetzesvorschlägen zu nähern heißt, es nie als vitale Wirklichkeit wahrnehmen zu wollen. Politiker kommen selten an Orte, wo Wirklichkeit sich abspielt, und wenn sie es für die Kameras tun, dann kann man sicher sein, daß sie ein unkenntliches Abbild, gereinigt und beruhigt, vorgeführt bekommen. Das ist im ganz normalen Alltag schon so und um so mehr an Plätzen, die durch Trostlosigkeit und Enge die Reibungshitze der Aggressivität ausstrahlen.

Wohl hat Pastor Albertz recht, wenn er Schutz fordert wie, sagen wir mal, für den Zaun von Wakkersdorf. Wohl scheint es auch schandhaft, daß Menschen weniger Schutzinstinkte zu erwecken vermögen als Banken oder Bäume. Aber kann man sich wünschen, daß man sich an diesen Anblick schließlich gewöhnt: Mit den Wurzeln herausgerissene, zusammengepferchte, zur Untätigkeit verdammte Menschen, vom Staat zwar alimentiert, aber wie hinter Gittern gehalten? Der wirtschaftliche Erfolg unseres Landes ist zu einem großen Teil aus einer Verdrängung entstanden. Die calvinistische Meinung, daß der Herr sein Wohlwollen schon im Diesseits handfest und materiell kundtue, ist hier, wenn auch unausgesprochen, weiter verbreitet als die christliche Tugend des Erbarmens und des Teilens. Und nun die Fremden! In unserem Rücken jene tausendmal ausgesprochenen, aber nie ans Herz gelangten zwölf Jahre, die bei den meisten der Älteren Trotz, bei der mittleren Generation einen Aufarbeitungsfuror und bei den Jungen Langeweile oder wieder Trotz ausgelöst haben – diese zwölf Jahre im Rücken, den wirtschaftlichen Segen in der Hand und in den Köpfen viel Lüge, Selbstbetrug und blanke Hysterie.

Es ist eben etwas anderes, ob die Franzosen mit den Nordafrikanern, die Engländer mit den Pakistani und die Italiener mit den Albanern unfreundlich und aggressiv umgehen. Ja, so mühsam es zu durchdenken ist, es ist und bleibt etwas anderes. Vielleicht kommt daher die seltsame Grundstimmung des Beleidigtseins, die von Gästen aus anderen Ländern bei uns oft voller Verblüffung konstatiert und nicht verstanden wird. Es geht euch doch blendend, kriegt man da zu hören, eure Probleme möchten wir haben! Sie verstehen nicht, daß es bei uns eine Art kollektiven Wunsch nach Anerkennung, Exkulpation, vielleicht nach Liebe gibt. Und so fleißig und hübsch ordentlich und erfolgreich und zahlungswillig können wir gar nicht sein, daß uns das von außen zuteil würde.

So entlädt sich etwas gegen hilflose Fremde, das unabänderlich sein eigenes Fremdsein in der Welt fühlt – bei den perspektivlosen und ihrer selbst nicht inne seienden Exekutoren sogar ein doppeltes Fremdsein. Unausgesprochen spielt da auch die Lebenskräftigkeit jener, die aus anderen Ländern kommen, eine Rolle. Mit unserer Erkenntnis der Unmöglichkeit ungehemmter Vermehrung geht uns die Trauer einher über den bitteren Geschmack, den das Wort »Kinderreichtum« mittlerweile hinterläßt. Die Fremden aber empfinden ihre Kinder als Reichtum, jedenfalls sagen sie es oft, mit einem gewissen Trotz, und eine kleine Stimme in uns gibt ihnen recht. Die vielen Kinder, die Feste, die laute Musik. Wer ganz aus der Nähe tagein, tagaus die Entäußerungen einer größeren anarchischeren Vitalität vorgeführt bekommt, wird in die wohlfeilen Toleranzchöre nicht mehr so leicht einstimmen – es wird ihm vorgeführt, was er selbst nicht hat. Der Besitz und die Ordentlichkeit – »wir hatten es immer schön und sauber hier, bis *die* kamen« – lassen in vielen Menschen eine leere Stelle, etwas, das so schmerzt wie ein Loch im Zahn – man hat für all die Bastelei und Rackerei, für all die mühsam erworbenen Symbole, für das ganze Bühnenbild der Anständigkeit, hinter dem das, was war, wirklich schon fast bis zur Unsichtbarkeit verschwunden ist, etwas aufgegeben. Was war es? Wie heißt die Stelle, die weh tut? Es ist eben das, was manche von *denen* haben und was sie aus ihren darniederliegenden Ländern trotz allem mitzubringen gewagt haben. »Komische Leute seid ihr«, hat mir mal eine ältere Frau aus dem Nordosten Brasiliens gesagt, »immer sagt ihr gestern oder morgen. Nie heute.«

Ja, da ist sicher was dran, es ist aber nicht alles, und man sieht doch, wo die hinkommen, die immer nur heute sagen, nicht wahr? Und dann lehnen wir uns wieder in den unstreitigen Erfolg zurück und kriegen die Krätze, wenn der CD-Player von diesen Senegalesen (Und wer hat denn den bezahlt? Sagen Sie mir das mal! sagt die Dame am Gemüsewagen) bis zum Zwerchfellflattern aufgedreht wird. Ja, die Ameise und die Grille. Hättest du halt nicht den Sommer über gefiedelt! sagt die Ameise und läßt die Grille verhungern. Aber so einfach ist es auch wieder nicht, es wird immer noch schwieriger, und »Ausländer raus!« oder »Nazis raus!« – das nützt nichts.

Auf der Seite der Fremden gibt es die größere Nonchalance, die aus allen Ecken gesammelte Lebensfreude, das Laisser-faire, das uns hier so nervt und wonach wir uns insgeheim sehnen, natürlich nicht, um zu übertreiben! Das Äquivalent, der vermeintlich gut funktionierende und in eindrucksvollen Wirtschaftsdaten ausgewiesene Ersatz für Verzeihung und Liebe sind die Dinge, der Besitz, die Infrastruktur. Für den Wunsch danach sind auch die Fremden anfällig, wir haben es ihnen in der einzig wahren Internationalen der Bedarfsweckung lang genug schmackhaft gemacht.

Wie können wir eigentlich wagen, ihnen den Konsum, wenn andere seine ungehemmte Zugänglichkeit fordern, verächtlich zu machen, sie hysterisch fernzuhalten von den Tempeln, deren Talmischönheit weltweit als Anreiz gezeigt wird? Plötzlich, wenn Menschen von anderswo das wörtlich nehmen, was man ihnen täglich als Ziel, aufs innigste zu wünschen, zeigt, werden sie mit Verachtung und Haß bestraft. »Können Sie mir sagen, was die Polen mit all den Videorecordern wollen? Haben die keine anderen Probleme? Da können Sie mal wieder sehen!« Die Antwort muß natürlich heißen, ja, sie haben andere Probleme. Und? Die Sachen als Ersatz für die Seele. Das kann ziemlich lang gutgehen, der Schmerz und die Erinnerungen sind fast ganz stumm gemacht worden, und dann kommen die Fremden, und wir schauen wie in einen Spiegel, einen Zerrspiegel vielleicht. Deswegen drehen die meisten den Kopf weg, andere meinen, sich in identifizierungssüchtiger Eitelkeit darin als Schönheit zu erkennen, wieder andere zerschlagen den Spiegel. Alles ist falsch, natürlich. Was ist richtig? Es kann sein, daß es ein sehr langer Weg ist, bis wir endlich alles als miteinander zusammenhängend erkennen. Die Polarisierung hilft nur denen, die ein Interesse daran haben, und das sind nicht wenige. Denn das Greifen nach den Dingen hält den Laden, so wie er beschaffen ist, zusammen, und die staatliche Erzwingung höherer Werte hat nichts gebracht, wie man gesehen hat. Ohne die Dinge geht es eben nicht, und man wird sich überlegen müssen, ob man sie den Menschen hinhalten, ihnen aber, wenn sie danach greifen, auf die Hände schlagen darf.

Was sie, die Fremden, um all der Dinge willen aufgegeben haben – wir bilden uns ein, es zu wissen. Was wir deswegen alles aufgegeben haben, ist längst vergessen. Die Lotusspeise des Wohllebens steht uns ja auch schon ziemlich lang zur Verfügung. Wer ist es, der die Ordnung durcheinanderbringt? Die Fremden? Und welche Fremden? Die jetzt kommen und nicht damit rechnen können, daß wir ihre Gründe verstehen wollen? Oder die verkleideten Kids, die sich, um den kollektiven Abscheu, das kollektive Sich-besser-Dünken hervorzurufen, gar nicht passender herrichten und aufführen könnten? Die Politik meint, beide Schmerz- und Irritationszonen mit Gesetzen einkapseln zu können, wie es die Muschel mit dem Sandkorn tut. Einiges auf der Welt ist ins Rutschen gekommen, was man nicht hat voraussehen können, viele Menschen werden sich, allmählich oder stürmisch, in Bewegung setzen, das Bleiben und Aufbauen kann niemand von ihnen erzwingen. Unsere Freude darüber, daß ihre Grenzen gefallen sind, durchmischt sich mit der atavistischen Angst um das Bestehende: Lächeln wird zum Zähnefletschen. Anderes aber, das andere und mitten unter uns entstandene Fremde, hätte man voraussehen können – viele haben gewarnt vor dem laxen Umgang mit Gewalt, vor der Verödung der Städte, der zunehmenden Hilflosigkeit der Schulen. Von diesen Fremden wußte man doch, daß sie aufwachsen würden, bereit, ihre Rolle zu spielen. Hinter der Maske des gewalttätig-bösen Deutschen zeigt sich eine aus tiefster Unsicherheit geborene Furcht. Der muß Fremde fürchten und hassen, der sich selber so fremd ist.

Wie in einem fremden Land

Als Kinder haben wir es gespielt, mit einem Gruseln und der schnellen Erleichterung: Was wäre, wenn ... Die Augen zuhalten, um zu merken was Blindsein ist, in eine Karre steigen und sich schieben lassen, als könnte man nicht mehr gehen. Haben wir auch Taubheit gespielt? Ich erinnere mich nicht. Später, als Erwachsene, haben wir, wenn die Party ins melancholische Fahrwasser gerutscht war, überlegt: Was wäre, wenn ... Der Verlust welchen Sinnes wäre der schlimmste, mit welchem könnte man sich abfinden? Im Rollstuhl sitzen? Von anderen abhängig sein? Nie, sagten manche von uns, unbedacht und selbstsicher. Aber blind wäre doch das Allerschlimmste. Nicht mehr lesen können, die Welt nicht mehr sehen können? Nein, niemals! Behinderte und blinde Freunde rückten – ironisch und ein bißchen böse – das Bild zurecht. So kann man nicht leben? Wieso nicht? Du siehst doch, daß ich lebe! Aber haben wir über Taubheit geredet, über die Welt ohne Stimmen und Geräusche? Ich glaube nicht. Hatten wir gehörlose Freunde?

Doch, da gab es die älteren Familienmitglieder, die erst trotzig, dann beschämt und schließlich ziemlich isoliert dabeisaßen, den Kopf bald in die, bald in jene Richtung drehend, auf die Münder schauend, und irgendwann trugen sie ein Hörgerät. Du mußt schreien, der Opa kriegt es sonst nicht mehr mit! Die Demütigung, die Furcht, es könnte über einen selbst geredet werden und man würde es nicht mehr hören. Die Vereinsamung ist eine ungewünschte Ruhe, eine Zwangsruhe. Denen, die schlechter und schlechter sahen, wurde gerührte Zuwendung gewährt, die Gesellschaft nahm sich ihrer an, es gab einen Wetteifer im Beschreiben des Gesehenen. Der Blinde sei heiter, der Taube verschlossen und mißtrauisch, habe ich vor Jahren gehört. Ist es so? Noch immer rede ich über die späte Taubheit, über den Verlust – und nicht über jene, die nie gehört haben. Blind geborene Menschen kennen viele von uns, aber taub (und damit stumm) geborene? Wir wissen, daß es sie gibt, denken an die Sensationsmeldungen über Geräte und Computer, an moderne Medizin und Verhaltenstraining und sind insgeheim der Ansicht, dies wäre eine Behinderung, der man schon zu Leibe rücken könnte. »Wenn Volker ›ja‹ sagt, hält den kleinen Affen mit dem Ringelschwanz nichts mehr zurück. Dann klettert das Tier im Affentempo den Stamm einer Palme hinauf, und schon plumpst eine Kokosnuß zur Erde. Wenn dem Jungen jedoch der Vokal im Mund verrutscht, rührt sich das Tier nicht vom Fleck.« So steht es in einer Illustrierten über Computersprachtraining für gehörlose Kinder. Der Bericht hat jenen erleichterten Unterton, der sich immer dann in den Journalismus einschleicht, wenn die Technik einen Pfusch der Schöpfung korrigieren zu können scheint. Was geschieht aber an diesem Computer? Das Kind wird in einer Sprache trainiert, die ihm immer fremd sein wird: der Sprechsprache. Die Sprache, die es hat, soll es möglichst nicht benutzen, weil die »Normalen« sie auch nicht benutzen: die Gebärdensprache. Ein Buch richtet sich wie ein Scheinwerfer auf das mannigfache, im wirklichen Sinn stumme Leid, das sei Jahrhunderten mit dieser Unterdrückung einhergeht: Der Autor, Harlan Lane, ist Psychologielehrer und Gehörlosenpädagoge in Amerika. Sein Buch, *Mit der Seele hören – die Geschichte der Taubheit*, erschienen im Carl Hanser Verlag, ist eine stille Sensation, eine radikale Abrechnung mit der bisher üblichen pädagogischen Praxis, Gehörlosen die Sprechsprache anzutrainieren. Nicht immer waren die Methoden, das zu tun, so sanft und heiter wie das Computerspiel mit dem kletternden Äffchen. Schläge, Verängstigung und Dressur gehörten jahrhundertelang zu den Mitteln, die Tauben zum Sprechen zu bringen: zu unserem Sprechen – denn die Welt scheint blind zu sein für die Sprache, die den Gehörlosen wirklich zu eigen ist: die der Gebärde.

Zum erstenmal sehe ich an Ostern, was für eine Sprache das ist. Zuvor hatte ich mich um einen Führer durch das fremde Land bemüht und fand ihn in Pater A. bei den Kapuzinern. Seit zwölf Jahren arbeitet er für die Gehörlosen. Ich brauchte ihn nicht nur als erfahrenen Mittler, sondern auch als Lehrer – denn trotz der Lektüre von Lanes Buch waren mir die wirkliche Einschränkung, der wirkliche Schrekken noch nicht klar. Zu fremd, zu entfernt war mir die Geschichte von Laurent Clerc, dessen Leben Lane beispielhaft erzählt – manche Sätze begriff ich gleich, sie packten mich am Hals –, aber ich verstand lange nicht die historisch gewachsene, erbitterte Ablehnung des »Andersseins«, sowenig, wie ich die Unerbittlichkeit der Gleichmacherei sehen konnte. »Es ist gar nicht zu bestreiten, daß wir, die Taubstummen, einen Preis für diese Spektakel, die für das müßige und neugierige Publikum aufgeführt wurden, bezahlten; daß uns lächerliche und grausame Dinge über uns ins Gesicht gesagt wurden; daß der Grund für unsere Leistungen immer das Genie irgendeines Hörenden war; kurz, daß wir wie das kluge Pferd behandelt wurden, das auf Geheiß seines Herrn auf dem Marktplatz so oft mit dem Huf schlägt, wie die Turmuhr Stunden zeigt.«

Damals, denkt man, im achtzehnten Jahrhundert, im Vorfrühling der Aufklärung, mag das so gewesen sein – aber heute? Ich wollte lang nicht einsehen, daß sich eines nicht geändert hat: die Gnadenlosigkeit der »Normalen« und ihr Mangel an Neugier auf »das Andere«.

Gehen Sie mal in den Gehörlosengottesdienst, sagt Pater A., schauen Sie nur zu. Er zeigt mir einen Korb mit bemalten Eiern, wie ich schönere noch nicht gesehen habe, und verzichtet auf das übliche »Sehen Sie? Trotzdem!«, das beim Anblick handwerklicher Leistungen von Behinderten den Eindruck von Herablassung (und immer wieder Stolz auf gelungene Dressur) gibt. Er freut sich einfach an den winzigen Kunstwerken, und ich tu das auch. Kein »Trotzdem« – später wird er sagen, Gehörlose seien nicht behindert, nur anders. Einem jungen Mädchen, das am Tisch sitzt, malt und uns ein wenig zulächelt, macht er blitzschnell die Bewegung des Schreibens, danach ein großes, in die Luft gezeichnetes Viereck. Ich sage ihr, daß Sie für eine Zeitung schreiben! Das muß doch zu lernen sein für uns, die Hörenden, denke ich. Später werde ich sehen, daß darin – in der vermeintlichen Schwierigkeit der Gebärdensprache – das Problem gar nicht liegt. Die hier malen und Kostüme für den Ostergottesdienst vorbereiten, sind gewiß nicht jenes »kluge Pferd«, das in Harlan Lanes Buch Laurent Clerc so voller Trauer beschreibt.

Was machen eigentlich Gehörlose, die Atheisten sind? werde ich Monate danach Pater A. endlich zu fragen wagen, denn die Kirche spielt in der Gehörlosenarbeit die führende Rolle. Die gibt es gar nicht, sagt er ohne Zögern.

Sehr oft heiraten Gehörlose untereinander, und die Gefahr, daß sie taube Kinder bekommen, ist sehr groß. Sie sind doch nicht krank! sagt Pater A. – warum sollen sie keine Kinder bekommen?

Wir sind draußen! ruft er einmal aus. Wir werden immer draußen bleiben, und wirklich vorstellen können wir uns ein solches Leben nicht.

Ist es die vollkommene Stille? frage ich. Ich glaube schon, antwortet er. Einer, der noch Geräuschreste hört, hat mir gesagt, daß er sich durch sie gestört fühlt!

Ich werde beim Ostergottesdienst die Stille erleben – nicht die vollkommene, aber eine, der ich noch nie begegnet bin. Die Kirche ist voll. Es ist ein karger Kirchenraum im Stil der frühen sechziger Jahre, hinten liegt ein kleiner Garten, in dem das Osterfeuer angezündet werden wird. Alle reden miteinander, die Gesten sind schnell und ökonomisch: »sprechend« eben. Alle Altersgruppen sind vertreten. An die Stelle der Musik tritt ein Tanz, Musik für die Augen. Die Kostüme hatte ich im Kloster gesehen. Früher wurden gehörlose Mädchen oft zu Schneiderinnen ausgebildet, ob sie wollten oder nicht. Aber diesen Kostümen ist die Lust an der Professionalität anzusehen. Der stille Tanz der vier Elemente nimmt den ganzen Altarraum ein, unterschiedliches Temperament und rhythmisches Gefühl der einzelnen Tänzerinnen (wie in jedem anderen Ballett auch) – dennoch ein erstaunlicher Gleichklang. Pater A. spricht mit den Händen und scheint das Sprechen mit den Lippen nur als Unterstützung zu benutzen, leise, mit sehr artikulierten Mundbewegungen. Eine indische Familie sitzt mit ihrem Baby in der ersten Reihe. Das Kleine soll getauft werden. Er habe das gleich zusammen mit dem Ostergottesdienst für die Gehörlosen machen wollen, sagt der Pater. Es scheint logisch, daß die Familie, die erst kurz hier ist, den Gottesdienst der Gebärden besser verstehen kann als einen in fremder Sprechsprache gehaltenen.

Das Baby scheint die große Stille zu spüren und maunzt nur ganz leise, als das Wasser auf das Köpfchen rinnt. Dann hebt der Priester es hoch, der Gemeinde entgegen. Die applaudieren, leise, es ist ein Geräusch wie leichter Regen. Nach dem Gottesdienst unterhalten sich die Gemeindemitglieder, ich fühle mich hölzern und ausgeschlossen.

In seinem Vorwort schreibt Lane: »Das härteste Mittel, zu dem Tyrannei greifen kann, wenn ihre eiserne Hand auf ein besiegtes Volk niederfährt, besteht darin, ihm die eigene Sprache zu verbieten, und mit äußerster Strenge hält man Generation für Generation dazu an, diese Sprache auszulöschen. Doch alle Versuche der Unterdrückung der Gebärdensprache, wo immer man sie unternahm, sind in ganz bemerkenswerter Weise gescheitert. Nach hundert Jahren Verbot in Deutschland und Österreich ist sie noch immer lebendig, und sie wird es bleiben bis ans Ende aller Tage.« Das hat Robert P. McGregor, der erste Präsident der National Association of the Deaf, gesagt. Verbot? Das Verbot einer Sprache, von der allerdings die Verfechter der Assimilation behaupten, es sei gar keine? Lane spricht mit der Stimme (und dies ist in mehr als einem Sinne metaphorisch gemeint) Laurent Clercs, um einer Minderheit zu ihrem Recht zu verhelfen. Er ist der Ansicht, daß ein rein historischer Aufriß dieser Leidensgeschichte nichts ändern würde. Das läßt sich sicher nicht bestreiten, wann hätte es schon einmal eine Veränderung durch gelehrte Bücher gegeben? Aber noch immer steht dieses Wort »Verbot« da, dem gilt es nachzuspüren. Assoziationen: Die Geringschätzung (und der nicht zu überhörende antisemitische Unterton), mit der hierzulande gesagt wird: Der redt' mit die Händ' und die Füß'. Die Herablassung, mit der ausladend körperbetontes, auffallendes Sprechen betrachtet wird. Die alten Erziehungskommandos, die in vielen Köpfen noch festsitzen: Ellenbogen an den Körper! Zapple nicht so herum! Sitz grade! Behalte Deine Hände bei dir! Ob diese unterschwellige Disziplinierung, diese festgeschmiedete Kette physischer Dressur zur Unauffälligkeit nicht eine deutliche Rolle bei der Unterdrückung der Gebärdensprache spielt? Der Pater macht eine Bewegung, in der die ganze Deklassierung liegt: So sollen sie nicht sprechen! zitiert er die vorherrschende Meinung und stellt anschaulich einen Affen dar. Die Affensprache: Das ist die Sprache des Körpers. Noch eine Assoziation: Vor einigen Jahren sah ich, wie eine Ballettgruppe in einer Schulklasse von Dreizehnjährigen – Mädchen und Jungen – erst eine Vorstellung gab und dann sehr spielerisch die Kinder dazu animierte, selbst mit dem Körper etwas darzustellen. Das geschah ohne Leistungszwang, ganz sanft, mit Rücksicht auf die Ungelenkheiten und Schüchternheiten der Schüler. Damals wurde mir schlagartig klar, was »körperliche Stummheit« heißt. So viel Verkrampfung, Steifheit und Phantasielosigkeit, so viel Unbeweglichkeit und mangelnde Beziehung zum eigenen Körper. Das muß man denen doch beibringen! habe ich damals gedacht. Da lag etwas brach. Da war eine mögliche, wichtige Sprache nicht gelernt worden. Das traurige Gestolper fällt mir wieder ein, als Pater A. mir das mit der Affensprache in Gebärden sagt.

Auch das macht Lane zum Thema seines Buches: den Ursprung jener Überbewertung der Sprache, die mit der Geringschätzung der Gebärde einhergeht: »Eine der zentralen Fragen der Aufklärung lautet: ›Was macht uns zu Menschen?‹, und seit Aristoteles und später Descartes hatte eine der anerkannten Antworten darauf gelautet: ›Sprache. Alles, was der Mensch je gedacht, gewollt, getan hat oder tun wird‹, formulierte poetisch ein Philosoph des achtzehnten Jahrhunderts, ›beruht auf der Bewegung eines Luftstroms, denn hätte uns dieser göttliche Atem nicht inspiriert, wäre er nicht wie ein Zauber auf unsere Lippen geströmt, so liefen wir alle immer noch als Wilde durch die Wälder.‹ Gehörlose Kinder und wild aufgewachsene Kinder waren jedoch ein Ärgernis für diese Definition des Menschen, denn die Tauben hatten, so glaubte man, keine Sprache, und wildlebende Kinder waren unveränderlich stumm.« In der Aufklärung begann dann, eben jenem sprachzentrierten Menschenbild folgend, die »Entstummung« (und damit die Heimholung in die menschliche Gesellschaft, wie man glaubte) mit Macht. Aber schon zur damaligen Zeit – und das ist heute nicht sehr viel anders – verrieten sich Qual und Fremdheit in der andressierten Sprechsprache. Wer je einen Gehörlosen hat reden hören, spürt das: Die Trauer über das gaumige, angestrengte Bilden von Silben, das sich selbst nicht kennt und fremd klingt. Ein Zeitgenosse, Saboureux de Fontenay, schreibt: »Tatsächlich bekunden alle Stummen denselben Widerwillen gegen gesprochene Sprache.«

Seit Jahren sehe ich in der U-Bahn immer am selben Wochentag eine Gruppe von Kindern, die blitzschnell und selbstvergessen miteinander »gebärden«.

Sie tun das gleichsam augenbetäubend, während ihre hörenden Altersgenossen den üblichen Radau machen. Das Schöne ist, und das fällt mir seit Jahren auf: Diese Kinder sind in ihrer Art genauso geschwätzig, einander ins Wort fallend, albern, verspielt und »laut« wie die anderen. Sie haben eine Sprache! Jeder von uns könnte sie, wenn er denn wollte, lernen. Genau das, sagt Pater A., sei der Punkt. Darauf müsse man sich einlassen, wenn an der Tragödie – nicht des Taubseins, sondern des Umgangs damit – etwas geändert werden sollte. Und wie jede Sprache muß auch diese entwickelt, verfeinert, differenziert und mit Übereinkünften versehen werden. Wie in jeder Sprache gibt es sprachmächtigere oder sprachärmere Menschen. Durch die offizielle Ächtung der Gebärdensprache aber stehen die Dinge noch am Anfang, eine Universität (College) für Gehörlose gibt es erst in Amerika, dem Land, in dem Lanes Protagonist Laurent Clerc, der »Apostel der Taubstummen der Neuen Welt«, von 1816 bis 1869 gelebt und gelehrt hat.

Wieweit der Zugang zur Bildung in einer Gesellschaft auch Minderheiten ermöglicht wird, ist ein Zeichen für den Stand ihrer Entwicklung. Lanes Buch ist voll von Beispielen über die verblüffenden Fähigkeiten tauber Menschen, wenn ihnen die richtige Förderung zuteil wurde. Er setzt sie aber immer wieder klar und eindeutig von jenen Entwicklungsgeschichten ab, die durch zum Teil grausamste Dressurmethoden »erfolgreich« waren. Essensentzug, Lichtentzug, Schläge: Der so traktierte Luis de

Velasco »beherrschte mehrere Sprachen, Naturwissenschaft und Geschichte ... und betrug sich mit Würde sein ganzes langes Leben lang, was als ein Wunder angesehen werden sollte«. Man kann das als ein Wunder ansehen, allerdings wohl anders, als es der faszinierte Schreiber dieses alten Textes gemeint haben wird.

Immer wieder begegnen wir bei diesem Thema auf besondere Weise dem Begriff »Leistung«, und zwar nicht in dem Sinn, daß es allein schon eine Leistung ist, mit diesem Handikap in einer harten Umgebung zu bestehen – nein, die herausragenden Leistungen werden immer wieder betont und zitiert, und das mag gelegentlich etwas einschüchternd wirken. Laurent Clerc, mit dessen Stimme der Autor Lane in seinem Buch spricht, war ja Zeitgenosse zweier berühmter Tauber: Goyas und Beethovens – beide freilich spät ertaubt, mit den Erinnerungen, aber auch den Hilflosigkeiten. Lion Feuchtwanger gibt in seinem Roman *Goya* eine bewegende Beschreibung dieses Verlustes: »Als es gegen Morgen ging und erste Helle kam, stürzte das Bewußtsein seiner Taubheit in seinem ganzen Entsetzen über ihn her. Ihm war, als stülpte sich eine riesige Glocke über ihn, ihn für immer einzusperren. Es war nicht zu ertragen, daß er, der seine Freude und seinen Schmerz den anderen heraussagen mußte, fortan von den Menschen sollte abgesperrt sein. Er wird nicht mehr die Stimmen der Frauen hören können und die Stimmen seiner Kinder ... Er wird nicht mehr den Lärm der Puerta del Sol hören und des Stierzirkus', keine Musik mehr, nicht mehr die Seguidillas und Tonadillas, er wird keinen Schwatz mehr austauschen mit den Majos und Majas der Schenken. Er wird gemieden werden von den Menschen, denn wer möchte mit einem reden, der nicht hört? Ihm war bestimmt, sich immerzu lächerlich zu machen und Verkehrtes zu antworten. Immer fortan mußte er auf der Hut sein, bemüht, etwas zu hören, was er doch nicht hören konnte. Er wußte um die Kälte der Welt; sie war schlimm genug für einen, der gesund war und imstande, sich zu wehren, sie war entsetzlich für einen, wie er es heute war.«

In dieser Welt der erzwungenen Stille malte er weiter, wie Beethoven weiter komponierte. Auch Smetana ertaubte, was nicht ganz so bekannt ist. Vielleicht werden die von Feuchtwanger beschriebenen Schrekken aber nicht denen zuteil, die von Geburt an taub sind. Vor etwa zwanzig Jahren machte eine Flamencotänzerin Furore, die man La Singla nannte und die fast taub war. Gerade den Flamenco, reduziert auf die mit den anderen Sinnen wahrnehmbaren rhythmischen Vibrationen, kann man sich gut vorstellen. Die Singla hörte die Musik mit den Füßen und den Händen – oder »hörte« sie nur den Rhythmus? Es gibt nichts Schwierigeres, als sich vorzustellen, wie es sich anfühlt, einen seiner Sinne nicht zu haben, nicht einmal je gekannt zu haben. Leichter ist es, sich vorzustellen, wie es wäre, wenn die einzige Sprache, die einem mühelos zu Gebote steht, geächtet wäre und wenn niemand bereit wäre, sich mit einem in ihr zu verständigen. Lane beschreibt das immer wieder: Die angelernten, von der Gesellschaft bewunderten

»Fertigkeiten« – oft um den Preis seelischer Deformation – und auf der anderen Seite die Feindseligkeit gegen die natürliche Ausdrucksform der Gebärde. »Unsere hörenden Wohltäter heben die Fähigkeit der englischen Sprache hervor, das amerikanische taube Kind in Kontakt mit der größeren englischsprachigen Gemeinschaft zu bringen – sie betonen die weitreichende Bedeutung der Sprache für das Kind. Taube Menschen jedoch betonen die Bedeutung der Gebärdensprache, die das Kind in Kontakt zu seiner unmittelbaren Umgebung bringt, die ihm einen vertrauten, mühelosen und vollen Austausch von Gedanken und Empfindungen ermöglicht – sie sprechen von der intensiven Bedeutung der Sprache für das Kind.« Geht es den Erwachsenen nicht genauso, was den »mühelosen und vollen Austausch von Empfindungen« betrifft?

Die Gehörlosengruppe in Frankfurt bereitet ein großes Fest vor. Seit Wochen schon sieht es im Kloster wie in einem Theaterfundus aus, ein Stück ist geschrieben, es geht um den siebenhundertfünfzigsten Geburtstag des Frankfurter Doms. Später, am Tag der Aufführung, wird die Volksschauspielerin Liesel Christ sagen, sie wünsche sich von professionellen Schauspielern nur einen Teil der Intensität und Hingabe, mit der die Gehörlosen probieren und die Szenen der Domgeschichte stellen. Zuerst sehe ich aber nur die Arbeiten, aus geschenkten, altmodisch gewordenen Abendkleidern sind üppige Barockkostüme entstanden, und wie das mit Hilfe von Schaumgummihüftpolstern, Brokat und Spitze bewerkstelligt wurde, ist voller Witz und Phantasie. Ein ganz verblüffendes Requisit zeigt Pater A. voller Stolz – die Reichsinsignien. Ein gehörloser ehemaliger Schuhmacher hat sie angefertigt, nach unzähligen Besuchen im Historischen Museum. Dort liegen sie in feinen Vitrinen. Sind auch die Kopien des Schuhmachers aus Holz, Folie und Glassteinen, können sie doch den Vergleich mit den Vorbildern aushalten. Pater A. hat den kaiserlichen Prunkstücken extra Etuis gemacht.

Ist die Geduld eine Tugend, die mit der Gehörlosigkeit zusammenhängt? Oder stellen wir uns das nur vor, unser latent schlechtes Gewissen verdrängend, mit dem wir uns der eigenen Ungeduld inne sind? Als ich den Schöpfer der Kunstwerke später treffe, im Kostüm eines Bischofs, das hervorragend zu ihm paßt, lächelt er, als ich sehr ungeschickt zu gebärden versuche, ich fände seine Arbeit ausstellungsreif.

Am Abend der Generalprobe im historischen Garten vor dem Dom wird in der Kirche ein Pontifikalamt zelebriert. Vor dem Tor sammeln sich die Darsteller und passen ihre Bewegungen den Kostümen an, die Mächtigen in den Ornaten und Königsmänteln unterhalten sich mit imperialen Gesten. Vom frommen Lärm im Gotteshaus nehmen sie nichts wahr. Trompetenklänge, die Orgel, die Stimmen der tausend singenden und betenden Menschen, das diskrete, aber unüberhörbare Klingeln der Geldstücke bei der Kollekte, das Klickern der Weihrauchkörner im Gefäß, das heisere Läuten bei der Wandlung, der Sprechgesang der Priester – nichts davon für sie, die draußen den Krönungszug ordnen, die Kostüme zurechtzupfen, sich über Passanten ärgern, die blind für ihre Gesten zu sein scheinen. Jeder von denen könnte die Bewegung verstehen, die »Hier bitte nicht durchgehen« heißt. Aber die meisten ignorieren es. Warum? Sind wir gewöhnt, nur Laute als Kommunikation zu akzeptieren? Nie ist mir das aufgefallen, obwohl ich wahrscheinlich genauso viele Zeichen übersehe wie die Spaziergänger, die hier die Regie durcheinanderbringen. Auch die Nervosität und das Lampenfieber, das kann ich hier sehen, brauchen keine Laute, um deutlich zu werden. Schon bei dieser letzten Probe hatte sich eine Menge Zuschauer um das Gemäuer des historischen Gartens versammelt. »Können die gar nichts hören?« fragt ein dickes, kleines Mädchen, das sich auf die Zehenspitzen gestellt hat, um besser zu sehen. Später sehe ich sie immer noch in dieser unbequemen Haltung, aber nun hält sie sich auch noch die Ohren zu, um einen richtigen Eindruck zu bekommen. Frau K., die mit der Gruppe arbeitet und die Sprache beherrscht, ist an allen Orten gleichzeitig. Wie selbstverständlich und beiläufig diese Sprache aussehen kann – auch bei jemanden, der hört –, sehe ich an ihr.

»Da hinten sind ein paar Spezialisten, die gleich Ärger machen werden«, sagt Frau K. entschlossen und macht sich auf den Weg durch die Menschenmenge. »Das sind welche, denen die Gruppenarbeit zu fade ist, und plötzlich, wenn was los ist und wir was auf die Beine gestellt haben, wollen sie doch dabeisein und funken dazwischen. Es ist nicht anders als bei jeder anderen Gruppe auch. Es gibt Unbeholfene und Begabte, es gibt Egozentriker, die sich nur selbst darstellen wollen und die Gruppe kaputt machen, alles wie überall auf der Welt. Und es ist trotzdem eine ganz andere Welt!« Hat sie ihre »Spezialisten« – ja, wie lautet das richtige Wort? – beruhigt? Das kann man nicht sagen, denn laut waren sie ja nicht. Wie viele unserer Alltagsbegriffe von der Hörfähigkeit ausgehen, fällt erst bei einer solchen Gelegenheit auf. Später, wenn das Spiel seinen Lauf nimmt, wird sichtbar, daß es Lautstärke im übertragenen Sinn durchaus gibt. Im labyrinthischen Gemäuer am Fuß des Doms formen sich immer buntere und schönere Bilder. Junge Mädchen tanzen zu einer Musik, die sie nicht hören, eine Gruppe von Bettlern kommentiert mit Bewegungen das Geschehen auf ihre Weise. Diese Bettlergruppe, die zeitweilig von einem klassischen grün-roten Schalksnarren beherrscht wird, ist auf ihre Weise interessanter als die prachtvollen Gestalten in den Krönungszügen. Für jemanden wie mich ist es gar nicht leicht herauszufinden, ob die Bewegung jetzt Spiel oder Sprache, Choreographie oder Mitteilung ist. Die Grammatik der Gebärdensprache kenne ich nicht und versuche – wie wahrscheinlich jeder Hörende –, von der eigenen Gestik auf die der Gehörlosen zu schließen. Die Bettlergruppe erinnert an Fellini-Filme, Weltgeschichte, drastisch von unten her kommentiert.

Mitten in der Probe geht das Pontifikalamt im Dom zu Ende, und die Domglocken legen los, mit einem machtvollen, die Bauchdecke zum Flattern bringenden Radau. Der Probenabbruch wird signalisiert. Unten im Gemäuer halten die Darsteller nach und nach inne, aber unwillig. Manche, sagt Frau K. später, spüren etwas wie Vibration. Andere sahen den Probenabbruch nicht ein. Wieso? Was ist denn? Irgendwann macht Pater A. Bewegungen, ähnlich wie ich mir Moses vorstelle, der das Rote Meer teilt. Die Glocken kommen endlich zur Ruhe, es kann weitergehen, und ich beobachte, daß zwischen den vielen einzelnen Gruppen des Stückes sehr große Unterschiede bestehen. Die »optische Lautstärke« kommt mir zu Bewußtsein und das, was Frau K. über die »Sprechbegabung« gesagt hat. Alles wie bei anderen auch, es gibt stummere und weniger stumme Bewegungen, es gibt einen Sprachschatz – und der, sagt Pater A., muß eben gefördert werden. Während das bunte Spiel seinen Lauf nimmt, kommt mir das Lane-Buch wieder in den Sinn, schon weil ich mir Lanes Protagonisten Clerc sehr gut in dieser Gruppe vorstellen könnte. Erst jetzt geht mir auf, wieviel der Konflikt zwischen jenen, die die menschliche Erfüllung in der Integration sehen und in der Einpassung ins Mehrheitsgefüge, und den anderen, die in der Bildung des Individuums und seiner persönlichen Erfüllung das Glück sehen, mit uns zu tun hat. In der klassischen Gehörlosenpädagogik ist dieser Konflikt von zwei Namen besetzt – eben Clerc, der leidenschaftlich für die Gebärdensprache kämpfte, und Alexander Graham Bell, der seine ganze Kraft und sein Prestige daransetzte, »Taube vergessen zu machen, daß sie taub sind«. »Die Erwachsenen, die Gebärdensprache verwenden, sind ein Beweis für unsere Mißerfolge; wir wollen von ihnen so wenige haben, wie wir nur können.« Jener große Erfinder Bell wollte die Gemeinschaften zerschlagen, hielt taube Lehrer für ein Unglück und propagierte ungeniert, daß man die Ehen zwischen Taubstummen unter allen Umständen verhindern solle. Der Erfinder des Telefons war Eugeniker, er befürwortete die Zuchtauswahl bei Menschen bis hin zur Sterilisation. Er war sicher einer der Vorläufer jener Anbetung der »Machbarkeit«, mit der wir uns heute noch und immer neu herumzuschlagen haben. Machbarkeit – das hieß für ihn auch, daß es möglich ist, so zu tun, als ob es Taubheit gar nicht gebe, die Qual der Vereinsamung und die Unmenschlichkeit solcher Zwangsintegrationsmaßnahmen waren für ihn kein Thema. Dagegen Clerc, dem das Glück und die persönliche Entwicklung des einzelnen über alles ging und dem es gelang, die Abweichung von der Norm bei uns Menschen als Schöpfungsreichtum zu begreifen. Was für ein moderner Konflikt! Gerade jetzt wird er, im Bereich der Gentechnologie, aufs neue erbittert ausgefochten, noch ist kein Ende des Kampfes zu sehen.

Der Blick in den historischen Garten, in den jetzt der Kaiser mit großem Gefolge einzieht, beweist, daß »die Gruppe« lebensnotwendig ist. Prozesse, die innerhalb der Gemeinschaften ablaufen, werden durch das, was Lane »wohltätige Autorität« nennt (und ablehnt), nur fehlgeleitet und gestört. Der Hörende, der sich auf die andere Welt einläßt, aber nur lehren und nicht lernen will, ist eine Gefahr für die

Lebendigkeit dieser anderen Welt. Das Lernen von den anderen bedeutet aber auch, Integration um jeden Preis als sinnlos und unmenschlich zu erkennen. Der klassische Konflikt ist noch lange nicht zu Ende, aber die genetische Inspektion des Fötus im Mutterleib auf seine Brauchbarkeit hin wird, wenn er denn so praktiziert werden sollte, wie die Gentechnologen es erträumen, Fragen nach dem Umgang mit Abweichenden zum Verstummen bringen.

Im Stück am Dom ist man bei den Wirren der Reformation angekommen, und nun sehe ich, daß es nicht nur gebärdende Lautstärke, sondern geradezu gebärdende Demagogie gibt! Der Darsteller des Luther-Mitstreiters Hartmann Ibach zeigt den ganzen Reichtum und die Verständlichkeit seiner Sprache. Er sei Restaurator von Beruf, sagt Frau K., und amüsiert sich über meine Begeisterung. Das Anstrengende für den Hörenden, das geht mir erst später auf, ist die geteilte Aufmerksamkeit, die man braucht, um die ganze Fülle des Gezeigten wirklich zu erfassen. Es ist eben kein Orchester, das uns die verschiedensten Töne in einen Klang zusammengemischt hören läßt, man muß auf jede einzelne, noch so kleine Geste achten, man muß darauf achten lernen. Dieser lange, glitzernde Krönungszug, der sich ohne einen Laut vorwärtswindet – jetzt sind wir, das Publikum, die Gehörlosen. Ein Pianist in der nahen Schirn malträtiert sein Instrument und stört, denn nun ist er aus einer anderen Welt. Jetzt tragen sie die Reichsinsignien herein, ich bin richtig froh, daß man sie so gut sehen kann. Bei allen Proben war es trocken, und jetzt fängt es an zu regnen, zum erstenmal seit Wochen. Auch Enttäuschung hat ihre Gebärden, aber Pater A. hadert nicht mit dem Himmel, sondern entscheidet nach einer kurzen, nassen Unterbrechung: Das Stück muß zu Ende geführt werden. Die Arbeit der Gruppe ist so wichtig und »sagt« so viel – ein Sommerregen kann da nicht schrecken. Ich sehe ein Mädchen im Bettlerrock einen Sprung tun, sie schüttelt ihr Kostüm wie eine Taube ihr Gefieder. Dann geht's weiter, eine Bürgerhochzeit wird gefeiert, ganz oben auf die Domplattform haben sie das Brautpaar gestellt, das von unten so winzig aussieht wie die Figürchen einer Hochzeitstorte, und jetzt hängen sie einen Korb an einen Flaschenzug, einen Korb mit Wein, und der schwebt tatsächlich die achtzig Meter hinauf, von allen bestaunt. Am Schluß, nachdem Pater A. als Nachtwächter seine schöne Stimme hören ließ – die seine Hauptdarsteller und Mitspieler nie hören werden –, feiern alle Nationen der vielfältigen Domgemeinde zusammen.

Noch immer weiß ich nicht, wie es ist, wenn man nicht hört und noch nie gehört hat. Aber ich habe mir abgewöhnt, Anderssein notwendig als Behindertsein zu definieren. Und der Begriff der persönlichen Erfüllung und der individuellen Entwicklung als Glück, den Clerc propagiert hat, trifft nicht nur für die Gehörlosen, sondern für alle zu.

Der Hund ist klüger als du

Liebe Nellie, ratzfatz, sagst du immer, wenn was schnell oder unvorhergesehen ist, ratzfatz, so ein blödes Wort. Ich habe es bei dir zum erstenmal gehört, bei uns heißt das mirnixdirnix, oder vielleicht brauchen wir für sowas kein Wort, weil wir nicht so leicht zu überraschen sind. Erinnerst du dich noch an deinen Brief vom Sommer 89? Jetzt mache ich mir eine Beutelsuppe, und dann kümmere ich mich um die Revolution, hast du geschrieben. Das hat mir fast das Herz gebrochen, ich schwöre es dir, nicht nur, weil ich auch das Wort Beutelsuppe nicht kannte, sondern weil ich neidisch war auf deine außergewöhnliche Zeit, weil ich mich an meine außergewöhnliche Zeit erinnert habe, bei der zwar außer einer Menge wunderbar theatralischer Erinnerungen nichts herausgekommen ist, aber was wären wir ohne unser Weltbühnchen von damals, schön und gefährlich haben wir uns gefühlt, weiß ich noch ganz genau, und jetzt du und deine Freunde, die ich nicht kenne, aber ich kann sie mir vorstellen und auch die Kneipen, in denen ihr so heftig überwacht werdet, bis ihr ein für allemal wißt, wie wichtig ihr seid.

Überwacht wurdet. Wichtig wart. Es ist ein schleichschmerzender Abschied, ich kann mich erinnern. Oder ich tu so, damit ich auch noch was von euren

Erdbeben habe. Jedenfalls, nachdem ich dir dieses blöde Päckchen mit Lacroixsuppe und Parmaschinken geschickt und geschrieben hatte, ein Revolutionär muß ordentlich essen, bin ich mir ziemlich dumm vorgekommen, wie eine Oma, die noch was vom Leben der Jungen haben will und Kuchen schickt, der nur bedeutet: Laßt mich doch mitessen. Wie wir dann eingeladen worden sind, du und ich, nach Berlin, durch irgendeins der Löcher im sonst noch intakten Verschlußstaat – warum hast du mich die halbe Nacht veralbert, indem du dir das Hotel hast erklären lassen? Ach, das gibt es alles und kostet das extra und was passiert wenn ich hier draufdrücke und wird das immer wieder nachgefüllt und das riecht aber gut. An der Minibar kann man pleite gehen, aber das hat dir als Beweis für die Inferiorität des Hiesigen, des Meinigen, des für mich Gewöhnlichen blöderweise nicht gereicht.

Ratzfatz. Ich habe dich nicht merken lassen, daß ich dich von Kopf bis Zeh beäugt und überlegt habe, woran man es eigentlich merken soll. Denn schon in der Abgeschlossenheit flogen die Kataloge wie fette Vögel zu euch und sorgten umsichtig für Ähnlichkeit, zumindest für Normalblicke wie meine. Warum sehen wir uns so selten, jetzt, wo es geht? Weil es geht? Es gilt, die Denksträhnen zu teilen, die Liebe in den Zeiten der Annäherung, wer sagt schon, daß das einfach ist. Beim erstenmal drüben habe ich dich verabscheut, als du bei diesem verbrecherischen Gürtelhändler standest und meinen erfahrenen, gürtelgewohnten, gürtelübersättigten Rat nicht haben wolltest. Ist sie tatsächlich so, habe ich gedacht, um uns standen schön und ernst die Häuser deines Marktplatzes mit ihren unschuldigen alten Gesichtern und wurden von dir keines Blickes gewürdigt: Nur dieser Kerl, dieser Schiffschaukelbremser, bei uns bekäme der kein Paar Schnürsenkel los, habe ich gedacht, deswegen ist er auch bei dir gelandet mit seinen grünen Kunstledergürteln mit Tigerschnallen und dem ganzen Schrott. Plötzlich hat mich dann deine Begeisterung angesteckt, endlich, und wir haben ihn runtergehandelt, den gaunerhaften Schönheitshändler. Wieder was gelernt, hast du gesagt. Wieder was gelernt, hab ich geantwortet. Aber es hat nicht vorgehalten bei uns, oder sehe ich das falsch?

Wegen der Treue zu deinem Hund hatte ich eine ganz neue Liebe zu dir entwickelt, das weißt du. So kannte ich das übrigens nicht, daß man dabei zuschauen kann, wie die alten Zuneigungen verwelken und abfallen und neue aufgehen, die genauso leicht verderblich sind. Der Hund – das wird bleiben. Kein Prag und kein Ungarn, hast du gesagt, ich kann ihn nicht im Stich lassen, er kommt mit, egal, so wichtig ist keine Freiheit auf der Welt, daß man dafür jemanden verläßt, der sich nicht wehrt und dem man nichts erklären kann. Das hat getroffen, und das saß, du weißt es. Sogar ich habe ein bißchen wie Rinaldo Rinaldini gedacht und Szenarios der glanzvollen Errettung von Mensch und Tier erfunden und verworfen – bis sie nicht mehr nötig waren. Jetzt bist du da. Gottseidank nicht ganz in der Nähe, aber mit dem Hund, der schon ein bißchen alt ist und dem das Fell ausgeht. Er hat es auch nicht leicht, als einzige echte Vertrauensperson auf der Welt, denn alle anderen, hier und dort, haben Risse und Sprünge gekriegt und drohen in Stücke zu gehen. Auch ich. Einmal habe ich dich gefragt, ob du bespitzelt worden seist. Warum hast du mir eigentlich keine Antwort gegeben? Ich glaube, du traust mir nicht zu, daß ich ein Gewebe erkenne, wo doch die Hiesigen immer nur einzelne Fäden anschauen. Vielleicht hast du recht. Was gegen alles hätte helfen können, ist die Freude. Ich sehe dir aber keine an.

Wieso glaubst du, daß du ein Recht auf meine Freude hast? Das war deine Frage, als wir uns vor kurzem gesehen haben – sie hat mich verblüfft, diese Frage, und ich kann sie nicht ohne weiteres beantworten. Vielleicht haben viele von uns geglaubt, ein Recht auf eure Freude zu haben. Sicher, und das weißt du, haben wir sie ein bißchen verlernt und hätten sie uns gern anderswoher geholt. Das mußte schiefgehen. Das, was man von altersher den Kindern am Weihnachtsabend abverlangt, die stellvertretende Freude für müde Erwachsene, sollte ins Überdimensionale, ins Allgemeine übertragen werden. Enttäuschung auf allen Seiten, auch bei mir, ich kann es dir eigentlich nur schriftlich gestehen – nicht für alles kann deine Solidarität mit deinem Hund herhalten. Du führst ihn zu oft ins Feld. Immer, wenn dir was nicht paßt, beschreibst du deine und des Hundes Einsamkeit, euer verlorenes, zwar karges, gleichwohl haltbares und vertrauenswürdiges Paradies, in dem es an Äpfeln, aber auch an Schlangen gemangelt hat. Immer ist der Hund krank, nachdem wir von daheim weg sind. Und wenn du zurückgehst? Wirst du dann, samt deinem Hund, die Dinge sehen, wie sie sind?

Da fällt man doch von einer Ohnmacht in die andere, sagst du. Und hilfst mir mit keinem Wort über meinen Zorn und mein schlechtes Gewissen, diesen undurchdringlichsten und dicksten aller Nebel, hinweg. Das schlechte Gewissen, muß ich dir sagen, war hierzulande schon fast ausgestorben, zumindest gestutzt, zum Schweigen gebracht und eingeschüchtert. Ihr habt es wieder eingeführt, es wuchert unkontrollierbar, das nehmen wir übel.

Wie leicht mir plötzlich das Wir-Sagen fällt! Nie vorher habe ich es gekonnt. Aus Du und Ich ist Ihr und Wir geworden, das muß wieder retourgehen, sonst seh ich schwarz wie du. Denn es ist furchtbar anstrengend, Zu- oder Abneigung und die changierende Mischung von beidem immer wieder als beispielhaft um die Ohren geschlagen zu bekommen. Nicht du und ich geraten miteinander ins Gedränge und wurschteln uns wieder heraus oder auch nicht, sondern angeblich Systeme … Ich bin kein System und du auch nicht. Nein.

Wie kommst du dazu, mir zu widersprechen? Man kann keines sein wollen, auch wenn es manchmal warm hält oder die Geräusche dämpft. Auch wenn man die Hütte wechselt, bleibt der Hund derselbe. Ja, aber in der einen Hütte ist er so geworden, hast du geantwortet. Wir reden nicht von deinem Hund. Der ist bei dir so geworden. Hier geht es ihm, sagst du, schlechter, weil er deine Niederlagen spürt. Was für

Niederlagen? Ich bin sicher, du meinst die Revolution, obwohl du nie mehr von ihr sprichst und mir, weil du weißt, daß ich davon absolut nichts verstehe, von deinem Programmierkurs erzählst. Du ziehst auf die Überholspur. Es sieht auch alles an dir vollkommen richtig aus, nur daran glauben mußt du noch lernen und es dann vergessen.

Viel lieber wäre mir, wenn du mir was abgäbest von deinem Früher, auf das du nichts kommen läßt und das du gleichzeitig mit Verachtung strafst. Wie hältst du das aus? Du glaubst mir nicht, wenn ich dich darum bitte. Aber du siehst aus, als würdest du dir den Seelenbesitz nicht wegnehmen lassen.

Das verstehst du nicht! kannst du immer ungestraft zu mir sagen, unter der Beweislast würde ich zusammenbrechen, und das weißt du. Du hast alle deine Schallplatten dortgelassen, dort, wo es so gut und so unerträglich gewesen ist. Auch die Klamotten, trotz der Gewitztheit und Anstrengung, womit sie getränkt waren. Das sei nicht mehr gefragt, hast du gesagt. Zur Zeit scheinst du mit dem Sortieren der Dinge, die gefragt sind, und derer, die fürs erste weggeschlossen werden können, beschäftigt. Daß du dich nur nicht furchtbar irrst bei deinen Aufräumungsarbeiten! Du wärst nicht die erste, die etwas Unentbehrliches auf den Sperrmüll geworfen hat. Seit einiger Zeit bist du dir ganz sicher, was hier verlangt wird, du weißt es anscheinend besser als wir selber. Das Tasten sei vorbei, hast du gesagt. Keiner habe einsehen wollen, was ihr wirklich zu geben hattet. Ich wagte bisher nie, dir darauf zu antworten, denn je sicherer du dich vor mir aufgebaut hast, tadellos frisiert, mit der richtigen Haarfarbe und den richtigen Klamotten bis zu den Schuhen hinunter, je blanker dein Spiegelbild wurde, desto unsicherer habe ich mich gefühlt, nein, eigentlich nicht unsicher, nur eingeschüchtert von den harten Häuten, die du dir angeschafft hast für teuer Geld, weil man die hier ja braucht. Du hast mir wortlos gezeigt, was mir fehlt. Muß man sich auch Schlamperei und Wurschtigkeit hart erkämpfen? Vielleicht, ich weiß es nicht.

Früher warst du eine schüchtern geliebte und neugierig verstandene Fremde, jetzt kenne ich alles an dir, ich habe das alles schon einmal gesehen, und du trägst einen senfgelben Minirock, natürlich hast du die Beine dafür, das ist gar keine Frage, aber man muß sie doch auf dieser schrecklichen Farbe sitzen lassen, diese Produzenten frauenbeleidigender Mode, man darf nicht alles mitspielen, weißt du das denn nicht? Mir hat die Farbe noch nie gefallen, sagst du zufrieden, selbst das innig ersehnte Klamottenwunderland hält seine Foltern bereit, und die sind dazu da, ertragen zu werden.

Ich verstehe dich nicht. Am Anfang, als das drüben und hier ineinanderzusickern schien – ich brauch dir nicht zu sagen, daß in Wahrheit keine Rede davon sein konnte –, da warst du ganz fürsorglich, richtig tuttelig, immer wolltest du allen Leuten Kaffee kochen und die Papiere holen und die Post wegtragen und lieb sein in deinem ersten Job hier, erinnerst du dich? Du wirst dich nicht erinnern wollen, das verstehe ich.

Denn man nahm deine Geschenke der Zuwendung und der Selbstlosigkeit zwar an, aber was man dir dafür gab, blieb für dich unsichtbar. Ich konnte nicht mit dir darüber reden, denn da war deine Einteilung schon vorgenommen, und du hättest keine Neugier mehr für jene, die dich umgaben, aufbringen können. Sie waren Monster, jedenfalls teilweise. In ihren Adern floß kein Blut, sie gingen dir an deine schutzlose Kehle und saugten all deine mitgebrachte Freundlichkeit aus, bis du ganz leer warst, nicht wahr?

Meinem Eindruck nach hat man dich respektiert. Das war natürlich zu wenig. Deine Freundlichkeit und Fürsorge nahm man hin, ein bißchen verwirrt zwar, noch verwirrter, als du begannst, sie zu verweigern.

Die blöde Propaganda, mit der wir jahrelang angeödet worden sind, stimmt ja doch, hast du irgendwann, nachdem du den Job geschmissen hattest, gesagt. Kalt, ausbeuterisch, unmenschlich. Im Leben hättest du das nicht geglaubt! Und jetzt sei es zu spät. Für was? Ich hätte dich gern gefragt, aber da hattest du mich schon ins andere Lager geschoben, sachte, aber bestimmt, ich könne ja nichts dafür, wenn ich so sei. Jeder müsse sich mit dem seinigen abfinden, oder man müsse kämpfen, aber dazu ist Alleinsein nötig, wenn schon Kälte, dann richtige. Wir haben hier die Gemütsarktis. Du hast es mir klargemacht, deshalb dieser Brief, denn ich fange an, mich gegen das Bild, das du mir vorhältst, nein, zu dem du geworden bist, zu wehren. Ich gehe nicht mit der Mode, ich stimme nicht in die institutionalisierte öffentliche

Zerknirschung der vergrämten und beleidigten Linken ein. Selbst wenn es dir kompliziert erscheint – das ist es auch für mich –, ich kann dein Früher nicht glauben, wenn du dich mir jetzt höhnisch als die perfekte, wenngleich innerlich tote Hiesige präsentierst. Vielleicht ist die Geschwindigkeit, mit der du aus dir ein Zerrbild von uns gemacht hast, das Erschreckendste. Wenn ihr euch eingebildet habt, ihr wäret nicht so: Jetzt sind wir da, scheinst du zu sagen. Ihr könnt euch selber nicht mehr entgehen, ihr werdet euch nicht länger betrügen, wie ihr seid, können nur wir euch zeigen.

Ich fange an, mich vor dir zu fürchten. Wir reden natürlich nie darüber, du erzählst vom Hund, und daß der Tierarzt, den ich dir empfohlen habe, wirklich ganz toll ist, das Fell wächst langsam nach, und der Hund findet sich mit der viel zu kleinen Wohnung ab, wie du es ja auch mußtest, natürlich warst du wahnsinnig dankbar, daß du überhaupt eine gefunden hast. Jetzt traut er sich schon im Park an die anderen Hunde, hast du gesagt, und ich habe es mir verkniffen zu fragen, ob auch die Hunde sich haben anstecken lassen von der Zerreißprobe des unerfüllbaren Wunsches nach gleichzeitiger Nähe und Ferne. Das ist es doch: Beides wollen wir, du und ich und überkreuz, denn da, wo ich mir deine Nähe wünsche, willst du Ferne, und wo ich dir fern bin, klagst du Nähe ein. Ich frage Vergangenheit aus dir heraus und muß mich mühen. Du willst Zukunft von mir ausgemalt bekommen, möglichst genau, und ich passe.

So kann es nichts werden, und ich sehe den verächtlichen Zug um deinen Mund, wenn ich sehnsüchtig den Zauber deiner ehemaligen Stadt und der Alleen, die sie umgeben, beschreibe. Geschenkt, scheinst du zu denken. Die will mich nur los sein, husch, zurück ins alte Körbchen, da ist jetzt schließlich auch Freiheit, und mehr haben wir nicht zu verlangen, oder? Du scheinst bereit, mir deine Vergangenheit zu schenken, aber über sie erzählen willst du nicht mehr. Das war anders, als die Grenze Löcher kriegte. Ja, in Berlin, im Hotel, tut mir leid, ich kann die Nacht der Erzählungen nicht vergessen, von dem Hof deiner Großmutter und den Sommern ohne Politik, statt dessen Stachelbeerwein, kein schlechter Tausch. Man merkt es nicht dauernd, wenn die Freiheit fehlt, es gibt viele Arten davon, hast du damals gesagt. Und wenn man das weiß, will man eine an die andere heften, bis sie überall ist und nicht nur an bestimmten Julitagen in Mecklenburg. Du hast das alles nicht mehr erwähnt, und, soviel ich weiß, bist du auch seit langer Zeit nicht mehr dort gewesen. Zeigt der Ort dir jetzt, wo er frei ist, keine Freiheit mehr? Oder nicht die richtige Sorte? Ich weiß, daß du mir die Fragen nie beantworten wirst, aber ich will sie gestellt haben. Ich hasse es, hilflos zu sein.

Vor mehr als fünfzehn Jahren war ich mal bei den Filmfestspielen in Krakau, platzte vor Neugier, es gab auch eine große ostdeutsche Delegation, sie schauten ernst und waren viel wichtiger als wir, abends saßen sie für sich, aber sie tanzten manchmal mit uns, worüber wir demütig froh waren, denn irgendwie kamen wir aus der falschen Ecke. Da war eine Journalistin, sie sah dir ein bißchen ähnlich, sehr schmal und blond, und ich gefiel ihr wohl gar nicht, aber mein Schal, ein dreieckiger, das weiß ich noch, aus grauer Seide. Ich sah meine Chance darin, ihn ihr zu schenken, aber es nützte mir nichts. Sie bestand darauf, mir einen anderen Schal dafür zu geben, den ich, obwohl er scheußlich war, nicht abzulehnen wagte. Er sei aus Moskau, sagte die fremde Kollegin. Sie wisse doch, daß man bei uns nicht einfach etwas ohne Gegenwert hergebe. Was sollte ich tun? Was soll ich tun?

Auch du hast dir angewöhnt, über Geschenke beleidigt zu sein. Nicht, daß du sie nicht erwartest, aber sie sollen weder den Geber noch den Nehmer entschulden oder gar erfreuen. Ich habe das längst versunkene polnische Erlebnis nicht vergessen, die Nahtstelle, den Riß. Die Fahrt nach Auschwitz hatten wir gemeinsam gemacht, mit vertauschten Schals und fremden Gesichtern. Sie sah sich alles an, ich verweigerte plötzlich verzweifelt, nein, nicht da hinein. Da wurde die deutsche Kollegin liebevoll. Das könne sie verstehen, wenn man daher komme, aus meinem Land. Sie kam tatsächlich ganz woanders her. Ich habe ihr geglaubt. Vielleicht tue ich das noch heute, vielleicht habe ich deswegen ein schweres Herz, wenn ich an dich denke und deine etwas beleidigte Strenge ebenso hinnehme wie deine totale, fast aggressive Anpassung. Vielleicht sollten wir eine Zeitlang nur noch über deinen Hund reden und versuchen, wenigstens ihn glücklich zu machen. Die kleinen Paradiesreste sind einem ja geschenkt, um aus ihnen Heiterkeit für das hiesige Jammertal zu ziehen, also muß man auch zusehen, das Paradieslein mit Lamm, Löwe und Feigenbaum, die von einem ermatteten Hibiskus und einem kahlen Hund symbolisiert werden, pfleglich zu behandeln. Man hat kein anderes. Ja, vielleicht legen wir das Ihr und Wir und das Hüben und Drüben und das Bei-Euch und Bei-uns mal eine Zeitlang beiseite und gehen mit dem Hund an den Fluß und lassen ihn Westmäuse und Westhasen jagen. Er erwischt sowieso keine. Und auch diesen letzten Satz wirst du in den falschen Hals kriegen.

Was kennen wir eigentlich, was wissen wir – nicht voneinander, sondern erst mal von uns selber? Ohne eine Bestandsaufnahme, ohne das Geschenk der Neugier auf die eigene Person und Umgebung werden wir nicht weiterkommen, beide nicht. Es ist eigentlich wenig, dessen wir inne sein können ohne nennenswertes Irrtumsrisiko: Eine Wohnung, die Straße, ein paar Nachbarn, schon die umgehackten Bäume in einem anderen Stadtteil empören uns nur pflichtschuldigst, denn wir hören die Sägen nicht und müssen die Stümpfe nicht sehen.

Es ist wenig, was wir wirklich wahrnehmen und wissen, hat die große Dichterin Marlen Haushofer einmal geschrieben, der Blick einer Katze, die Schwalben: Schwer zu ertragen, dieser Minimalismus, wo wir doch früher über alle Weltgegenden, ihre Bedrückungen und was zur Veränderung zu geschehen hat so haargenau Bescheid gewußt haben.

Und trotzdem ist das unsere Chance, Nellie, sonst werden wir ein System. Wie die Ameisen müssen wir geduldig unsere Nadeln und Wurzeln zusammenschleppen, immer hübsch sichtbar bleiben und uns bloß nichts vorgaukeln lassen, wenn Freund und Feind aus einem miesen Stück eine tolle Show zu machen versuchen. Ja, Freund und Feind – ist dir das noch nicht aufgefallen? Oder gehörst du auch zu denen, die aus ihren alten Feinden jetzt plötzlich wieder Freunde machen, weil die neuen Freunde sich als trügerisch, gefährlich und gemein erwiesen haben? Auch darüber steht mir natürlich kein Urteil zu, aber es verwirrt mich doch immer wieder, mit welcher Bedingungslosigkeit die Grauwerte, auf die doch alles hinausläuft, übersehen werden.

Ich kann mir schon wieder vorstellen, wie du deinen wohlfrisierten Kopf über meine Ahnungslosigkeit schüttelst. Grauwerte, ein apolitischer, weder den Tätern noch den Opfern Rechnung tragender Begriff. Gerade damit seid ihr alleingelassen und von bewußtlosen Kolonisatoren überrannt worden: bei der Bestimmung dieser Grauwerte und ihrer Erträglichkeit, und die wäre, denke ich, auch nur im überschaubaren Rahmen und in der nächsten Nähe möglich gewesen, aber so ganz ohne Einmischung? Ohne Schiedsrichter? Meinst du das wirklich?

Jemand hatte mir die Akte einer jungen Pastorin gezeigt, das war ein merkwürdig erbittertes Dingfestmachen von Alltäglichkeiten und hat mich sehr gewundert. Aus diesen Hunderten von Zetteln, wichtigtuerischen Notizen, dämlichen Abkürzungen, Langweiligkeiten und grammatikalischen Abstürzen ging ganz klar hervor, daß auch der Geliebte der Pastorin über sie erzählt hatte. Noch nie war Liebe so nackt und arm, es wurde einem bei diesen wildfremden Menschen, die man hoffentlich nie sehen würde, ganz elend. Mit dir darüber zu reden habe ich mich nie getraut.

Wenn wir über Männer reden, sind wir immer ganz unverbindlich, zeigen nichts her, verstecken unter jener liebevollen Verächtlichkeit, die man mit den Jahren als Schutzmantel zu benutzen gelernt hat, die wirklichen Fragen. Daß du es nicht leicht hast, merke ich trotzdem. Die Männer aus deinem alten Leben scheinst du nicht wiederhaben zu wollen: Wer ist schon geil auf Looser? hat ein Landsmann von dir neulich im Fernsehen gesagt, es klang ziemlich kraftlos, etwa so verwundert, wie ich mir vorstelle, daß man ist, wenn einem unversehens ein Arm oder ein Bein abgerissen wird. Hättest du ihm widersprochen? Andererseits gefallen dir die Männer hier auch nicht, in jedem von ihnen scheinst du einen Abgrund an Liebesverrat zu wittern. Warum das Mißtrauen? Es geht ja über die gesunde Skepsis den edlen Absichten des anderen Geschlechts gegenüber weit hinaus.

Darüber kann ich auch nicht aufhören zu grübeln: Wie es zustande kommt, daß du es erträgst, vertrauensselig genannt zu werden, wo du doch einer der mißtrauischsten Menschen geworden bist, die ich kenne? Nie widersprichst du, wenn man dich und deine Landsleute (immer habe ich Schwierigkeiten bei diesem Begriff, aber was soll ich an seiner Stelle für ein Wort benutzen, das jene beschreibt, die dir zumindest räumlich näher waren, als ich es bin?) – wenn man euch also der Vertrauensseligkeit, der Naivität, des Bereitwillig-in-alles-Hineintappens bezichtigt. Du hörst dir das an und nickst, Minuten vorher hast du wegen eines falschen Preisschildes an einem Rock sämtliche Pferde scheu gemacht, und dann war noch die Verkäuferin patzig, angeblich weil sie deinen Dialekt erkannt hat (du hast ihn doch fast zu Boden gezwungen, warum eigentlich?), und du erklärst mir, das alles, der ganze Verdruß, sei zu nichts anderem als zu deiner ganz speziellen und persönlichen Demütigung erfunden. Mir platzt der Kragen, ich erinnere an die Kellnerinnen bei dir daheim, die dir nun offenbar wieder im Lichte wackerer Respektlosigkeit vor Ausbeutern neu erstrahlen, kurz, du weißt, es war mal wieder einer jener leisen, schmallippigen, gequetschten Kräche, bei denen man das Gift, das einem in die Kehle steigt, immer wieder herunterschluckt, oder es nur in ganz feinen Fontänen in die Richtung des Gegners zischt – es war scheußlich. Nicht für dich, glaube ich, denn wie auf einer Wippe bist du wieder auf das andere Begriffsende gerutscht, vom Mißtrauen total auf Vertrauensseligkeit total: Ich versteh das doch alles nicht so, wenn ich mich im Ton vergreife, darfst du mir das nicht übel nehmen, wir waren das alles ja nicht so gewöhnt.

Was warst du nicht gewöhnt, verdammt? Wenn ich's nur wüßte, wenn du es doch nur sagtest! Aber immer dieses Gesicht, das nach Beleidigungen und Zurücksetzungen sucht und sie prompt auch findet.

Ich möchte dich aber nicht aus meinem Leben

streichen. Es wäre das Einfachste von der Welt, ich brauche nur nicht mehr anzurufen, und die Gewißheit, daß auch ich zu den Verrätern gehöre, zu den Unsensiblen und Kalten, würde dir sicher die Traurigkeit über unseren beiderseitigen Verlust mildern. Nein, ich mach es uns beiden nicht so leicht, wenigstens nicht sofort. Denn diese schöne Möglichkeit des einsamen Rechthabens, welches vielerlei Lust aufzuwiegen in der Lage ist, die fehlt mir. Ich kann dich nicht für unbrauchbar erklären und ausstreichen. Das gilt aber für dich ganz persönlich. Deine Geschichten und deine Komik, wenn du für einen Moment deine Rolle als Tragödienstatistin vergißt und einen Kleinen im Tee hast.

Das liebe ich an dir: Du hast zum Laster ein so unverkrampftes Verhältnis, mit lauter Stimme bestellst du zum Frühstück einen Wodka, und deine Aschenbecher sehen aus wie diese blöde Antiraucherreklame, du nimmst dir die Nachtstunden, als gäbe es keine Wecker, und die Schönheit deines Gelächters entschädigt einen für vieles. Es ist seltener geworden, aber ich begehre sehr nachdrücklich, nicht schuld daran zu sein. Erst hast du gar nichts gewußt über die vor dir liegende Welt, das war vielleicht nicht gut. Jetzt denkst du, du wüßtest alles, das ist noch viel schlechter.

Der Hund ist klüger als du. Er hat das Naheliegende geprüft, die Wiese, den Baum, die leicht erreichbare Ecke. Nicht die gesamte Hundheit war der Gegenstand seiner Aufmerksamkeit. Man kann von ihm was lernen. Sein Fell wächst gut nach, weil er sich wahrscheinlich von der Sinnlosigkeit psychischer Zerqältheit überzeugt hat. Ihm, dem Hund, scheinen die Kreise der möglichen Abenteuer weiter und weiter zu werden.

Was tun? Ich weiß es auch nicht, und wenn ich mir was wünschen sollte, dann wäre es deine Neugier. Meine ist dir sicher. Vielleicht lernst du sie schätzen.

Zwei Frauen: Vita Sackville-West und Violet Keppel

Die Welt war zusammengeschrumpft auf einzelne Wörter, auf Schreie, auf Beschwörungen: Telegramme von – egal, woher: Manchmal haben sie gar nicht mehr gewußt, wo sie waren.

»Komm!« depechiert Violet.

»Ich halte es nicht mehr aus, ich fürchte zu sterben!« schreibt Vita.

Sie wechseln sich ab im Wahnsinnigsein, mal die eine verrückter und bereit, das Leben im hohen Bogen wegzuschmeißen, dann die andere, die manchmal nicht einmal mehr für möglich hält, daß es überhaupt weitergeht, das Leben – die Erde dreht sich wahrhaftig immer noch und ist doch nur noch ein glühender Punkt. Gerade ist ein Weltkrieg zu Ende, aber was verschlägt's?

»Es war der 18. April« (1918), schreibt Vita. »Es änderte sich weit mehr, als ich voraussah, es änderte sich mein Leben.«

Wer dieses Leben von außen betrachtet, wird zunächst nicht verstehen, daß da jemand eine Änderung zuläßt. Vita wird am 9. März 1892 in Knole geboren. Knole! Das ist ein Schloß wie ein Gebirge, eine Stadt, ein Kontinent, und ob die Zahl der Treppenhäuser, zweiundfünfzig, oder der Zimmer, dreihundertfünfundsechzig, stimmt oder nicht – die Magie des Ortes ist auf Zahlen nicht angewiesen und hat sich bis zum heutigen Tag erhalten, obwohl der große Park jetzt mit riesigen Baumleichen übersät ist. Der Park von Knole hat während der Stürme vor einigen Jahren zumindest seine Unverletzlichkeit eingebüßt. Vita hätte geweint. Später, als die Violet-Wirbelstürme sich gelegt hatten, wußte sie, welche Liebe als einzige nicht nur unzerstörbar bleibt, sondern, sich verändernd und ewig wiederkehrend, weiterwächst: die Liebe zu den Gärten.

Das aber wird noch lange dauern, und zunächst besteht das Leben für Vita, Violet und ihre Entourage aus lauter luxuriösen Selbstverständlichkeiten. Auch die Gärten gehören dazu, die zahmen Hirsche und die Teehäuser, die Einladungen zu den anderen unerträglich snobistischen Mitgliedern der englischen Jeunesse doree.

Es gibt eine hochkomplizierte Gesetzgebung der Zugehörigkeit, einen Katalog gesellschaftlicher Rangordnungen, aber es ist auch möglich, mit Charme und Frechheit in das verknotete Netz einzusteigen und sich darin zu verankern.

In Vitas und Violets Geschichte, deren Bühne zunächst noch vorbereitet wird, gibt es einige dieser gesellschaftlichen Freibeuterinnen, und die beiden Vs beziehen daraus noch einmal eine Extraportion Arroganz. Violets Mutter, die berühmt-berüchtigte Mrs. Keppel, ist die Mätresse des Königs, Vita erzählt von ihren Kinderbesuchen im Hause Keppel und von ihrem Entzücken, wenn der Butler das Mädchen mit dem Hinweis, es komme ein Herr, von der Treppe fernhält. Jedermann und jede Frau wissen, wer der Herr ist.

Wir sind Edwardians geblieben, schreibt Vita einmal viel später, und meint damit jene köstliche Mischung aus Contenance und Schlamperei, Stil und Ironie, die sich in Großbritannien noch erhalten hat, wenn auch gleichsam nur in Biotopen, seltenen und schutzwürdigen gesellschaftlichen Überbleibseln. Vitas Mutter ihrerseits, auch sie ein großes V – Victoria (der sieghafte Buchstabe kehrt in diesen verwobenen und ineinandergewachsenen Biographien immer wieder) –, Victoria war die illegitime Tochter des Lord Sackville mit einer spanischen Tänzerin – Pepita. Das tat der gesellschaftlichen Unangefochtenheit keinen Abbruch, selbst als später Prozesse um die Abkunft geführt werden, vom begeisterten Publikum und der Boulevardpresse gierig verfolgt, bleibt nichts an den Akteurinnen hängen.

Wenn man aus einer Welt wie Knole kommt, darf man alles. Knole, Schauplatz so vieler Lieben und so vieler Verrücktheiten: Es gibt ein Zimmer, das ganz aus gehämmertem Silber gemacht ist, heute leuchtet es den Besuchern verwirrend und überwältigend kitschig aus dem konservatorischen Dunkel des für die Öffentlichkeit zugänglichen Teils von Knole entgegen. Ursprünglich für einen gewissen König James I. gestaltet, diente es schon den Liebesspielereien von Vitas Mutter, oder soll man sagen, den Spiegelungen?

Später wird Harold Vita in diesem Zimmer zum ersten Mal küssen: Aber bei den Küssen sind wir noch lange nicht und auch nicht bei den Statisten und Hauptdarstellern im Vieleck der amourösen Geometrie, um die es in dieser Geschichte geht.

Vita ist zwölf Jahre alt, als sie Violet, die zwei Jahre Jüngere, kennenlernt. Vita ist ein eckiges, mit mehr als den altersüblichen Komplexen behaftetes einsames und snobistisches Kind. Violet, von der ihre Schwester Jahrzehnte später sagen wird, sie sei niemals jung gewesen, ist weit umgänglicher und wohl auch hübscher. Beide haben Mütter, die so öffentlich liebenswürdig sind, daß es für die dazugehörigen Töchter zu massiven Schädigungen führen muß. Lady Sackville und Mrs. Keppel behaupteten ihre Plätze in der Gesellschaft, indem sie sachte – und manchmal recht hörbar – an deren Gesetzen kratzten. Dennoch hatte Lady Sackville der Konkubine des Königs das Haus verboten – es ist zu vermuten, daß dies mehr aus Neid als aus moralischer Entrüstung geschah.

Vita und Violet schreiben einander Briefe. Violet schreibt über Dichtkunst, über die Welt und über ihre empfindsame und kultivierte Seele, Vita antwortet mit Berichten über ihre Hunde, über Karnickel und Pferde.

Vielleicht hatte bei Violet die Liebe damals schon begonnen. Vita hat die Freundin gern, aber nicht sie ist es, die ihr eine innere Teilung, ein Auseinanderklaffen ihrer Gefühle und Begierden bewußt macht. Erst einmal verliebt sie sich in Harold und liebt Rosamund Grosvenor, die ihren Briefen nach eine ziemlich süßliche und devote Person gewesen sein muß.

Zu keinem Zeitpunkt ihres Lebens hat Vita sich in der Liebe mit einem einzigen Menschen zufriedengegeben. Es war, als lebten in ihr zu viele Spielformen davon, als daß in einer Person, einem Gegenüber, alle vereinigt werden konnten. Für Rosamund empfindet sie Leidenschaft – der sie aber erst spät und nur für kurze Zeit nachgibt –, Harold liebt sie und bleibt bei dieser Liebe ihr Leben lang, auch und gerade nachdem das Begehren sich von der Liebe abgespalten hat.

Nur auf dem Humus dieser nie bestrittenen, nie erkalteten, nie vernachlässigten Liebe zu Harold, ihrem Mann, konnten Vitas andere Lieben aufgehen. Nur dadurch hat sie sie auch überstanden.

Violet, die Reifere und Klügere von den beiden, liebt Vita schon, als die noch ein dumpf ahnendes Fohlen von 1,82 Meter Länge und trägem Verstand ist.

Die sechzehnjährige Violet an die achtzehnjährige Vita: »Ich liebe Dich, Vita, weil ich so hart um Dich kämpfen mußte. Ich liebe Dich, weil Du mir nie den Ring zurückgegeben hast, den ich Dir lieh. Ich liebe Dich, weil Du nie kapitulieren wirst. Ich liebe Dich um Deines scharfen Verstandes willen, Deines literarischen Ehrgeizes, Deiner unschuldigen Koketterie. Ich liebe Dich, weil Du nie meine Liebe anzuzweifeln scheinst. Ich liebe an Dir das, was auch in mir ist, nämlich Phantasie, Begabung für Sprachen, Geschmack, Intuition und eine Menge andere Dinge. Ich liebe Dich, Vita, weil ich Deine Seele erblickt habe.« Hat sie wirklich? Vielleicht ist es klarer, wenn man sieht, daß die Jüngere die Ältere als Entwurf zu erkennen in der Lage ist, besser als diese sich selbst. Vita verharrt noch in einer trägen Kreatürlichkeit, einem eigentümlich starren Ich-darf-alles-Gefühl, das von der Verschwiegenheit und der Verdrängung lebt. Sie hat sich in das Land Italien verliebt, sie betet die Landschaft, das Licht und die Kunst an, eine für gebildete Engländer nicht ungewöhnliche Neigung. Violet geht das auf die Nerven, und sie schreibt – ein Jahr später, da ist sie siebzehn – Vita einen Brief, der die ganze Raserei androht, an die Vita wahrscheinlich nicht einmal zu denken in der Lage ist, die aber zwischen ihnen ausbrechen wird.

Violet weiß und bereitet geduldig und zäh den Weg in den Abgrund vor. »Ich möchte Dich aus Italien wegreißen, Dich auf beide Wangen ohrfeigen und Dich weit weg auf eine Vergnügungsreise entführen, weit weg von allem, was wie ein Betäubungsmittel auf eine Wesensart wirken könnte, die, nach Deinen letzten beiden Briefen zu schließen, halb zu schlafen scheint. Mein Gott, mein Gott, wie kann ich diese olympische Ruhe erschüttern, die meine purpurnen und scharlachroten Erinnerungen an Dich auslöscht! Zuerst müssen wir nach Spanien gehen ... Folge mir überall hin! Ich werde Dir Augen von dunklem Samt zeigen, den Fandango, sich wellende Leiber ... Folge mir, folge mir! ich werde Dich zwingen, eine Hand zu sehen, die zum Schlag ausholt, Blut, das insgeheim vergossen wird ... ich werde Dir Wahnsinn zeigen, Vita, Wahnsinn, hörst Du?«

Nein, sie ist wohl wirklich nie jung gewesen, Violet Keppel, die Tochter der Mätresse des Königs, die ihre

Briefe in den Farben des Sexus malt, purpurn und scharlach, und in ihnen das schwüle Klima von Aubrey Beardsley oder Oscar Wilde heraufbeschwört. Dennoch wirken die Briefe dieses edwardianischen Teenagers nicht epigonenhaft, sondern wirklich fiebrig. Sie hatte noch sieben Jahre zu warten, bis Vita ihr anheimfiel, sieben Jahre, wie in der Bibel.

Es liegt in der Natur solcher Liebesgeschichten, daß der späte Voyeur, das Publikum, den Alltag der Akteure ausspart und eine Art Dauerverrücktheit mutmaßt. Vita und Violet kommen dieser Art Liebesvoyeurismus sehr entgegen. Dennoch: Da sind Reisen – auch voneinander weg –, andere Menschen, Zuneigungen, familiärer Ärger, Langeweile – Jedermann- und Jederfraugefühle, wer wird das bestreiten wollen, auch wenn die Biographien das aussparen, wie sie es immer tun.

Vita und Violet aber rettet immer wieder die Umgebung, in der sie sich bewegen, vor der Banalität. Schlösser und Parks, Botschaftervillen und »lange Tafeln mit Obst, Orchideen und Goldgeschirr«, und natürlich keine »bedint«! Das muß man nun erklären, dieses selbsterfundene Familienwort, das wahrscheinlich aus einem verballhornten Deutsch kommt und alles bezeichnet, was nicht Klasse hat, was irgendwie spießig ist oder devot oder langweilig oder nicht ganz dazugehörig oder konventionell – »bedint« eben. Seltsamerweise weiß man sofort, was das Wort meint.

Ihr Leben lang wird Vita so bleiben, rebellisch und stockkonservativ, apolitisch bis zur Idiotie, arrogant, aber ebenso verletzlich. 1913 heiratet sie ihre große Liebe Harold, nach vielem Hin und Her, Seelenkrämpfen und brieflichen Mißverständnissen, aber auch schönsten Übereinstimmungen. Sie hat ihren Anker geworfen fürs Leben, was sie natürlich noch nicht weiß. Fünf Jahre später ist sie bereit für eine Reise in den Wahnsinn, denn sie weiß, daß der Anker halten wird.

Welche von beiden leidet mehr? Jedes längst verblichene Liebespaar, das zu beschreiben wir uns anmaßen, verlangt gebieterisch eine Entscheidung, nämlich: Auf welche Seite der Schreibende sich begibt oder gezogen wird – auch tote Liebende haben erstaunlich viel Kraft. Ich bin auf Vitas Seite gelandet, obwohl die elegantere, intelligentere und ironischere Violet so viel mehr leiden muß oder gerade deshalb.

Vita scheint diese winzige unberührbare Stelle in ihrem Inneren zu haben, die wir – mit einem falschen Wort – Stolz nennen oder Haltung. In Wirklichkeit ist dieser kleine, empfindungslose Teil ganz innen ein Rest kosmischer Einsamkeit, den nicht viele Menschen haben. Vita scheint ihn gehabt zu haben, und Jahrzehnte später, wenn sich alle Stürme gelegt haben, werden wir ihr in Sissinghurst wiederbegegnen, wenn sie ihren Garten erschafft. Der nämlich wird außer ihr wichtig sein, nach ihr, ohne sie. Vita wußte das zum Schluß und hat es wahrscheinlich schon früh geahnt.

Violet schreibt Vita zu deren Verlobung einen sarkastischen Brief, aus dem eine große Qual spricht. Vita ist glücklich mit Harold, bekommt ihre Söhne, ein Baby stirbt bei der Geburt. Sie ist also eine erwachsene Frau, Ehefrau und Mutter, Schriftstellerin in nuce, geschrieben hat sie immer, ernsthaft und unermüdlich.

Es kommt also dieser 18. April, Violet sagt sich bei der ferngerückten Freundin zu einem Landaufenthalt an, und es fügt sich, daß Vita an diesem Tag zum erstenmal Hosen trägt, Landarbeiterhosen, und über die Zäune springt, den »lebenssprühendsten Tag ihres Lebens« hat. Abends sprechen die beiden miteinander, am Feuer, alle Bedienten sind längst zu Bett, Harold, notwendiger, schicksalhafter Zufall, ist in der Stadt geblieben.

Violet hört nur zu (das war geschickt von ihr, schreibt Vita später), wie Vita mit heiser werdender Stimme alles aus sich herausredet, ihr Doppelwesen, wie sie es nennt. Vita wacht auf in dieser Nacht, und Violet, die alles längst gewußt hatte und endlich am Ziel war, »ließ sich völlig schlaff und passiv in Vitas Arme sinken«. So beginnen die vier Jahre des Wahnsinns, die Fastzerstörung und die verrückte Freude nehmen ihren Anfang und sind, als Vita ihr Bekenntnis schreibt (1920), noch nicht vorbei.

Diesem Bekenntnis, das ihr Sohn mehr als vierzig Jahre nach den Ereignissen in ihrem geheiligten Arbeitszimmer in Sissinghurst gefunden hat, verdanken wir jene Geschichte einer Passion, die so ungeschützt wohl vorher noch nie beschrieben worden ist.

Sie hat sich 1920 zurückgezogen und aufgeschrieben, was ihr da mit dieser Frau geschehen war, sie hat nichts ausgelassen, obwohl im Text immer wieder etwas wie Scham oder Schmerz zu spüren ist, auch Schmerz um Harold, von dem sie zu diesem Zeitpunkt wohl noch nicht weiß, wie exakt auch er ihrem Begriff des Doppelwesens entspricht. Sie wendet sich mit großer Aufrichtigkeit an eine Nachwelt, von der sie annimmt, daß sie vernünftiger und aufgeklärter sein wird als ihre Zeitgenossen: »Ich glaube, daß dann die Psychologie von Menschen wie mir von Interesse sein wird und man erkennen wird, daß viel mehr Menschen meines Typs existieren, als unter dem heutigen System der Scheinheiligkeit allgemein zugegeben wird.« Lasterhaften Neigungen bei Lesern, schreibt sie, wünsche sie in keiner Weise entgegenzukommen. Vita verteidigt die Liebe zwischen gleichgeschlechtlichen Wesen nicht, sie glorifiziert sie nicht, sie stellt Frauen nicht als die besseren oder liebevolleren Menschen dar: Aber sie zeigt in ihren Konfessionen immer wieder, daß es nicht möglich ist, gegen etwas, das sich mit einer solchen Macht ereignet, anzugehen.

Violet und sie verleben einen wunderbaren und übermütigen Sommer. Die Verteilung der Rollen – etwas, das von den Theoretikerinnen der Liebe immer erbittert bestritten wird – ist bei ihnen beiden nicht zu übersehen. Bald wird Vita zu Julian werden: Verstecke, Flucht, Verkleidung – die Beziehung bekommt venezianische Qualitäten. Sie bleibt natürlich auch nicht auf Dauer verborgen, Harold ist verwirrt und beleidigt, kann das Ganze aber in seinen Dimensionen zunächst nicht verstehen.

Die immer bizarrere Lady Sackville hängt sich ins

Drama, die Orte wechseln, die Fluchten werden hektischer und rücksichtsloser. Selbst in ihrer Zwischenbilanz versucht Vita, das zunächst einmal herunterzuspielen, eine Verzückung sei es gewesen und unendliche Eskapade, Mondnächte, das ganze Pandämonium der Liebe, die man sich so wirklich nur auf Schlössern, Schiffen oder in Badeorten vorstellen kann – oder in Paris.

Da waren sie dann auch, im Palais Royal wohnten sie (natürlich), und Vita, die Riesin, spaziert als verwundeter Soldat verkleidet mit ihrer kleinen Freundin unerkannt durch die Stadt. Ein Spiel? Oder der Rausch, alles zu dürfen und Gesetze zu verlachen? Sie benutzt die Verkleidung auch in London: »Niemals habe ich mich so frei gefühlt als in diesem Augenblick, da ich allein Piccadilly hinabging und wußte, daß meine eigene Mutter, wenn ich ihr von Angesicht zu Angesicht begegnen würde, mich nicht erkennen würde.«

Die Sache verliert aber mehr und mehr ihren spielerischen und luxuriösen Charakter. Denys Trefusis will Violet heiraten, und Violet benutzt ihn – der sie offenbar wirklich liebt – als Druckmittel: Vita soll sich ganz zu ihr bekennen, sie entführen, mit ihr zusammenleben. Davor schreckt Vita zurück, sie entscheidet sich gegen die Trennung von Harold, und es beginnt eine wilde, tränenüberströmte Hinundherreiserei. Abwechselnd jagen oder fliehen die Akteure einander, die zwei Männer und die zwei Frauen verirren sich in einen erotischen Danse macabre, der plötzlich seine ganze Gefährlichkeit offenbart.

Beide Frauen denken an Selbstmord, Harold versteckt sein Entsetzen nicht mehr hinter der erlernten Haltung des Diplomaten, und Denys möchte Vita töten. Violet greift zum letzten Mittel, verlangt von Denys den Verzicht auf sexuelle Beziehungen und willigt ein, ihn zu heiraten. Wieder, wie so oft, benutzt Vita die Begriffe der Betäubung und des Wahnsinns.

Die beiden treffen sich nach Violets Hochzeit in Paris, und Vita schreibt: »Ich hatte inzwischen Versailles verlassen und wohnte allein in einem kleinen Hotel. Dorthin nahm ich sie mit, behandelte sie brutal, liebkoste sie, besaß sie, es war mir alles egal, ich wollte nur Denys wehtun, obwohl er gar nichts davon wußte.« Das ist eine sehr »männliche« Art, mit dem immer unlösbarer erscheinenden Konflikt umzugehen, und Violet hat eine sehr »weibliche« Haltung dazu.

Vita könne sich ihren Zustand nicht vorstellen, schreibt sie, den ganzen Morgen habe sie nur geweint, und sie sei so unglücklich, außerdem gebe es kein freies Schlafwagenabteil, sie wolle nicht getrennt sein von Vita, sie könne es nicht ertragen. Wir können kaum glauben, daß das die Briefe jener funkelnd formulierenden Violet sind – nichts mehr von der Ironie, vom Hochmut und der hübschen Spottlust, die an ihr so auffielen. Auf Bildern aus dieser Zeit ist ein verquollenes Gesicht zu erkennen, aber vielleicht bildet sich der späte Betrachter das auch nur ein, nachdem er sich durch so viele briefliche Tränen gearbeitet hat.

Dieses Jahr 1919 hat es in sich – es folgen weitere

Reisen, hintereinander her, Flucht und die Erbitterung der jeweiligen Ehepartner. Harold verabscheut Violet – wenn er das auch bisweilen unter scheinbarem Verständnis verbirgt –, und Denys hält Vita für die Verführerin seiner Frau, mit der er, wie er behauptet, ein durchaus normales und inniges Verhältnis hat.

Die Briefe, die Violet Vita hinschleudert, sprechen allerdings eine andere Sprache, aber man kann sich in diesem Stadium auf die Ehrlichkeit keines der Beteiligten verlassen. Nur scheint die Richtung des Feuers sich gedreht zu haben: Vita ist jetzt süchtiger nach Violet als umgekehrt, die Existenz des »anderen Mannes« hat sie zu dem gemacht, was Harold eine »kokainsüchtige Qualle« nennt. Einer solchen gleiche sie, schreibt er, sobald sie in Violets Hände falle.

Auch das Jahr 1920 bringt keine Abkühlung, und die beiden Frauen planen erneut ihre gemeinsame Flucht. Es ist eine überwältigende sexuelle Freude, die beide immer wieder dazu treibt, sich über alles hinwegzusetzen, was ihnen selbst an gesellschaftlichen Gratifikationen wichtig ist – ungeachtet des mondän erscheinenden Lebensstils sind sie nicht reich und ahnen, daß ein gemeinsames Leben in dieser Hinsicht schwierig sein würde.

Im Februar 1920 spitzt sich die Situation zu, alle wissen, daß die beiden nicht voneinander lassen können, und versuchen, sie zu bewachen. Dramatische Überfahrten nach Frankreich, Testamente und die sensationsgierige Lady Sackville, die in ihrem Tagebuch ungerührt schreibt: »14. Februar 1920. Keine

Nachricht von Vita. Ich habe den ganzen Tag an diese beiden Ehemänner denken müssen, die nach Amiens fliegen, um jeder für sich zu versuchen, seine Frau zurückzubekommen; ganz wie in einem Sensationsroman.« Amiens wird der Anfang vom Ende dieser Amour fou, einem langen Ende allerdings, und die Wahrheit über die Gründe muß der Voyeur in seinem eigenen Herzen suchen.

Vitas Sohn Nigel, der liebe- und verständnisvolle Herausgeber der erstaunlichen Liebesgeschichten seiner Eltern, meint, die beiden hätten sich der Konvention gebeugt, und die Untreue Violets sei nicht der Hauptgrund für das Scheitern ihrer Fluchtträume geworden.

Violet hatte mit Denys geschlafen. Es explodiert in der Folge ein solches Feuerwerk an Lügen und Halbgeständnissen, an Schwüren, Verleugnungen und Entschuldigungen, daß die Frage nach den wahren Ereignissen nicht mehr beantwortet werden kann.

Violet droht, sich umzubringen, und gibt diese Waffe lange nicht mehr aus der Hand. Vita, die nervös beklagt, daß sie nicht mehr arbeiten könne und ganz leer sei, wird durch diese Drohung vorübergehend gelähmt, auf Dauer aber gerettet. Denn Vita, von ihrer Geliebten und deren »Untreue« verletzt, reagiert auf Bedrängnis mit wilden Befreiungsschlägen – wie eine Hilfsarmee gruppiert sie die Familie um sich, die trotz ihrer Merkwürdigkeiten geliebte Mutter, die mit schlechtem Gewissen lang vernachlässigten Söhne und als wichtigsten Verbündeten den Ehemann, den sie wie eh und je liebt.

»Denk doch daran, wieviel glücklicher Dein Leben ist als meins«, schreibt Violet in einem ihrer verzweifelten Briefe. Das weiß Vita und auch, daß die sinnliche Faszination einen unheilbaren Riß erfahren hat.

Schon in der brennendsten Phase, als Vita erschöpft und überklar ihr berühmtes Resümee zieht, schreibt sie: »Man sollte sich den Luxus, den Kopf zu verlieren, nicht gestatten.« Und, nur wenig später: »Mein Haus, mein Garten, die Wiesen und Harold, das waren die Schweigenden, die nur durch ihre Eigenschaften der Reinheit, der Einfachheit und des Vertrauens für sich sprachen.« Das Clair-obscur der Leidenschaft hat Vita hier in aller Unschuld beschworen.

Während Violet wahrscheinlich schon als Kind wußte, daß es etwas jenseits von Schuld und Sünde gibt, das Unausweichliche, den mörderischen Gott, der jeden Wahnsinn erlaubt und verlangt, hat Vita nie das Gefühl des Unerlaubten, des Schmutzigen und Schuldhaften verloren. Sie nimmt es zwar für sich in Anspruch, dieses Recht auf Verstrickung, weil sie gar nicht anders kann, aber gleichzeitig haßt sie dieses Nichtanderskönnen. Deshalb macht sie den Riß von Amiens, den »Betrug«, umsichtig und unbewußt tiefer, als er ist. Sie rettet sich, weil Violet ihr das Instrument zur Rettung in die Hand gegeben hat, den Anker: die Eifersucht, die wahrscheinlich für Vita das Juwel dieser Beziehung blind gemacht hat. Sie waren nicht mehr unvergleichlich. Und nirgendwo gilt der Satz »Gleiches Recht für beide« weniger als in der Liebe. Violet durfte nicht wie Vita leben.

Sie hätte exclusiv bleiben müssen, nur das konnte Vita sich auf Dauer verzeihen.

Fluten von Briefen ergossen sich über die Länder, in denen beide umherhetzten. Aber 1922 schreibt Vita an Harold: »Nicht für eine Million Pfund möchte ich mit Violet wieder etwas zu tun haben, auch wenn es Dich nicht gäbe, den ich von Grund aus, tief und unheilbar, liebe. Ach ja, ich weiß, Du wirst sagen: Aber Du hast mich auch damals geliebt, und trotzdem bist Du mit ihr auf und davon gegangen. Das stimmt. Ich liebte Dich und liebte Dich überhaupt immer während all dieser erbärmlichen Jahre, aber Du weißt doch, was blinde Leidenschaft ist, und ich war eben von Sinnen.« Erbärmliche Jahre nennt sie die Zeit ihrer ungeschützten Liebe. Vielleicht muß sie sie so nennen, um sich von ihr befreien zu können.

Viele, viele Jahre werden die beiden sich nicht sehen. Violets Ehe wird wider alle Erwartungen zu einem Erfolg, wie auch ihr Leben nach Denys' frühem Tod bunt und kraftvoll verläuft. Sie war der Mittelpunkt einer glänzenden Pariser Gesellschaft, gescheit wie immer, unkonventionell und aufregend.

Ganz anders Vita: Sie intensiviert nach all den Stürmen ihre größte Liebe, die zu den Gärten. Es scheint, als ob sie nach alldem keine Aufregung, aber auch keinen äußeren Erfolg mehr brauchte. Daß man sie als Schriftstellerin schätzt, ruft bei ihr ein geradezu rührendes Erstaunen hervor. Das Wichtigste aber ist und bleibt Sissinghurst, das sie zu einem Kleinod macht, unermüdlich, besessen. Selbst die Reisen, die sie mit Harold unternimmt, dienen der Pflanzenbeschaffung.

Harold dagegen lebt ein ganz nach außen gerichtetes Leben – sie haben die Rollen getauscht und sind es zufrieden. Am Anfang war Harold der Hafen, das ruhige verläßliche Gewässer – nun ist sie es, das gesellschaftliche Leben bleibt ihr ein Greuel und wird unsichtbar hinter den Blüten des Weißen Gartens und im Duft von Rosen und Thymian. Während ich dies schreibe, sehe ich eine fedrige, getrocknete Blüte aus Sissinghurst zwischen den Seiten von Nigel Nicolsons *Porträt einer Ehe*. Vita ist längst tot, Sissinghurst hat sie uns hinterlassen, und trotz der Besuchermassen und Souvenirläden kann es geschehen, daß man plötzlich in einem von Hecken eingefaßten Gartengeviert ganz allein ist. Über den Buddleias schaukeln die Pfauenaugen, den Blick hält ein steinerner Gott fest, und die dunkelrosa Mauern des Turms reflektieren das Licht. Vorher haben wir scheu über die Samtschnur in ihr Arbeitszimmer geguckt, eine Korallenbank von Erinnerungen aus Bildern, Büchern, Schuhen (Pepitas Tanzschuhe), Fotos und Blumen. Getrocknete, schmerzlos gewordene Lieben. Denn die gab es natürlich trotz der vermeintlichen Einsamkeit von Sissinghurst immer noch – bis zu ihrem Lebensende ist sie eine Vielgeliebte geblieben. Aber nicht einmal ihre Affäre mit Virginia Woolf erreichte nur annähernd die Verrücktheit (im Wortsinn), die sie in den Jahren zuvor mit Violet erfahren hatte. Der Zweite Weltkrieg bringt die beiden wieder zusammen, 1940 flüchtet Violet nach England (von Frankreich) und kommt nach Sissinghurst. Vita schreibt: »Luschka, was für ein gefährliches Wesen Du bist. Ich glaube, es wäre besser, wenn wir einander nicht zu oft sehen. Wir haben einander zu viele Jahre lang zu tief geliebt, und wir dürfen nicht wieder mit dem Feuer spielen ... Allein schon der Klang Deiner Stimme am Telefon bringt mich aus der Fassung ...«

Und nach dem Besuch schreibt sie: »Ich will mich nicht wieder von neuem in Dich verlieben ... Mein stilles Leben ist mir zu teuer ... Aber wenn Du mich wirklich brauchst, werde ich immer zu Dir kommen, überallhin.«

Im herbstlichen Garten von Sissinghurst, am Ufer des kleinen Flusses, der unmerklich den Garten in die Landschaft geleitet, werden die Blüten langsam blasser und duften, während sie vertrocknen, noch einmal besonders heftig. Harolds und Vitas Schatten gehen freundlich über die Wege – fremde Wege. Wegen der vielen Besucher mußte man sie befestigen. Das mißbilligen die Schatten wohl ein wenig, ebenso die allzu große Ordnung. Vita hat immer gewollt, daß Pflanzengäste, die sich wild ansiedelten, eine feste Heimat bei ihr haben sollten.

Die Rosen aber sind wild und üppig wie ehedem. Hier ist Lebenszeit eingemündet. Der Garten, wenn man ihn zu lesen versteht, erzählt alle Geschichten noch einmal nach, aber er überwuchert sacht den Schmerz. 1950 schreibt die achtundfünfzigjährige Vita an die sechsundfünfzigjährige Violet: »Es ist da etwas sehr Sonderbares zwischen Dir und mir, Luschka. Ist immer dagewesen.«

Vielleicht wird jemand einst in Sissinghurst stehen und spüren, daß nur die Flucht vor einer wahnsinnigen Liebe und die Erinnerung an sie so einen Garten erschaffen konnten. Vielleicht wird man einst wissen, daß wirkliche Gärten nur aus diesem Grund entstanden sind: als trotzige Neuschöpfung Edens nach dem Sündenfall.

Herrin der Mörder: Agatha Christie

Es ist mir, Hochverehrte, ein Bedürfnis, mich für die vielen glücklichen Momente der Langeweile, die Sie mir geschenkt haben, endlich einmal zu bedanken. Ihr hundertster Geburtstag ist dafür ein willkommener, aber durchaus nicht der einzige Anlaß. Schade und ganz unverständlich, Dame Agatha, daß Sie ihn nicht schreibend und in abgeklärter Munterkeit mitten unter uns feiern können – es wäre Ihnen zuzutrauen gewesen und hätte zu Ihnen gepaßt. Als Ihre Leser wissen wir, wie wunderbar Sie sich darauf verstehen, uns dazu zu bringen – ein Buch von Ihnen unter dem Arm –, für ein paar Stunden die Tür zum Leben hinter uns zuschlagen zu wollen. Sie verführen immer wieder dazu, und Sie verwirren uns nur ganz selten durch Experimente. Wie in eine Urlaubslandschaft treten wir in Ihre Bücher, wir überlassen uns Ihnen ganz ohne Furcht. Wie ist Ihnen das gelungen? Jeder weiß, daß Ihre Auflagenzahlen mit denen der Bibel oder Shakespeare konkurrieren können, jenen Ihnen nahestehenden Klassiker übertreffen Sie sogar, glaube ich. Unsere allemal.

Es muß ein Geheimnis geben, das hinter Ihren Büchern, unter Ihren Geschichten lauert, gleichsam ein Palimpsest. Die Mörder können es nicht sein, die gibt es auch anderswo, und sogar begründeter und mit mehr morderklärendem und mordfördendem Ambiente. Vielleicht ist es dies? Daß Sie nur morden, damit irgend etwas geschieht in Ihren langen, ruhig dahinziehenden Geschichten mit dem vertrauten Personal, das einem so nahesteht, obgleich man über die einzelnen nicht viel weiß? So einfach aber werden Sie es uns mit der Forschung nach dem Geheimnis ihrer Drogenhaftigkeit nicht machen. Das Wort verärgert Sie? Das nehme ich Ihnen nicht ab, denn der Zwang, zwar genau zu wissen, was einem blüht, aber dennoch immer wieder nach dem vermeintlich Neuen, dem neuen Alten zu greifen – macht das nicht wirklich den Drogencharakter Ihrer Bücher aus? Es ist Ihnen sogar gelungen, den Snobismus außer Kraft zu setzen, und gerade hier in Deutschland hat mancher hochnamhafte Kritiker um Ihretwillen seine lebenslange Amüsement- und Unterhaltungsabstinenz durchbrochen. Natürlich ist das nicht ohne weitschweifige Begründungsüberbauungen und Ernsthaftigkeitsbeweise abgegangen, Sie würden sich wundern und sich, meine ich, oft gar nicht wiedererkennen, aber immerhin: Ihnen ist das gelungen, Ihnen als einziger. Welch schöner Beweis, daß auch in jenen ein fühlendes Herz und die Sehnsucht nach der Langeweile steckt.

Natürlich sind Sie langweilig, das dürfen Sie nicht falsch verstehen. »Alles ist langweilig«, sagt Kierkegaard, »wer wäre so langweilig, das bestreiten zu wollen?« Ja, alles ist langweilig, aber Sie haben der Langeweile Glanzlichter aufgesetzt, Sie haben uns mit ihr als Seinsprinzip versöhnt! Ihre Orte zum Beispiel: Immer sind es die gleichen Orte, sanfte, undramatische mit leisen Erinnerungen an früher, die Zerstörungen geschehen unaufällig, und nur an denen, die irgendwie verdient haben, daß es ihnen schlecht geht. Der Mord als Paroxysmus der Zerstörung und gleichzeitig Aufhebung der Zerstörung. Bei vielen Ihrer Opfer kann man es beim besten Willen nicht bedauern, daß Sie sie wegbefördert haben, und dies zuzulassen – das Nichtbedauern – hat eine eigentümlich reinigende Wirkung, etwa wie der Anblick von Zeichentrickfilmen, in denen die Protagonisten schrecklich gebeutelt werden, ohne daß man ihnen irgend etwas ansieht. Nein, das Leben scheint nach all den spurlosen Torturen irgendwie besser geworden als vorher – bis alles wieder von vorn losgeht, oder: bis Ihr nächster Roman erscheint. Das wird nun nie mehr geschehen, und wir bedauern nichts mehr als das, aber Sie haben so enorm fleißig geschrieben: Man wird immer wieder ein Buch von Ihnen entdecken, das man noch nicht kennt. Oft kennt man es auch, aber man weiß es nicht mehr. Wo Ihre Geschichten spielen, ist letztlich gleichgültig – es war ja Ihren Landsleuten, den Briten, vorbehalten, das Vaterland überallhin zu exportieren, und Sie setzen diese höchst englische Gewohnheit fort: Ägypten oder Frankreich, ganz gleich, und der Kolonialismus bestand offenbar nicht darin, sich wehrlose Länder einzuverleiben, sondern England überall dahin zu tun, wo Platz war.

Auch bei der Lektüre Ihrer Geschichten wird man das Gefühl nicht los, die Erschaffung der Erde sei dazu notwendig gewesen, damit die Engländer was zum Schauen haben und anschließend das Gefühl genießen, nichts gehe über die Insel. Sie waren ja wirklich eine Reisende in mancherlei Hinsicht: Aber mit den Stimmen Ihrer Figuren reden Sie, wenn der rechtschaffene Hauptmann Hastings alle zehn Seiten Poirot seinen Stolz auf England erklärt. Und Poirot ist immer wieder ein wenig neidisch, nicht? Wie könnte er sonst auf die Frage, ob er Franzose sei, antworten, er sei Belgier, aber das sei schließlich fast dasselbe? Poirot: Ihn haben Sie zum ewig Heimatlosen gemacht. Vielleicht ist das die Triebfeder für seinen (sonst nicht erklärlichen) detektivischen Drang.

Die Suche nach Heimat und Familie – vermutlich läßt Poirot sich deshalb nicht davon abhalten, immer und unter den merkwürdigsten Vorwänden alle, die sich im Fall und im Buch zusammengefunden haben, in ein Zimmer zu kriegen und dann ein Theaterstück aufzuführen, das er »Lösung« nennt. Ich weiß, Nero Wolfe hat ihm das nachgemacht, aber dem blieb nichts anderes übrig, als alle in sein Zimmer zu holen, weil er so dick und faul war und das Haus nicht verließ. Poirot aber, hundertfünfzig Seiten lang zapplig und agil wie kein anderer, wird gegen Ende des Buchs zur Couchkartoffel und will alle um sich versammeln. Die Heimatlosigkeit, die Einsamkeit – das ist der wahre Grund, nicht wahr? Miss Marple neigt dazu weniger; Sie, Dame Agatha, haben sich übrigens im Aussehen Ihrer gräßlich neugierigen Heldin unaufhaltsam angenähert – so daß Margaret Rutherford, Sie und Miss Marple wahrscheinlich nicht mehr voneinander zu unterscheiden sind. Vielleicht haben Sie aber auch Ihrem Kindermädchen Nursie ein bleibendes Denkmal gesetzt. Verräterisch übrigens, Ihre Autobiographie! Einerseits folge ich Ihnen voll Sympathie, wenn Sie Hastings so verächtlich über »das ganze psychologische Zeug, diesen psychologischen Unfug« herziehen lassen (Poirots Suche nach den seelischen Beweggründen ist ja sehr unbritisch und wird von der Frage, ob jemand gleichzeitig an zwei verschiedenen Orten sein kann, überlagert), andererseits aber beschreiben Sie genauer als jede andere, wie es kommt, daß man Geschichten erzählen will, und das ein Leben lang.

Sie sind durch ein gütiges Schicksal genau am Schnittpunkt zweier poetischer Prinzipien zur Welt gekommen: dem Drang, immer die gleiche Geschichte zu erzählen (Ihr Kindermädchen Nursie) – und dem Wunsch, sich niemals zu wiederholen (Ihre Mutter). Dazu – damit Sie nicht verrückt wurden – waren Sie mit einem Vater gesegnet, der auf die Frage seiner Frau, was er dächte, zu antworten pflegte: Nichts. Und – so steht bei Ihnen zu lesen – das stimmte. Selten, denke ich, sind jemandem glücklichere Voraussetzungen zum Schreiben beschieden gewesen! Sie erzählen immer dieselbe Geschichte, Sie wiederholen sich nie, und Sie versetzen den Leser in jenen sanft träumerischen Zustand, in dem er auf die Frage, was er dächte, zur Antwort geben müßte: Nichts.

Der Kriminalroman, zu dessen größter Heroldin und Heroine Sie sich entwickelt haben, ist für all das die Idealform, vielleicht die einzige. In den letzten Jahren ist er ja vielen verderblichen Einflüssen, wie eben der verachteten Psychologie, der Politik und schrecklicherweise auch der Soziologie ausgesetzt gewesen. Das hat ihn verdorben, er produziert Verstörung und Schocks im Leser und tut damit das Gegenteil von dem, was er soll und wofür Sie das am reinsten leuchtende Beispiel sind. Sie schreiben es ja selber in Ihrer schönen Autobiographie: »Warum gefiel es mir so gut, mich ängstigen zu lassen? Warum hören Kinder so gern Geschichten von Bären, Wölfen und Hexen? Lehnt sich etwas in uns gegen ein zu sicheres Leben auf? Brauchen die Menschen ein gewisses Ausmaß von Gefahren in ihrem Leben? Drängt es uns instinktiv, gegen etwas zu kämpfen, es zu überwinden – uns selbst zu bestätigen? Es ist wie mit den meisten Dingen im Leben: Man möchte sich ein wenig das Fürchten lehren lassen – aber nicht zu viel.«

Ja, genau das ist es, Dame Agatha, und das schenken Sie uns. Das Fürchten haben wir zwar schon gelernt, aber Sie zeigen uns, daß alles ins Lot kommt. Sie entlassen uns, Ihre Leser, niemals ratlos. Es geht gerecht zu in Ihren Geschichten, natürlich nur in diesen, aber das wissen Sie, und wir wissen es auch. Vielleicht ist der klassische Kriminalroman das letzte Refugium für die Gerechtigkeit.

Verblüffend, wie aktuell da viele Bezüge wirken – ich lese in einem Ihrer Krimis aus dem Jahre zweiunddreißig: »Die politische Lage schien unbefriedigend und gleichzeitig uninteressant zu sein. Unruhen in China, ein langer Bericht über ein großangelegtes

Schwindelunternehmen in der Hauptstadt. Im allgemeinen aber nichts, was man als besonders fesselnd oder aufregend hätte bezeichnen können.« So schrieben Sie, Dame Agatha, vor einem halben Jahrhundert. So könnten Sie (kleine Unklarheiten bei uns, was den Begriff »Hauptstadt« betrifft, einmal außer acht gelassen, aber dieses Problem dürfte Ihnen als Britin ohnedies unverständlich sein) noch heute schreiben, und dazu eine schöne Mordgeschichte spinnen, die den verängstigten Leser über die Unsicherheit der Zeitläufte hinwegrettet. Alles bleibt, wie es war – eine Sedativwirkung der klassischen Kriminalromane, die gar nicht hoch genug einzuschätzen ist.

Allerdings verzichten Sie, und darüber gibt es eine Menge Fragen, auf ein Gewürz, das dem Genre wohl bekommen würde – ich gestehe, daß es mir geradezu fehlt in Ihren Büchern, dieses Gewürz: die Liebe. Was ist da mit Ihnen los – oder ist das eine unzulässige Frage? Sie fänden, sollen Sie einmal gesagt haben, die Liebe im Kriminalroman lästig. Damit verzichten Sie auf die wichtigste Motivkette, die man sich nur vorstellen kann, das müssen Sie doch wissen! Dennoch entzieht sich Ihnen das Thema, und wenn die Verbrechensdramaturgie gebieterisch danach verlangt, scheint Sie das hilflos zu machen. Sie führen zwar scheue liebesähnliche Situationen ein, aber die geraten Ihnen so furchtbar klösterlich, daß man am liebsten gar nichts davon läse. Ein attraktives Mädchen mit schlechtem Charakter (natürlich!) nennen Sie einen »betörenden kleinen Teufel«. Das ist, Dame Agatha, schwer zu ertragen.

Und dennoch müssen auch in Ihnen – gerade in Ihnen! – verborgene Saiten geklungen haben, ich denke nur an die Geschichte mit den in einem Istanbuler Hotel verschwundenen und bis heute nicht wiederaufgetauchten Lebenstagen, die Sie ganz gewiß einer erotischen Verstrickung gewidmet haben. Ich will die hochkomplizierte Geschichte, in der es um rostige Schlüssel, Dollarmillionen, ein spiritistisches Medium aus Amerika (schwer vorzustellen), einen undurchsichtigen Hoteldirektor und ein Banksafe geht, nicht noch einmal aufwärmen, schon, weil ich sicher bin, sie nach so langer Zeit völlig verkehrt herum zu erzählen. Ja, ich habe den Schlüssel selber gesehen, eigentlich waren es ja zwei, und dann soll es noch verschwundene Tagebücher von Ihnen geben, die natürlich einen Millionenwert hätten, wenn sie denn nur da wären – was war nun eigentlich wirklich los in diesen elf Tagen? Oder waren es neun? Die Quellen sind da ziemlich unzuverlässig. Es muß doch eine Liebesgeschichte gewesen sein, aber an die Geschichte mit den Tagebüchern konnte ich nicht glauben. Wenn sie auftauchen sollten, wird sie der Istanbuler Hoteldirektor selber geschrieben haben. Die Fakten! höre ich Sie sagen. Nun: Neunzehnhundertsechsundzwanzig sind Sie mal verschwunden, eben dort in Istanbul, angeblich – und als Sie wieder auftauchten, haben Sie Stillschweigen über Ihren Verbleib bewahrt. Im Hotel Pera Palas in Istanbul haben Sie mehrmals das Zimmer vierhundertelf bewohnt –

ein sehr bescheidenes Zimmer, wenn ich mir die Bemerkung erlauben darf, für eine so berühmte Frau –, aber in den rätselhaften Tagen waren Sie doch woanders, oder? Vielleicht findet jenes kalifornische Medium namens Tamara Rand es doch noch heraus, ich denke, das wäre ein sehr angemessener Beitrag zu Ihrem hundertsten Geburtstag. Stellen wir also die Geschichte eine Weile zurück und bleiben noch ein wenig bei Ihrem gestörten Bezug zur Liebe. Natürlich haben Sie den im Leben gar nicht gehabt, aus Ihrer Autobiographie jedenfalls kommt uns eine ausgesprochen heitere, liebesfähige und lebensfrohe Frau entgegen. Sie seien, schreiben Sie an einer Stelle, oft sehr unglücklich, ja verzweifelt gewesen, aber Sie hätten auch in diesen dunklen Zeiten das Gefühl zu leben nie verloren.

Aber schüchtern waren Sie, so schüchtern, daß Sie zeit Ihres Lebens nur undeutlich gesprochen haben. »Vielleicht bin ich deshalb Schriftstellerin geworden«, schreiben Sie. Das glaube ich Ihnen nicht, denn das wird man doch eher, weil die anderen nur undeutlich zuhören können. Sind Sie eigentlich politisch, und wenn ja, wie? Ich gestehe, daß es mir nicht leichtfällt, Sie einzuordnen. Ich bin aber sicher, daß die Düsternis in den Büchern Ihrer Kollegen Sjöwall/Wahlöö Ihnen nicht zusagen würde, und ich kann Sie mir vorstellen, wie Sie »We are not amused« sagen. Dem Viktorianismus lassen Sie ja überhaupt eine freundliche Rechtfertigung angedeihen, und Ihr Plädoyer für die viktorianische Erziehung hat mich erst erstaunt und dann überzeugt. Es mag allerdings nicht oft eine so beschützte und mythenreiche Kindheit wie die Ihre gegeben haben. Von der Frage nach der Liebe zurück zur Kindheit – warum nicht, auch der Viktorianismus mag da eine Rolle spielen, und so wollen wir darüber hinwegsehen, daß das erotische Leben des armen Hercule Poirot eine einzige Wüste gewesen sein muß – oder war er vielleicht – verzeihen Sie die Idee, aber so alt wie Miss Marple, der Sie schon aus diesem Grund jede Regung verbieten, war er doch nun wirklich nicht.

Warum haben Sie ihn eigentlich so eitel geschildert, wenn Sie ihm niemanden gönnen, dem er gefallen will? Nur eine Frage. Aber Leidenschaft ist eben ein interessantes Thema, auch – oder vielleicht gerade weil – sie vollkommen fehlt. Ihre Personen haben immer so ausgezeichnete Manieren, daß sie selbst in Situationen, in denen unsereinem häßliche Wörter auf die Lippen kämen, nie aus der Rolle fallen, aus der Rolle, die sie von Ihnen zugeteilt bekommen haben. Ihnen ist nie einmal eine Figur aus dem Ruder gelaufen, hat sich selbständig gemacht, um sich geschlagen, sich gegen Sie gewandt, nicht wahr? Beneidenswert. Aber nur so ist diese göttliche Langeweile zu erklären. Sie dürfen das Wort nicht übelnehmen. Vielleicht sollte ich eher die Nadolnysche Langsamkeit dafür in Anspruch nehmen, denn ich will Sie gewiß nicht kritisieren, sondern Ihnen längst fällige Worte des Dankes sagen.

Ihre Geschichten sind die Ordentlichkeit par excellence, schon dafür muß man Ihnen in Zeiten der Unsicherheit, denen die Orientierung abhanden gekommen ist, danken. So jedenfalls empfinde ich es: Der Krimi als Erinnerung an die Ordnung. Ihre haben da im Lauf der Jahre ein ganzes Ordnungsuniversum geschaffen! Wie groß der Bedarf danach einerseits sein mag, so groß ist auch die Bedrohung auf der anderen Seite: Ich war sehr entsetzt, als ich hörte, daß The Mouse Trap in London nicht mehr läuft. Wenn das geschehen kann – was wird denn dann noch alles geschehen? Ich nehme an, daß Sie es nicht so tragisch nehmen würden, denn Sie beschreiben eindrucksvoll, welcher Art Ihre Erziehung war und wie Sie es gelernt haben, Ihren Platz in der Welt wahrzunehmen.

Ich darf Ihnen einen erstaunlichen Satz in Erinnerung rufen, den Ihre Mutter einmal zu Ihnen gesagt hat (es war anläßlich einer Einladung zum Reiten und Ihre Mutter hatte Ihnen streng verboten, auf ein Pferd zu steigen): »Du verstehst nicht viel vom Reiten«, sagte sie, »es wäre wirklich sehr peinlich, wenn du ein wertvolles Tier, das nicht dir gehört, beschädigen würdest.« Wer so auf seinen Platz verwiesen wird, den kann, denke ich, nichts Narzißtisches mehr anwandeln. So ist es nicht verwunderlich, daß Ihre Beschreibung vom Beginn Ihrer literarischen Tätigkeit – Gedichte und, auf Befehl Ihrer Mutter, kleine Geschichten – erfrischend ungenial klingt: »Ich erwartete keinen Erfolg, und er blieb auch aus.« Dann kam Ihre Begegnung mit Eden Philpotts (haben vielleicht Sie selber diesen wunderbaren Namen erfunden?), und er gab Ihnen jene Ratschläge, denen Sie dann Ihren Erfolg verdankten. Die Ratschläge laufen darauf hinaus, daß man als Autor versuchen sollte, nicht langweilig zu sein und niemanden zu belehren. Vielleicht ist zum Schreiben mehr auch nicht zu sagen. »Bist du zu bescheiden und zu vernünftig, wirst du nie eine Zeile schreiben; es muß also einen köstlichen Augenblick geben, da dir etwas einfällt und du sofort weißt, wie du die Geschichte anlegen willst, da du nach einem Bleistift greifst und im Schwung deiner Begeisterung die ersten Worte in ein Schulheft schreibst. Dann gerätst du in Schwierigkeiten, siehst kein Ende mehr vor dir, bis es dir bei ständigem Schwinden deines Selbstvertrauens schließlich gelingt, mehr oder minder zu erreichen, was du ursprünglich erreichen wolltest. Nun bist du fertig – und überzeugt, daß das Ganze ein großer Mist ist. Einige Monate später fragst du dich dann, ob dir die Sache nicht vielleicht doch ganz gut gelungen ist!«

Ja, genauso geht es zu, Dame Agatha, aber wer würde wagen, den magischen Vorgang so lakonisch zusammenzufassen? Doch nur eine, deren Rolle als Schriftstellerin so unangefochten ist, daß sie der Mystifikation ein für allemal abschwören konnte. Es ist kein Kunststück, Dame Agatha, die Wahrheit zu sagen mit einer vielfachen Millionenauflage im Rükken! Es konnte Ihnen auch egal sein, was Ihre Rezensenten über Sie dachten. Man rezensiert eine Institution nicht, und wenn es doch geschieht, gelangt es gar nicht bis zu ihr. Häme hätte Sie, denke ich, auch nicht weiter berührt (denken Sie nur an die Geschichte mit dem Pferd), denn Sie gaben nie vor, etwas anderes zu tun, als das, was Sie taten, und erst sehr spät und im Angesicht des Lebensendes haben Sie Ihr Genre herumgedreht und seine Grenzen gesprengt. Ein Kollege von Ihnen, Stephen King, der sich seit einiger Zeit auf den Weg zu ähnlichen Auflagenhöhen wie den Ihren gemacht hat, sagte mal in einem Interview, er wisse, daß er Salami schreibe. Er versuche eben nur, gute Salami zu schreiben. Das gefällt Ihnen, nicht wahr? Das hätten Sie gesagt haben können, allerdings hätten Sie statt Salami Steaks gesagt, nicht ganz durchgebraten. Sie schämen sich auch ganz offenbar nicht, schreiben und Geld verdienen in unmittelbare Beziehung zueinander zu setzen, und der Geldmangel spielt in Ihrer Biographie offenbar die viel entscheidendere Rolle als der Reichtum, von dem Sie wahrscheinlich weniger profitierten und der Sie weniger beeindruckte als Ihre Nachkommen.

Was ist Reichtum? Sie beschreiben sehr neiderregend, wie viele Feste in Ihrer Jugend gefeiert wurden, daß Sie und Ihre Freundinnen aber die Abendkleider jahrelang trugen und die Hüte mit Hutlack am Auseinanderfallen hinderten. Sie hatten »Dienstboten« – aber es wäre Ihnen nicht in den Sinn gekommen, einen Wagen oder ein Auto für sich zu beanspruchen. Sie machten eine Weltreise und aßen, als das Geld weg war, zehn Tage lang ausschließlich geschenkten neuseeländischen Fleischextrakt. Sie haben im Ersten Weltkrieg als Krankenschwester gearbeitet, aber es wäre Ihnen nicht eingefallen, Ihr erstes Kind ohne Nurse großzuziehen. (Und der Nurse wäre es nicht eingefallen, in einen Haushalt ohne Stubenmädchen zu gehen.)

Was ist Reichtum? Daß Ihrem ersten Roman *Das fehlende Glied in der Kette* andere folgten, lag nicht daran, daß Sie ohne Schreiben nicht leben zu können glaubten, sondern daran, daß Sie gern einmal wieder vernünftiges Fleisch – das geliebte Steak – kaufen wollten. Wie seltsam vorsichtig Sie über Ihren Mann Archie schreiben, der Ihnen später den schrecklichsten Kummer zufügte – wissen Sie eigentlich, wie emanzipiert Sie waren, als Sie mit keinem Wort seine Verpflichtung, die Familie durch Arbeit zu erhalten, erwähnten? Daß Sie es nicht taten, hat, denke ich, zwei Gründe: Arbeit ist nichts zu Ersehnendes, keine Conditio sine qua non für ein vernünftiges menschliches Leben, im Gegenteil. Und die Frauen hatten sich Ihrer Meinung nach, als sie das viktorianische Sofa, das Nichtstun und die interessanten Krankheiten samt der damit verbundenen zärtlichen Zuwendung durch den männlichen Teil der Familie aufgaben, keinen besonders guten Dienst erwiesen.

Aber die Welt hat sich nun einmal so entwickelt, und der Müßiggang – die Langeweile – ist nur noch eine schöne Erinnerung. »Es scheint die etwas sonderbare Meinung vorzuherrschen, daß Arbeit Anerkennung verdient. Wieso eigentlich? Sie ist wirtschaftlich notwendig, aber warum verdient sie Anerkennung? Müßiggang ist aller Laster Anfang, unterrichteten uns die Kindermädchen. Der kleine Georgie Stephenson gab sich vermutlich dem Müßiggang hin, als er beobachtete, wie sich der Deckel des Teekessels seiner Mutter hob und senkte. Weil er im Moment nichts Besseres zu tun hatte, fing er an, darüber nachzudenken ... Ich glaube nicht, daß Not erfinderisch macht, meiner Meinung nach gehen Erfindungen aus dem Müßiggang hervor, wenn nicht sogar aus der Faulheit. Das Bestreben, sich Arbeit zu ersparen – das ist das große Geheimnis ... Die Lage der Frau hat sich im Lauf der Jahre eindeutig verschlechtert. Wir Frauen waren richtige Idioten. Wir haben lautstark danach verlangt, Männerarbeit verrichten zu dürfen. Die Männer, die ja nicht dumm sind, befreundeten sich sehr schnell mit diesem Gedanken.«

Genug, Dame Agatha! Etwas ist dran, aber das nützt doch nichts, jetzt, wo die Karre verfahren ist und der Müßiggang, was seine Organisation und Strategien betrifft, mittlerweile mit einem Krieg konkurrieren kann. Sie, Dame Agatha, sind nicht einmal richtig zur Schule gegangen, was also wissen Sie von der immer auswegloseren Perfektion, mit der Ihnen vorgeschrieben wird, wo und womit Sie sich glücklich zu fühlen haben? Das zu erfahren ist Ihnen erspart geblieben. Daß es aber noch ein kleines Reservat vollkommenen Müßiggangs und reiner Zwecklosigkeit gibt, ist nicht zuletzt Ihnen zu verdanken: Man braucht dazu nur ein viktorianisches Sofa und eines Ihrer Bücher.

Das verkannte Genie: Henry Clews

Gewiß, man hat es schon die ganzen Tage immer wieder gesehen, ist daran vorbeigegangen, schnell, damit man von der schmalen Autorennbahn wegkommt, die sich an der Bucht und am Schloß entlangwindet. Schön liegt es, nein, schön läge es, wenn es allein wäre, wie es wohl einmal gedacht war, trotzig über das Meer gebaut, eine Festung, die jetzt ein bißchen kläglich zwischen den beiden Stückchen öffentlichen Strandes eingeklemmt ist mit schroffen Mauern, als wollte das Gebäude sich raushalten aus dem Gewimmel zu seinen Füßen. Manchmal habe ich zugesehen, wie es über dem großen Bau dunkel wurde, und darauf gewartet, ob Lichter angingen. Aber die, dachte ich, würden, wenn überhaupt, nur von der Seeseite her zu sehen sein.

La Napoule liegt nicht weit von Cannes entfernt. Alle langjährigen Provenceurlauber kennen es wegen seines riesigen Jachthafens. Ein Schloß, ja, da sei eines, sagen die meisten, aber erst nach mehrmaligem Fragen. Man habe es von außen gesehen, aber hineinzugehen sei niemandem in den Sinn gekommen. Vielleicht wohne ja jemand drin. Der Jachthafen betäubt tatsächlich die Blicke und läßt die Silhouette des Schlosses verblassen.

Millionen und Millionen Francs, Dollars und Mark

liegen da auf dem Wasser, bewegungslos, unbemannt, ohne erkennbaren Sinn. Ganze Gassen und Straßen sind entlang der unzähligen Piers entstanden, selten sitzt jemand, meist ein älteres Paar in merkwürdiger Kleidung, an Deck. Sie trinken Cola und schauen auf einen kleinen, von der Sonne geblendeten Fernseher. Bei anderen Booten spürt man nur an den sich öffnenden und rauschend etwas ins Meer speienden Abflußluken, daß Leben in ihnen ist. Manchmal springt ein Hund an Land, um an die Poller zu pinkeln. Noch nie habe ich einen so armen Reichtum gesehen. Über all dem liegt hoch, ein bißchen düster und verständnislos das Schloß – kein Mittelpunkt. Es kann hier keinen Mittelpunkt geben. Plötzlich aber erscheint es mir, an einem sonnigen, lauten Tag, von der Rauheit und Unansehnlichkeit einer Muschel, mit demselben Versprechen eines Geheimnisses im Inneren. Schuld daran war das äußere Portal, an das einen der Autoverkehr so nah dranquetscht, daß kaum die Neugier geweckt werden kann. Irgendwann fängt doch das Portal den Blick und läßt ihn nicht wieder los – denn die Kenntnisse, die kunsthistorische Bildung, alle trügerische Sicherheit im Zuschreiben: weg, einfach verflogen. Was ist das denn? denkt der Besucher und hört kein Auto mehr und kein Geschrei der sich auf den plages publics drängelnden Schwimmer. Diese Portaleinfassung. Diese Figuren. Mittelalter? Nein. Renaissance oder Romanik, afrikanische Kunst vielleicht? Oder einfach ein wunderschöner Witz? Da umkränzen kleine Monster und Gespenster das Portal, das etwas offensteht und einen Blick in einen schönen Garten erlaubt. Es ist die Bilderwelt, die man von Domen kennt, wo ja auch die Dämonen an den Wänden kleben und rauf und runterkrabbeln – aber diese hier sind anders, lustiger und etwas weltlicher, und es läßt sich bei näherem Hinsehen nicht leugnen, daß sie ein bißchen unanständig sind. Frösche und schielende Octopusse, krötenartige, auch faunsgesichtige Dinger.

Was also ist das? Was haben wir da gefunden? Ein bescheidener Zettel an einer kleineren Tür kündigt eine Führung an. Das Rätsel wird sich lösen, aber bis dahin bleibt noch Zeit, und plötzlich ist es nicht mehr wichtig, schwimmen oder Eis essen zu gehen. Lieber hinunter zu dem kleinen Strand, vielleicht gibt es eine Möglichkeit, das Schloß zu umrunden, vielleicht hat es unter seinen über das Wasser ragenden Mauern einen geheimen Weg. Den gibt es bei vielen dieser Bauten, auch hier, wie sich herausstellt. Ein feuchter, alt und vergessen riechender Arkadengang mit vielen verrosteten und verwitterten Türchen, Treppen ins Nichts, auf denen der wilde Kümmel wächst, das Meer leckt zahm am Schloßfundament und hinterläßt winzige, tiefviolette Muscheln, eine Farbe, die ich noch nie vorher gesehen habe.

Das Wasser ist klar, gegenüber vom Schloß liegt im silbergrauen Dunst eine Insel. Plötzlich wieder so ein kleines Strandstück, ein Sprung in den Sand, aus längst vergangenen Zeiten mit einem kleinen Schritt, ganz leicht, in der Jetztzeit angekommen. Oder? Da ist an der Schloßmauer ein trockener Brunnen, es sind eindeutig Gürteltiere, mit denen er geschmückt ist, und er trägt eine Jahreszahl. Neunzehnhundertvierunddreißig. Wieder gerät alles durcheinander. Nicht nur, weil jene Dreißiger grundsätzlich eine Beklommenheit auslösen, sondern weil sie so besonders falsch klingen: Der harte, eckige und hochfahrende Stil, für den sie durchaus nicht nur in Deutschland stehen, hat gar nichts mit der zärtlichen Form des Brunnens und den wunderbar fein gearbeiteten lustigen Viechern zu tun. Dennoch, ein Anhaltspunkt – es muß da ein besonderer Mensch am Werk gewesen sein. In einem kleinen Vorraum mit Postkarten und einem Tischchen mit Geldkassette und Broschüren sammeln sich die Interessierten. Viele sind es nicht. Ein paar ältere Französinnen, zwei Japanerinnen und eine fassungslose Deutsche, die nicht begreifen kann, warum nicht die ganze kunstbegeisterte Welt diesen Ort kennt, immer wieder besucht und liebt. Man wird es herausfinden, und früh ist zu ahnen, daß wieder einmal die Geschichte eines Fremden, eines Unangepaßten erzählt werden muß.

Der Garten, durch den der Weg zum Schloß führt, zeigt noch Reste, schöne Erinnerungen an eine Harmonie, die ihm jemand einmal geschenkt haben muß. Die Harmonie eines Gartens heißt Arbeit, Geduld und Liebe. Es ist immer wieder bewegend, wie lang die Spuren von diesen Dreien noch zu sehen sind.

Die Amphoren sind zersprungen, auf zwei steinernen Sarkophagen sind Liebesgedichte gemeißelt in englischer Sprache. Wie aus dem alten Rom sehen sie aus, aber dann denkt man an den Brunnen und die seltsamen Tiere, die einen von überallher anschauen, und beschließt, für diesen Ort eine besondere Zeit anzunehmen, eine ganz eigene, die sich der Vergangenheit spielerisch bedient, ohne sie nachzuahmen. Vor dem Schloßeingang steht der Don Quixote, Denkmal der Träumer, sieghaft und ein bißchen ironisch, und man muß die vielen, ihn begleitenden Figuren lesen lernen wie ein Buch.

Wer war er, der Mann, der das alles hinterlassen hat? Neunzehnhundertachtzehn hat der Amerikaner Henry Clews zusammen mit seiner zweiten Frau Marie die Ruine des Schlosses von La Napoule gekauft. Das Schloß war verfallen, eine Sarazenengründung. Kein Franzose hatte sich damals für den schönen Bau interessiert. Henry Clews und seine Frau hatten Vermögen, Clews selber war ein wirklicher Künstler und muß schon bald gespürt haben, daß La Napoule ein fruchtbarer Ort werden würde, eine ständige Herausforderung.

Na, er war eben ein Großverdiener und – so romantisch, nicht wahr, Madame? Die Führerin, aus deren Redeschwall hervorgeht, daß sie alle Einzelheiten über den großbürgerlichen Künstler weiß, ihn aber nicht für einen wirklichen Künstler hält, spricht ohne Liebe oder Bewunderung über das amerikanische Paar, das da in der Fremde ein Zauberreich gebaut hat. Über den Garten, Maries Reich, der jetzt nur noch ordentlich wirkt, benutzt, aber keineswegs geliebt, sagt sie: Na ja, sie hatte schließlich nichts anderes zu tun! Es ist merkwürdig: Franzosen sind empört, wenn man ihnen sagt, daß Picasso oder Van Gogh, Modigliani oder Dali keine Franzosen seien. Die sind eingemeindet und nationalisiert, kultureller Besitz, eifersüchtig verteidigt. In der mageren Broschüre, die es über Henry Clews gibt, steht schon im ersten Satz, er sei ein typischer Amerikaner. Es wird lang dauern und vielleicht nicht ganz gelingen herauszufinden, warum man ihm nur so wenig Popularität oder Achtung zugesteht. Drei Portale führen in das Schloß, ein großes und zwei kleinere: Über dem linken steht: »Political Altruists«, über dem mittleren, großen in kurzen Worten sein einsames Programm: »Once upon a time« und über dem rechten: »Mythsmysteriesmirth«. Vielleicht nehmen sie ihm übel, daß er seine eigene Sprache benutzt hat, daß er immer wieder auf seinen Plastiken Texte eingemeißelt hat, spielerisch oder frech, pädagogisch oder kritisch. Wie viele Künstler, denen die Welt mit Hilflosigkeit oder Mißachtung begegnet und deren Stimmen im Erfolgschor keine Rolle spielen, war jener amerikanische Herr ein Multitalent.

Es ist wichtig, im Schloß erst einmal durch die Räume zu gehen und sich dem Ort auszuliefern. Nach Möglichkeit sollte man versuchen, die einzelnen Kunstwerke als Bestandteil der Räume, ihres Maßes und ihrer Schönheit wahrzunehmen und beim ersten Rundgang nicht zu genau hinzuschauen. Es sind erzählende Kunstwerke, und man liest sich an manchen fest.

Natürlich hat man von der dem Meer zugewandten Seite des Schlosses aus einen überwältigenden

Blick über das Wasser, auf Bucht und Insel und nicht auf die maßlose Yachtenflotte. Die Zimmer sind würdevoll eingerichtet, ein erster Eindruck sagt: Repräsentativ mit einem winzigen Hauch Bohème, Bequemlichkeit mit Respekt für die Architektur gepaart, ein großer Sinn für Proportionen. Schöne alte Stücke. Sammlungen. Im Entree stehen große Phalli aus Marmor, schöne, totemähnliche Plastiken. Irgendwie ist man an ihnen vorbeigegangen, weil sie gleichzeitig sehr passend und sehr unpassend sind in solchen Räumen.

Es ist kaum zu glauben, daß dieser Bildhauer Henry Clews Autodidakt war. Perfekt beherrscht er alle Techniken, bedient sich souverän aller Materialien, Alabaster wie Bronze, Marmor wie Holz reizen ihn. Er kann, scheint es bei den Spaziergängen durch Schloß und Garten, nichts unbearbeitet lassen. Er drückt Stempel auf, er verwandelt sich die Dinge an. Er kommentiert viel. Er liebt Zitate.

Als Maler hatte er angefangen, Sohn eines erfolgreichen New Yorker Geschäftsmanns von englischer Herkunft. Er genoß jene europäisch-feine Erziehung, die lange Zeit in der amerikanischen Oberschicht als die einzig richtige galt. Die verdarb ihn wohl fürs Geschäft, das er lustlos und halbherzig ausprobierte und nach Studien in Deutschland und Frankreich auch wieder bleiben ließ. Aus der Literatur kennen wir viele solcher Lebenswege, und man nahm jenen Bannerträgern der Kultur, die die geschäftlichen Talente ihrer Väter verachteten und alle ein bißchen prätentiös waren, ihre Aventüren nicht übel. Clews muß sehr früh gewußt haben, daß die Kunst keine kultivierte Freizeitbeschäftigung ist, kein Spiel, kein Zeitvertreib. Um 1909 begann er, in Paris, mit seinen ersten bildhauerischen Versuchen. Seine frühen Arbeiten werden gern als gesellschaftskritisch oder karikaturistisch bezeichnet. Das sind Hilfsbegriffe – er sieht nur genau hin und zeigt das Geschehene. Er abstrahiert nicht, sondern er konkretisiert. Sicher ist, daß er das Verhalten jener Klasse, zu der er gehört, nicht mag. Er stellt die Gäste des Ritz, die Vernissagenmeute und Golfcoursecamarilla so dar, wie Goya seine königliche Familie: mit jenem schmerzhaften Realismus, der deswegen weh tut, weil die Dargestellten spüren, daß sie eben nicht karikiert sind. Wahrscheinlich hat er gewußt, daß er, wenn er in Amerika bliebe, sich von den Objekten seiner Scharfsicht nicht würde trennen können, ihnen täuschend ähnlich. Für ein Wilde-Schicksal war er wohl doch zu nüchtern.

Frankreich war, jeder weiß es, damals das Herz der Kunst, die Wiege der Moderne, ein Schmelzkessel von Begabungen, Genieküche und Markt, Glanz der Armut und Feuer der Anarchie: Unter all den sehnsuchtsvollen Klischees ist das Paris des Jahrhundertbeginns vollständig verschwunden. Es war sicher genau so, wie man es sich es erträumt. Rodin hat Clews beeinflußt, wie damals viele, aber es ist denkbar, daß ihn die ganze schmuddelige und genialische Pariser Seligkeit irgendwie in Verlegenheit gebracht hat. Er war, betrachtet man seine Bilder, ein Künstlertypus des neunzehnten Jahrhunderts, nicht vom Werk her, sondern von der Lebensführung und der Würde des Auftretens. Finsternisse nach außen zu stülpen hat ihm nicht gelegen, zwar waren genügend in ihm, aber er sublimierte sie, wie wir sehen, wenn wir lernen, La Napoule zu entschlüsseln.

Seine erste Frau war eine amerikanische Schönheitskönigin. Die zweite, Marie Elsie Clews, wurde seine Muse. Immer wieder begegnen wir ihren Porträts, eigenartig madonnenhaften, langhalsigen und elegischen Darstellungen, die Süße und Unschuld suggerieren und ein klein wenig unheimlich sind. Wie gingen die im Werk überall versteckten und hervorlugenden sexuellen Obsessionen mit dieser heiligen Jungfrau zusammen? Noch einmal hinaus in den Garten, zu dem, den wir für Don Quixote hielten. Vielleicht erklärt er etwas. Er ist nicht Quixote, er ist »The god of humourmystics«, und auf seinem Kopf nisten Liebesvögel. Der Ritter von der traurigen Gestalt ist kurzfristig nicht mehr traurig. Oder?

Die Jahre des ersten Weltkriegs hat Clews in Frankreich verbracht, immer entsetzter über die Bestialität der Menschen und angeekelt von den Kriegsgewinnlern, die mit dem Tod Geschäfte machten. Der Kauf von La Napoule, den er mit Marie zusammen wagte, wurde Flucht und Gegenprogramm. Nur die Schönheit kann Leben retten, nur die Kunst tröstet und heilt. Aber Clews ist kein Elegiker – die Satire, handfest und burlesk, kommentiert immer wieder die Zartheit der Darstellungen, überlagert sie manchmal. Das Wort überwuchert das Bild, die Besessenheit schaut aus steinernen Tieraugen auf den Betrachter.

Es waren eben die Spintisierereien reicher Amerikaner, meldet sich die Führerin zu Wort, weder Reichtum mag sie noch Amerikaner, und daß La Napoule ein Ort ist, der den zu Tode gerittenen Begriff »Gesamtkunstwerk« wirklich verdient, ist dort im Schloß niemandem einzureden. Marie Clews hat Anfang der Fünfziger, lang nach dem Tod ihres Mannes, eine Künstlerstiftung ins Leben gerufen. Im fernen Amerika gibt es diese löbliche Institution, ihr Präsident ist ein Urenkel. Das Leben, mit dem die Stiftung diesen magischen Ort zu erfüllen sucht (wollen wir das zugunsten der unsichtbaren Künstler annehmen) – hinterläßt häßliche Spuren. Plastikstühle, Tische, die Clews wahrscheinlich verheizt hätte, grobes Geschirr.

Ganz fraglos wird seit vielen Jahren überall einer Nutzung solcher Orte das Wort geredet. Irgendwie muß ja Geld reinkommen, alles nur so rumstehen lassen, die künstlerische Arbeit soll doch weitergehen, mein Gott, der Mann hatte einen Spleen, sehen Sie das denn nicht? Früher habe ich auch an Belebung um jeden Preis gedacht. Hier, im Schloß von La Napoule, unter dem fordernden Spruch »Once upon a time« begreife ich mit schmerzhafter Deutlichkeit, daß das nicht stimmt. Nicht hier. Vielleicht für manche andere Orte, die ein Künstler zu ihrer Erfüllung gebracht hat, auch nicht. Mit der Zeit erleben nämlich solche Orte, wo Werk und Leben eine untrennbare Verbindung eingegangen sind, wo alles seinen Stellenwert zugemessen bekommen hat, der Schmuck der Räume so wichtig war wie die Tauben, Schwäne und Pfauen im Garten, eine Art Niedergang eigener

Art. Der Alltag mit seinen Erfordernissen legt einen Schatten über das Ganze, es folgt oft auch eine Art Gereiztheit, denn solche Märchenschlösser sind nicht sehr komfortabel und müssen wirklich geliebt werden, wenn man sie erhält oder gar benutzt. Die angehaltene Zeit, staunende Besucher, die durch Samtschnüre an Berührungen gehindert werden, Zeiten der Erholung, die solche Orte auch brauchen: Kurz, die vielgescholtene Musealisierung hat einiges für sich. Man könne das Schloß auch mieten, höre ich.

Andere magische Orte, die man zum Stillstand gebracht hat, fallen mir ein: Vita Sackville-Wests Sissinghurst beispielsweise oder ganz anders, das Christian-Wagner-Haus in Warmbronn. Die ganz simplen und armen Orte brauchen wie die höchst verfeinerten ihre Unveränderbarkeiten.

Nie habe ich ein Werk gesehen wie das von Clews, das Alter so unbeschönigt und klug immer wieder als Thema aufnimmt, weder Würde noch Erhabenheit hinzulügt, nichts unter Faltenwürfen und Gesetzestafeln versteckt. Nacktes Alter, in vielen Statuen immer wieder ausgestellt, weder diffamierend noch tröstend. Sieht es so aus? Wird man so aussehen? Ja, so sieht es aus. Ja, man wird. Bei einer kleinen Plastik, die im Wohnraum steht, ziemlich weit hinten in einer dunkleren Ecke, ist die Spannung von Gegenstand und Material kaum zu ertragen: ein Greisenkörper aus Alabaster, das wie von innen leuchtende Material wie eine Apotheose der Vergänglichkeit und Körperzerstörung.

Langsam klären sich die verschiedenen Arbeitsweisen und Themenkreise, die den unermüdlichen und vor Einfällen überquellenden Künstler beschäftigt haben – da sind zunächst die Porträts, mit denen er ja auch begonnen hatte und die ihn bis zum Schluß nicht loslassen werden. Er porträtiert lokale Prominenz, das Foto zeigt ihn in selbstbewußter ernster Künstlerpose, dann eine Porträtbüste und den Porträtierten. Dieser ist durch jene wahrhaft unsterblich geworden, und der Betrachter, dem der Name des Mannes nichts sagt, kann ihn sich genau vorstellen, ja, einen Teil seiner Stellung und seiner Lebensführung noch mit dazu. Da geht es einem wie in den Museen Roms, wenn man sich auf die ausgearbeiteten und Individualität stolz zeigenden römischen Porträtbüsten einläßt: Man lernt wirklich Menschen kennen – Menschen, die längst tot sind.

Obwohl der Einfluß der Moderne, sprich der Einfluß Rodins, gerade bei seinen Büsten spürbar ist, sieht man, daß Clews die Kunstgeschichte begriffen hat als den Fluß, in den jeder steigt, der Menschen darstellt. Manchmal nehmen Dämonen von diesem disziplinierten Künstler Besitz: Eine ganze Doktorarbeit könnte man über die Tür zum Speisezimmer schreiben, jene hohe zweiflügelige Tür, Androkratie und Gynokratie darstellend, ein wilder, exotisch beeinflußter Bilderbogen, Reliefs von großer Schönheit und Inhalten, denen mit normaler Ikonographie nicht recht beizukommen ist. War er ein Misanthrop, dieser Henry Clews jr., der seine Hieronymus-Bosch-Seele immer wieder ans Tageslicht treten ließ und andererseits aus seiner Frau eine Ikone machte?

Hat sich sein wahres Menschenbild in seinen Tierdämonen Bahn gebrochen, seinen geilen Fröschen und weinenden Octopussen? Damals, als er hier lebte, sind ihm seine Modelle bis vor die Schloßtüren gespült worden – jetzt sind nur noch diese merkwürdigen Muscheln übrig, deren Farbe den Nägeln Toter gleicht.

Die Speisezimmertüren jedenfalls zeigen, daß von beiden Herrschaftsformen nichts zu halten ist – von jener der Männer so wenig wie von jener der Frauen. Porträts also und Tierplastik, Relief, Baukunst – allein für die Ergründung seiner Säulenkapitelle im Klostergang bräuchte man Tage – Aktplastik und Steininschrift und Tafelbilder. Ja, die gibt es auch. Wir verirren uns in einen Saal mit rosa gebranntem Klinkerfußboden und goldenen Säulen, es riecht durchdringend nach Putzmitteln, und an den Wänden hängen seine bösen, schönen und dekadenten Salonportraits. Sie erinnern ein wenig an Wien und Berlin, sie sind viel flüchtiger gemacht als die Skulpturen, natürlich. Vielleicht war das der Grund, warum er sich so früh der Bildhauerei zugewandt hat: Weil er ein festes Material, eine zwingende Form gebraucht hat. Manche Bilder haben große Löcher, sind erkennbar nachgedunkelt. Das Licht ist nicht gut. In den Wohnräumen gab es noch andere Bilder, man wird auch sie noch einmal anschauen müssen.

Ach, der ist nicht gesegnet, der zuviel kann. Das Publikum hat das immer wieder bestraft. Einer, der sein Leben lang immer wieder den gleichen Klotz an immer wechselnde Orte wuchtet, wird eines Tages im Bewußtsein ankommen. Der mit den Klötzen?! Das ist doch der und der. Einer, der die Kunst immer wieder an der Poesie überprüft und der sich mit schöner Freiheit Epochen und Techniken zu eigen macht: Wer ist der eigentlich? Once upon a time waren jene Künstler gefeiert und geliebt, deren gemalte Weinbeeren von den Vögeln angepickt wurden oder in deren Plastiken man sich so heftig verliebte, daß sie zum Leben erwachten. Das hat er sich einerseits gewünscht, Henry Clews, der Schloßherr von La Napoule, aber so viel Zauber braucht ein Gegenmittel: die Dämonen.

Einen zeitgenössischen Bewunderer, Pierre Borel, der ihn besucht und einen enthusiastischen Artikel über ihn verfaßt hat, erinnern die Clews-Dämonen an die Tempel von Angkor Wat und an die ritualisierten Tiere der Ägypter. Mir erscheinen sie eher wie künstlerische Auswege eines sehr kultivierten Menschen, der für seine Kritik oder seinen Zorn auf die Mittel der Fabel zurückgreift – Gedankentiere als Symbole für Deformation und Boshaftigkeit. Die Fotos des Künstlers in seinen späteren Jahren zeigen einen Menschen, dem die Enttäuschung nicht fremd ist. Ruhm besteht ja immer darin, den Surrogaten zu vertrauen – nie wird, auch wenn sie es sollte, die ganze Welt jemanden kennen, und so versichert man sich, die Kreise immer enger ziehend, der eigenen Bedeutsamkeit: Wenn einen die Welt nicht haben will, dann wenigstens das Land oder die Stadt, wenn einen die Ewigkeit zu verschmähen droht, dann tröstet die Gemeinde der Bewunderer und Schüler. Sich selbst, dem geschlossenen Werk, genug zu sein bleibt als letzter Ausweg.

Gerade beim großen Kunstwerk des Henry Clews hat sich das ereignet. Er sei, schreibt Borel, zum Zeitpunkt seines Todes auf der Höhe seines Schaffens gewesen, und der verdiente Ruhm könne nun nicht mehr lang auf sich warten lassen. Henry Clews war lang krank. Er litt unter Pankreaskrebs, einer besonders elenden und schmerzhaften Krebsart. Nur einundsechzigjährig ist er in Lausanne gestorben, aber in La Napoule beigesetzt. Zwei Jahre nach seinem Tod gab es eine Ausstellung im Metropolitan Museum, das ist immer eine Art Festschreibung künstlerischen Erfolgs. Aber die Grenzen, das Kartell der Gleichgültigkeit haben sich bisher als stark erwiesen. Er fehlt in den meisten Lexika. Schopenhauers wunderbarer Satz, daß der Weg zur Unsterblichkeit durch eine entsetzlich öde Gegend zurückgelegt werden müsse, bewahrheitet sich bei diesem Künstler. Denn unsterblich wird er sein, kein Zweifel! Man kann ihn auf dem Weg dahin begleiten, durch die kleine Nebentür ein Kunst-Reich erobern und Skulpturen lesen lernen. Seinen Grabspruch hat er sich selber gemacht, und mein Geschenk an ihn ist eine völlig verquere Übersetzung, aus der Liebe geboren:

»Wenn Gott mir meinen Teil dann zeigt / Sollt ich bereit sein, wegzugehn / Ein Ende. Kunst nun abgeneigt / Ich habe Weg und Zeit gesehn. // Ich komm zurück, wie immer auch / Nicht wie das meint Wahrsagerei / Die Reinen, die Marxisten brauch / Ich nicht. Die Weiber sind vorbei. // Ach wiederkommen wie ein Ding / Und tanzen auf der Fensterbank / Weitäugig, kinderhaft, ich bring / Uns Sommermond. Er scheint so krank. // Dann tanz ich fröhlich und bei mir / Das solln die kleinen Kinder sehn, / Wie lustig ich bin – hier, ja hier / Ach, laß das Lernen endlich gehn.// Und nimm Geschichten, Wunder auch / Nimm sie, die Mythen, Schall und Rauch.«

Der königliche Dilettant: Prinz Charles

Als Kinderwunschtraum sind sie völlig aus der Mode gekommen, schon seit langem. Und nicht einmal auf dem Kinderfasching erscheinen sie noch, wo sie sich doch Jahre und Jahrzehnte gedrängelt hatten: der Prinz und die Prinzessin. Schon der allerkleinste Bub weiß, daß an dem Job wenig Wünschenswertes ist. Ein lebenslanger Prinz, ein immer älter werdender Prinz, ein König im Wartestand, gesegnet mit äußerst haltbaren weiblichen Vorfahren – wie weit unterlegen ist er jedem Seriendarsteller, Jockey oder Autogroßhändler, von Tennis- oder Fußballstars wollen wir gar nicht reden. Dennoch, ohne den Schimmer, den sein Name umgibt, wären die Aquarelle kaum an so besonderer Stelle aufgetaucht, liebevoll beschriftet, farbgetreu und schön der Aufmerksamkeit des Publikums, des Volkes also, nahegebracht. Seht her, Seine Königliche Hoheit, der Prince of Wales, Charles (der mit den Ohren, der Ehefrau, dem Umwelttick und den Poloponies) – er malt! Er malt richtige, ernst zu nehmende Bilder, nichts Peinliches, Revolutionäres oder Kokettes: Nein, er hat offenbar im Geheimen und ohne die Entourage der Klatschblätter (die, wie man weiß, in England von geradezu verblüffender Gemeinheit sind) die Aquarellmalerei erlernt. Keine leichte Kunst, wie der Kenner weiß: Gerade im scheinbar Ungefähren, Verfließenden liegen künstlerische Fallstricke, und berühmt wird man mit Aquarellen nur sehr selten – eigentlich gar nicht. Diese Technik scheint vorzugsweise von den im Leben zu kurz Gekommenen benutzt zu werden – vielleicht gerade, weil sie sich nicht brüstet und spreizt, nichts Neues ist an ihr und nichts Wildes – aber sie beschäftigt den, der sich ihr widmet, und gibt ihm Rätsel auf. Und nun ist in Charles ein Aquarellist von Geblüt und Geschmack ins Licht getreten. Wie werden die Grobiane wieder über ihn herziehen! Gerade die Journaille trägt der Besonderheit, ja, der Zerbrechlichkeit einer Existenz wie der seinen nicht nur nicht Rechnung – nein, an allen Ecken und Enden reißt die dünne Decke des Respekts, unter ihr kriecht die Häme, der Klassenhaß, der verdrängte Wunsch nach Aristokratie hervor, scheußlich gepaart mit der totalen Verfügbarkeit, die die Namen- und Gesichtslosen von denen zu fordern gelernt haben, die aus welchen Gründen auch immer einen Namen und ein Gesicht haben.

Vielleicht hatte der Prince of Wales gehofft, sich mit der Wahl seiner Gattin ein für allemal Ruhe vor den Tratschvampiren verschafft zu haben – die Hochzeit und das nicht enden wollende Getue um ein Geschöpf, das aussah, als würde es wirklich niemanden überfordern und als sei es bereit, in immer neuen Verkleidungen »wie du und ich, nur teurer« zu spielen, mag er gemeint haben, Tribut genug an die Öffentlichkeit. Ein Volk haben sie ja schon lang nicht mehr, die Windsors, und werden wohl auch keines mehr kriegen. Wie auch immer die für den Kontinentaleuropäer schwer zu begreifende Abhängigkeit zwischen dem Prinzen und den Leuten sein mag, in Rechnung gestellt, er habe nun auch verstanden, daß auch die theatralischste Hochzeit auf Dauer zu nichts anderem als zu einer simplen Ehe geführt hat – jetzt aquarelliert er. Er hat begriffen. Rückzug aus dem Getümmel der Wahrnehmung wird nur dem gewährt, der sich der Langeweile überantwortet hat, auf Gedeih und Verderb, und der weiß, daß ihm eben diese Langeweile ein kleines Glück zu verschaffen weiß: Er muß nur geduldig sein. Der Übelwollende – und dafür ist gesorgt, daß ein König im Wartestand davon viele hat –, der Übelwollende also wird diese Bilder langweilig finden und sich damit selbst entlarven.

Es stimmt schon: Von Menschen und neuem Menschenwerk ist nichts darin zu finden, denn die Architektur, die seine Königliche Hoheit in dero Bilder lassen, ist eine sich der Natur anverwandelnde, würdevolle und bescheidene Architektur, nicht was die Größe, sondern was den Anspruch angeht. Kein Blut in den Bildern, keine Kanten, kein Schrecken.

Ein König zieht – so will er es vielleicht – unerkannt durch das Land, dem er einst vorstehen wird, und bewahrt malend auf, was er sieht, was immer seltener zu sehen sein wird, und was er dereinst, kommt er nur noch rechtzeitig, vielleicht wird retten können.

Spätestens jetzt ist darauf hinzuweisen, daß aus den königlichen Aquarellen ein Buch geworden ist, ein schön und üppig gestaltetes Werk mit ein wenig verblüffenden Vorworten der Mutter und der Großmutter, deren freundliche Sätze den Prinzen sicher daran erinnern werden, daß er noch eine ganze Zeitlang warten und schauen, malen und bewahren wird. (*H. R. H. The Prince of Wales Watercolours*, A.G. Carrick Ltd., publiziert bei Little, Brown and Company, 1991)

Die mütterlich-großmütterlichen Vorworte sind nett, etwa wie auf einer Abiturfeier. Keine hat begriffen, worauf es dem Sohn und Enkel wirklich ankommt. Denn: Selbst wenn er eine Bestandsaufnahme der britischen Landschaftswunder, der einmaligen dörflichen Architektur, der schönen schottischen Seen und Berge macht, selbst wenn die Queen ihren älter werdenden Ältesten irgendwann mal ranläßt an den Königsberuf – er wird gar nichts retten können. Charles' Engagement gegen die moderne Architektur, gegen die Verhunzung Londons zum Beispiel, ist bekannt. Der Umweltschutz und die Architekturbeschimpfung sind des Prinzen Hobby, nein, nicht sein Hobby – sein im vollen melancholischen Bewußtsein der Wirkungslosigkeit vorgetragenes Anliegen. Wer würde behaupten, daß er bei seinen vornehm und bescheiden vorgetragenen Philippiken gegen die auch in London allenthalben aufschießenden Gräßlichkeiten und Anmaßungen »internationaler Architektur« (was nur heißt, daß die Täter immer ganz woanders wohnen und ihre architektonischen Schandtaten nicht zu sehen brauchen) nicht recht hätte? Nein, man stimmt ihm nicht nur nicht zu, man spricht ihm sogar das Recht zur Kritik ab: Da plötzlich soll sein Beruf, diese eigenartig imaginäre Profession, wieder zu einflußreich sein, man will ihn lieber Autobahnbänder durchschneiden und Moorhühner totschießen lassen. Und man vergißt ganz, daß es ein seltsames Gefühl sein muß, aus den alten Ordnungen übriggeblieben zu sein und doch unwiederbringlich allein, nicht ohne Land, sondern ohne Macht: Früher hätte er Architekten einfach köpfen lassen, sie in den Tower werfen, sie des Landes verweisen können im Fall äußerster Gnade – es gilt, sicher auch für ihn, sich von der unwiderstehlichen Verführungskraft dieser Gedanken zu lösen. So malt er eben sein Reich, so hat er auch das Buch gemacht, und man möchte ihm fast glauben, daß der Plan, seine Bilder und kleinen Texte gedruckt der Öffentlichkeit zugänglich zu machen, ihn tatsächlich verwundert und erfreut hat.

Wir Bürgerlichen hängen wohl noch immer dem Gedanken an, einer wie Charles bräuchte, was er sich wünscht, nur zu verfügen.

Wir vergessen ganz, daß auch ein König, wenn er sich den Künsten anheimgibt, genau wie jeder andere um seiner Fähigkeiten willen geliebt werden will. Wenn er versucht, sich mittels seiner Macht der Bewunderung für seine Kunst zu versichern, geht es todsicher schief. Deswegen hat ja Nero Rom angezündet, weil er irgendwie spürte, daß das verordnete Jubeln ihn nicht zu sättigen vermochte.

Die Zeiten sind andere geworden. Und so darf man dem Prinzen von Wales ruhig seine Rührung und Freude über die Geburt dieses Buches glauben, und es hat auch nichts mit Koketterie zu tun, daß er sich in seinen Texten ein ums andere Mal für seine künstlerische Unzulänglichkeit entschuldigt. Das ist nicht nur sehr britisch, jenes immer wiederkehrende: »Da sehen Sie, wie schwer es ist, in diesem Licht ... Architektur zu malen ist gar nicht einfach ... Sie sehen, für die Größe des Objekts hatte ich viel zu wenig Zeit ... dies ist mir, fürchte ich, ziemlich mißlungen ...« und so fort, eine Melodie des Understatements, aber auch der rührenden Bitte, zu verstehen und nicht feindselig zu sein.

Der Stolz des Künstlers bricht sich nur gelegentlich Bahn: »Auf dieses kleine Blatt bin ich wirklich stolz« oder, beiläufig verpackter Höhepunkt: »Das habe ich unter falschem Namen in die Akademie eingeschickt – und es ist tatsächlich angenommen worden!« O Triumph! Die Bescheidenheit, die Demut des wirklichen Künstlers ist wahrscheinlich nur noch bei gekrönten Häuptern zu finden, die, weil sie vielleicht immer damit gekämpft haben, ihre ganze »Bestimmung« für einen Bluff zu halten, in allem anderen niemals zu bluffen wagten.

Jeder Knabe, jedes Mägdelein von Gassengeblüt darf es sich heute leisten, mittels Bettfedern, Salatsieben, Kloschüsseln, Wandfarbe, Reisigbesen, Geschirrhandtüchern, Feldsteinen, Ofenbronze oder einfach Filzschreibern und Sprühdosen Kunst herzustellen: Das kann klappen oder auch nicht, manchmal klappt es, wenn Geschick und Glück und der willfährige Glaube der Kritiker da sind: Dagegen kann man gar nichts sagen. Nein, es ist sogar ganz verkehrt, darüber außer sich zu sein, das nützt nichts, und eine schlechte Presse gibt es obendrein. Irgendwie mendelt sich das alles zurecht, und was nach ein paar Jahren oder Jahrzehnten übrigbleibt – das hat eben die Menschenblicke ausgehalten und vielleicht sogar etwas zurückgegeben.

Aber so ein König in spe! Niemals dürfte er wagen, es seinen Zeitgenossen unbekümmert gleichzutun! Nicht auszudenken, was geschähe, wenn der Prinz seinen künstlerischen Impulsen auf eine Weise nachgäbe, an die wir uns bei jedem anderen längst gewöhnt haben, vermochten wir auch nicht immer, das blanke Unverständnis gänzlich aus unseren Blicken zu verbannen. Was wir uns und die Welt sich bei jedem und jeder X-Beliebigen, die das Künstlersein für sich reklamieren, niemals trauen würden, nämlich zu sagen: Der Kaiser ist nackt. Beim Prinzen würde es die ganze Welt und auch wir laut rufen: Aber seht doch, er ist nackt. Vielleicht wäre er es gar nicht, aber seine Stellung würde uns den Mut geben, so mit ihm zu verfahren.

Ja, denke ich, auch deswegen aquarelliert der Prinz. Da kann das alles nicht passieren, und die beiden passenden Vorwürfe, den der Langweiligkeit und den der mangelnden Professionalität – die kann er aushalten, die macht er sich vorsichtshalber selbst. Aber Vorsicht! Mit dem »kunstvollen Schachtelbecher«, den Heinrich Heine bei einem Kurfürsten entdeckte, »er hatte ihn in seinen Freistunden geschnitzt. Er hatte deren vierundzwanzig am Tag«, hat das Buch des Prinzen nichts zu tun. An den Texten liest man sich sachte und ohne es zu merken fest. Hat man erst einmal die Merkwürdigkeiten aristokratischer Selbsterniedrigung begriffen, fühlt man sich unaufdringlich an die Hand genommen und durch ein England geführt, das der Maler und Verfasser, der vielleicht sogar eines Tages der Regent sein wird, wirklich liebt.

Der Prinz belästigt den Betrachter und Leser kaum mit seinen Sorgen, nur manchmal blitzt ein Kummer im Text auf, wie zum Beispiel beim Bild einer schönen alten Brücke, die »den Lasten modernen Verkehrs sicher nicht gewachsen wäre«.

Wäre das Buch nicht ein wenig wuchtig geraten, könnte man es als einen unspektakulären und genauen Führer zu den Schönheiten der Ereignislosigkeit benutzen.

Schüchtern fast lesen sich die Hinweise auf Urgroßmütter und noch ältere weibliche Vorfahren, mit denen er notgedrungen die Beschreibung der Schlösser ergänzt. Sie haben da nun einmal gewohnt, sicher, und wie eine späte Pflicht malt der Nachfahre brav die furchtbar vielen Fenster und Türmchen, Erkerchen und Türen, um sich erleichtert kurze Zeit später den sanften Schwüngen und Linien einer Landschaft oder der klaren Form eines bäuerlichen Anwesens zuzuwenden.

Ich habe sein England gesehen, in Wirklichkeit, und ich habe die krummen Straßen mit ihren Baumdächern, die rosenüberhäuften Cottages, die undramatischen, mit Schafen betupften Hänge immer sehr geliebt.

Aber sicher ist dieses scheinbar schlafende England nicht, das weiß der Prinz natürlich auch, und sieht genauso gut wie jeder andere, daß es Orte gibt, die den Abschied von ihnen schon in sich tragen, und daß er den Schreien nach Industrie, Technologie, Energie, Entwicklung, Markt, Europa nicht mit ein paar Hügeln und Bauernhäusern wird entgegentreten können.

Da malt er das eben noch, so viel er davon finden und festhalten kann, und wenn er in seinen Texten manchmal fast scheu den Zeitmangel beklagt, ist sicher, daß er nicht nur die Zeit zu malen meint. Ich denke, es geht ihm um die zugemessene, die noch verbleibende Zeit der in Jahrhunderten gewachsenen Landschaften.

Was ist zu tun? Wenn ich König wäre ..., haben wir als Kinder gesagt und uns ausgedacht, was wir alles ein für allemal in Ordnung bringen würden. Beim Einschlafen war man dann manchmal ganz froh, daß nichts darauf schließen ließ, wir müßten unsere hohen Ziele eines Tages wirklich erklettern.

Da geht es dem Prinzen Charles wahrscheinlich ganz anders. Vielleicht ersehnt er den Tag, an dem er sich wenigstens repräsentativ ein bißchen wird einmischen können – vielleicht fürchtet er ihn aber auch, weil er alt genug hat werden müssen, um wissen zu können, daß er zwischen fast nichts und nichts leben wird, was seine Wirkung angeht.

Aber das Schicksal hält eben auch für angehende Könige und ewige Prinzen ein paar Freundlichkeiten bereit, und vielleicht gehört dieses Buch, in dem Charles anbietet, ein Stück weit mit ihm zu gehen und zu sehen, dazu.

Vielleicht hat man mich bis hierher mißverstanden: Den Hauptteil des Malbuchs bilden zwar die Ansichten von England und Schottland, aber wie jeder gute Brite ist er auch gereist und zeigt sich beeindruckt. Meiner unmaßgeblichen Meinung nach bilden diese Bilder aus der Serengeti und dem Nahen Osten, aus Italien und der Türkei (also durchweg Orte, die in kurzen Abständen in den Nachrichten auftauchen) zwar eine liebenswürdige Ergänzung der prinzlichen Wanderungen – ganz auf der Höhe seines Könnens zeigen sie ihn nicht.

»One of the most difficult things, about painting in Africa, apart from the fact that the watercolour evaporates in the heat, is trying to convey the mirage effect which is so often present.« So liebe ich den Künstler, nichts von Transzendenz und Ballung der negativen Vibrationen, nichts von der in Land art gefaßten Eroberung der Wüste, nichts von den Todesritualen, deren Zeichen in Natodraht nachgebildet und präzisiert werden – nein, die Wasserfarbe zerläuft, und die Spiegelungen sind so schwer zu malen. That's it. Ein Hoch auf Seine Königliche Hoheit! »Die Kleckse, die Sie auf diesem Blatt sehen können, sind nicht etwa Büsche oder Bäume, sondern einfach Tausende von wilden Tieren ...« Er sagt ganz unschuldsvoll dazu, was er gemeint hat.

Oh, Englisch ist eine so schöne Sprache, so knapp und uneitel, so bar des künstlerischen Pathos und zum schöpferischen Raunen gänzlich ungeeignet: »I decided to give myself something difficult to paint in just a piece of sloping Turkey on a hot day.«

Sicher, manchmal läßt er sich auch artig über die schmerzlich schönen Farben der Sonnenuntergänge und über die Schatten der antiken Helden, die überall nach ihm greifen, aus. Aber das tut er eher nebenbei, vielleicht, weil er um seine nicht vorhandene Ähnlichkeit mit den antiken Helden weiß: Er ist, denke ich, wenn man ihn mit seinem Block und seinen Gedanken in Ruhe läßt, dennoch oder gerade darum ganz zufrieden.

Immer wieder drängt sich die Erinnerung an Thomas Manns scheuen Prinzen in *Königliche Hoheit* auf – auch er glich einem Helden ganz und gar nicht, aber ihm wurde noch die Kompensation durch das Militärische, durch das Klimbim und Gloria der Uniformen, der Manöver, der Rituale einer aufs Dekorative und Hohle hingezüchteten Offizierskaste abverlangt.

So fremd und widerwärtig das dem Prinzen mit dem verkrüppelten Arm ist – Thomas Mann beschreibt diese Choreographie des gesellschaftlichen Lebens mit ihren Gewißheiten und Zugehörigkeiten auch als etwas sehr Tröstliches. Es gab ein Bild von der Welt, vom Oben und Unten, das von niemandem angezweifelt wurde, dagegen ist einiges zu sagen, aber man »wußte, worauf man sich verlassen konnte«. Thomas Manns Prinz wird durch die Liebe, die ihm widerfährt wie ein Gewitter, gleichzeitig befreit und gefesselt. In diesem wunderbaren kleinen Roman taucht das viel zitierte Wort vom »strengen Glück« auf.

Auch wenn die Yellow press uns täglich glauben machen wollte, daß auch dem englischen Thronfolger solches geschehen sei (von den aktuellen Katastrophenberichten über die betreffende Ehe wollen wir gar nicht reden) – ich glaube es nicht. Ich bin vielmehr fast sicher, daß Charles sein ganz persönliches »strenges Glück« in der Kunst gefunden hat.

Es sind ja auch schwierige Zeiten. Ein gesellschaftliches Muster, in dem jeder die ihm zugedachte Arabeske und Farbe erkennen kann, gibt es schon lange nicht mehr. Das Militärische ist ein finsterer und schauriger Nachfolger jener Operettenarmeen, von denen die Romane erzählen, und es war wie ein häßlicher Witz, daß des Thronfolgers jüngerer Bruder (ein offenbar sehr robuster und von der Blässe irgendeines Gedankens gar nicht angekränkelter junger Mann) in einen Krieg zog, der längst vergessen und verdrängt ist. Er hätte im Falkland-Krieg wahrhaftig sterben können, und dabei hat er sich doch nur den Resten des längst dahingeschiedenen Rituals unterzogen. Der Tatsache, daß auch Charles das gelegentlich tut, verdanken wir nicht so sehr unsterbliche Bilder von seinen Aufenthalten auf den Kriegsschiffen Seiner Majestät, sondern wirklich hinreißende Texte: In Port Suez ist ihm aufgefallen: »Schiffe zu malen, wie auch Hunde oder Kinder, kann außerordentlich frustrierend sein, denn sie haben die unglückselige Eigenschaft, sich fortwährend zu bewegen. Schiffe schwingen in ganz schwereloser Art am Anker hin und her, und das Bild ändert sich dauernd. Dann muß man mit zunehmender Ungeduld warten, bis es wieder zurückkommt.« Wer nicht begreift, daß das ganz große Poesie ist, versteht nichts von Literatur. Zwischen

Königliche Hoheit einerseits und *Winnie the Pooh* andererseits.

Die eigentliche Entdeckung, und das wird sich noch herumsprechen, ist der Autor und nicht so sehr der Maler Prinz Charles. Es ist zu wünschen, daß auch hierzulande das ganze Werk zugänglich gemacht wird – ich würde vorschlagen, in einer Übersetzung von Harry Rowohlt. «Als ich nach links schaute, fand ich es ziemlich schwierig, etwas zum Malen Geeignetes zu entdecken ...«

Wie mag so ein fast gekröntes Haupt an etwas wie ein Buch herangehen? Denn er kann ja sämtliche Universitäten seines Landes entleeren und zu sich befehlen, er kann ganze Geisterarmeen von Schreibern beschäftigen, kein Professor der Malerei würde es verweigern, Seine Königliche Hoheit künstlerisch zu beraten. Er hätte Lohn und Brot für Jahre in den feinsten Schlössern anbieten können (denn Zeit hat er noch genug, schaut man sich seine unverwüstliche Mutter mit ihren ebenso unverwüstlichen Hüten an), und ich bin sicher, ganze Heerscharen von Fachleuten und solchen, die sich dafür halten, hätten ihm begeistert zur Verfügung gestanden. (Man muß leider sagen, daß selbst die allerlinkesten und strengsten Künstler einen unabweisbaren Hang zu Schlössern haben. Das luxuriöseste habe ich noch in streng sozialistischen Zeiten bei Prag kennengelernt.) Das alles hätte der Prinz leicht bieten können, aber ich glaube, er hat nichts dergleichen getan. Wahrscheinlich hat er im kleinsten und erträglichsten Zimmer ein Feuerchen anmachen lassen, ein Glas mit was auch immer auf dem Tisch, und hat zu irgend jemandem, dem er vertraut, gesagt: Sieh mal Billy, ich hab da was gepinselt ... Und Billy hat geantwortet, oh, Charlie, nett, schaut aus, als hättest du Windsor von Seeseite aus erwischt. Und Charlie sagt, hör mal, du Nase, das ist Bodrum in der Türkei! Ziemlich genau so beschreibt er nämlich die Reaktion auf eines seiner Blätter, und das besticht mich bei ihm immer wieder aufs neue: Die unbefangen hergezeigte offene Flanke, die Unschuld, mit der sämtliche Regularien des Kunstbetriebs außer acht gelassen werden. Ist das nun die Gelassenheit des Aristokraten oder die des Dilettanten?

Erst kürzlich hat er sich wieder ziemlich unbeliebt gemacht, weil er offenbar aus der Bescheidenheit des Amateurs ein Stück herausgetreten ist. Anlaß war wieder seine ewig offene Wunde: die Architektur. »Weil die Entscheidung über das geplante Museum of Scotland in Edinburgh seiner Ansicht nach ohne gebührende Befragung der Öffentlichkeit erfolgt war, trat Charles als Schirmherr des Museums zurück. Kein Wort verlor er darüber, daß die Jury sich aus erklärten Modernisten zusammensetzte und einen modernen Entwurf prämiiert hatte. Sein Zorn richtete sich bereits gegen den Verlauf des Wettbewerbs, der allein in den Händen ›sogenannter Experten‹ gelegen habe.« Da ist er, der durchs Dilettieren im positiven, goetheschen Sinn selbstbewußt gewordene Teilnehmer am künstlerischen Leben! Vielleicht sind auch seine Aquarelle mit daran schuld, daß er plötzlich Schirmherr in abgesicherter, in aristokratischer Langeweile und Blindheit abgehandelter Form nicht mehr sein kann, nicht mehr sein will. Er beschirmt nicht mehr die Ingroup, die verschworene Gemeinschaft der Experten, sondern das stumme und erleidende Publikum, denn er weiß: Architektur ist jene Kunst, der keiner entfliehen kann, so wenig wie dem Wetter. Er hat sich auseinandergesetzt. Und daran hat er uns teilnehmen lassen, und daraus leitet er jetzt eine Verpflichtung ab, die man vielleicht auf die kurze Formel bringen könnte (nicht in königlicher Sprache, allerdings): Das Volk ist nicht so doof, wie die Experten es machen. Aber es braucht eine Stimme.

So schlägt sich der land- und machtlose Fast-König auf die Seite der Sprachlosen und gibt ihnen, was er zu geben hat: sein Dilettantentum, sein stolz ausgelebtes, auf Papier und in Wörter gebanntes, sein bescheiden und stolz malendes Dilettantentum. Natürlich weiß er, daß er viel besser dran wäre, wenn die Journaille mehr von diesem Charles wahrnähme, als nur immer von neuem den Ehemann jener von unten schräg nach oben schauenden Kleiderständerin zu karikieren.

Aber er ist gelassen, er zieht sich zurück, er malt und mischt sich ein, eins geht sicher nicht ohne das andere. »Mit der Malerei hat es eine wunderbare Bewandtnis«, sagt er, »du hast eine Entschuldigung, so lang auf einem Fleck sitzen zu bleiben, bis du alles begriffen hast ...«, dann nennt er das Licht und die Landschaft, aber ich bin ganz sicher, daß er mehr meint – er hat die Wonnen der Kontemplation entdeckt, und deshalb sollte man ihn bald zum Regenten machen. Er würde, selbst wenn er könnte, diese Produzenten von »Karbunkeln im Gesicht eines lieben Freundes« (so geruht er die Architekten zu nennen) nicht in den Tower werfen lassen, er würde sie zu überzeugen suchen, sanft, nachdrücklich, mit der ungebrochenen und kindlichen Kraft des Dilettanten.

Ein deutscher Traum: Soraya

Wir saßen im Garten hinter dem Holzschuppen, es war Sommer, und wir gingen schon in die zweite Klasse. Der Garten gehörte den Eltern meiner Freundin Irma, und mittags brachte ihre Mutter Zitronenwasser in hohen farbigen Gläsern und kalte Wiener mit Kaisersemmeln. Ich ging gern dorthin. Wir redeten viel, über das Leben und über unsere Möglichkeiten, etwas ganz Tolles zu werden. Es ist halt nur, mit unseren blöden Namen, sagte Irma, was kann man damit schon machen. Wir mochten zu dem Zeitpunkt beide unsere Vornamen nicht, sie schienen uns ungeeignet für die Art Karriere, die sich, wenn auch nur schattenhaft, in unseren Köpfen abzuzeichnen begann. Irmas Großmutter war aus Sachsen gekommen, oder war es eine Tante? Ich erinnere mich nur an eine alte Frau, die unseren Klagen über die falschen Vornamen eine Zeitlang zuhörte und dann streng sagte, nu, es is im Lääbn so: Es gann ääm nich jede Sa-rooja oder Kraze Gelly heeßn. Natürlich wußten wir, wen sie meinte. Grace Kelly war damals noch nicht an ihrem aristokratischen Ziel angekommen – aber die andere! So-ra-ya heißt sie, verbesserte meine Freundin Irma. Ja, die kannten wir natürlich, und unsere Meinung war zwiespältig. Was war an der so interessant, daß sie fast jeden Tag in der Zeitung zu sehen war, sogar in den Zeitungen, die man bei uns daheim offiziell las und nicht nur in denen »beim Friseur«? Vielleicht war sie die schmerzlose Überleitung vom Alptraum zum Traum, das wußten wir natürlich nicht, denn mit dem gerade vergangenen Alptraum hatten wir nur insoweit etwas zu tun, daß man irgendwie besser fuhr, wenn man nicht zu viel fragte und einsah, daß es für die Erwachsenen etwas gegeben hatte, das sie einen Spuk nannten. Er war ja nicht vorbei, dieser Spuk. Im Garten von Irmas Eltern blühten Rosen und Holunder, die Stiele des Holunders waren schwarz von Läusen, und wir hatten die ersten Rollschuhe mit Eisenrollen bekommen, die einen wunderbaren Krach machten. Es gab Heimkehrer, immer noch. Die klingelten an den Türen, manchmal schrie dann jemand auf und brach in Tränen aus, wenn der Blick nach der Begrüßung auf einen leeren Jackenärmel oder einen Beinstumpf fiel. Andere, die mit Falten in den Backen und diesen furchtbaren graubraunen Mützen nach Hause gekommen waren – von wo? Aus der Gefangenschaft, Kind! –, fanden niemanden, der sich über ihre Heimkehr freute. Sie saßen auf dem Boden im Stadtpark und hatten die Mütze vor sich gestellt. Das kannten wir. Da hast du einen Groschen, Kind, wirf ihn dem armen Kerl in die Mütze. Wie in der Kirche, da bekamen wir auch immer zehn Pfennig, für den Klingelbeutel.

Eigentlich muß man sich immer schämen, fanden Irma und ich. An dieser jungen Frau, die einen aus den Zeitungen anschaute, konnte man aber sehen, daß es auch anders ging. Denn die war ja nur zur Hälfte eine morgenländische Prinzessin – ihre Mutter war Deutsche gewesen, das brachte sie uns näher. Es zeigte die Möglichkeiten, die sich boten, wenn man die Gelegenheit beim Schopf packte.

War sie eigentlich schön? Vielleicht war uns das damals ganz egal, die Kleider, der Schmuck, die vertraute starre Haltung und die Sanduhrentaille genügten. Und sie war dunkel. Für kurze Zeit hatten damals die Blondinen ausgespielt, und Schneewittchen bekam seine ästhetische Chance. Ich hatte auch dunkle Haare, noch zur Zeit meiner Geburt galt ein ganz anderes Ideal, ja, es hieß, daß eine bestimmte Art der Dunkelhaarigkeit und des fremden Aussehens lebensgefährlich gewesen sei. Davon wußten wir nichts, uns gefiel einfach das runde Gesicht mit den etwas zu üppigen Lippen und den breiten schwarzen Augenbrauen. Irgendwie sah die Prinzessin so aus, daß wir dachten, das können wir auch schaffen, wenn wir uns nur genug anstrengen und uns in den richtigen Kreisen umschauen. Sie hatte nicht diese entmutigende Art von Schönheit, die später Mode wurde und zu einer Verdrossenheit führte, die bis zum heutigen Tag anhält.

Nein, wegen ihrer Schönheit schlug ihr die fast gewalttätige Zuneigung des deutschen Volkes, sechs Jahre nach jener Katatrophe, für die damals die verschiedensten Ausdrücke herhalten mußten, nicht entgegen – da war noch etwas anderes, schwieriger Benennbares. Es scheint lang her zu sein.

Sechzig Jahre wird die Prinzessin, deren Leben immer gieriger verschlungen wurde, desto unglücklicher es zu sein schien, in diesen Tagen alt. Von den seltener gewordenen Bildern, die in der unsäglich angeschwollenen Flut der Eintagssensationen mehr oder minder untergehen, schaut uns ein durchaus noch erkennbares, fast ungezeichnetes Gesicht entgegen. Aus der Sanduhr ist eine schöne, immer den elegantesten Moden dienende Gestalt geworden. Das ist nun aus dem Wiedererwachenstraum der Deutschen, aus ihrem liebsten und verfolgtesten Anbetungsobjekt geworden: eine internationale Dame, eisern haltbar wie ihre Altersgenossinnen Lollobrigida, Loren und – wenn auch durch sichtbare Metamorphosen hindurch – Liz Taylor. Auch jene waren Trösterinnen der Besiegten, Sachwalterinnen des Glanzes in einer Zeit, da an Glanz kaum zu denken war: Aber die persische Kaiserin überstrahlte sie alle, denn sie schien eine Art fleischgewordene Absolution. Nicht nur durch ihre deutsche Abstammung, die unerbittlich ausgeleuchtet wurde, um alsbald mit einem romantischen Schleier wieder bedeckt zu werden. In keinem anderen Land der Erde hätte es einen Grund für diese hysterische, selbstvergessene Begeisterung für das Mädchen ohne Eigenschaften gegeben, das sie war – aber in Deutschland gab es eben erdrükkend viel, was man vergessen, worüber man sich trösten wollte. Nicht ohne Grund sind die legendären Fünfziger, die man jetzt mit falschem Lack zu überziehen sucht, das Zeitalter der gütigen Förster, der edlen Reitersmänner, Oberärzte und Gutsbesitzer und nicht zuletzt der Prinzessinnen, die ruhig von etwas ungeklärter Herkunft sein durften. Eine Vergangenheit, die im Nebel verschwindet, nahm hierzulande niemand übel, und wenn die mittlerweile erwachsen gewordene Göttin 1963 in ihren frühen Memoiren schreibt: »Obwohl ich Halbdeutsche bin, war mir Deutschland bis zu meinem Staatsbesuch 1955 so gut wie kein Begriff ...«, fällt es nicht leicht, ihr zu glauben.

In diesen Memoiren betont sie ihren Patriotismus, ihr Perserinnentum sehr stark und grenzt sich gegen die in Verzückung verfallene Heimat der Mutter sanft, aber nachdrücklich ab. Mag sein, daß sie selber mit der immer an Häme und Gewalttätigkeit grenzenden Jubelei eigentlich gar nichts anfangen konnte. Dennoch hat sie sich der eigentümlichen Starrheit untergeordnet, die ein Ergebnis der vollständigen Öffentlichkeit eines Menschen zu sein scheint. Vor ihrer mit Spannung erwarteten Hochzeit mit dem Schah, im eiskalten Februar 1951, wird sie todsterbenskrank, bekommt Typhus, der damals noch schwer zu behandeln war. Sie selber vermeidet in ihrer Lebensbeschreibung geradezu panisch jede Art psychologischer Reflexion. Lakonisch konstatiert sie ihre Genesung und die barbarischen Anstrengungen der Hochzeitsfeier, bei der sie ein Kleid trug, das über vierzig Pfund wog und mit Diamanten überkrustet war. Im Palast war es kalt und feucht, und ihr Hermelincape war ein Hochzeitsgeschenk von Stalin. Nicht einmal das schien man ihr in Deutschland, wohin sich eine Flut bunter Hochzeitsbilder ergossen hatte, übelzunehmen. Man hielt die Blicke in den fernen, wilden Iran gerichtet und wartete, daß die junge Potentatin das Land ihrer Mutter besuchen würde.

Damals fuhren meine Eltern zum erstenmal nach Italien, und Irma und ich lernten das Lied »Der Südwind, der weht, und der Stalin, der steht an der Wolga. Da steht er voll Bangen, sein Heer ist gefangen.« Auch solche Wunschträume gab es, nur waren sie blasser als die Visionen von einem Pfauenthron, auf dem das »Licht der Arier« saß – Mama, was ist ein Arier? Lange Pause. Das ist ein Unsinnsbegriff, Kind ... – und dem Volk sagt, wo es langgeht. An seiner Seite eine junge, schöne und gütige Prinzessin, und im Rücken jenen barbarisch prunkvollen Kronschatz, von dem es immer mal wieder Abbildungen gab. Die riesigen Diamanten, die juwelenübersäten Schalen und Schwerter scheinen ein viel vertrauenswürdigeres Staatsfundament als eine Verfassung oder diese geschenkte Demokratie, bei der man nun auf einmal für alles selber verantwortlich sein sollte, sogar für das, was gerade erst gewesen war.

Soraya heißt Siebengestirn. Zu ihm, zu dessen weiblicher Inkarnation, scheinen die Deutschen emporgeschaut zu haben, als könnte sie eine ganze Nation wieder zu unschuldigen Kindern machen.

Unser Idol war sie nicht, denn wir waren Kinder und langweilten uns bei den Vorführungen der immergleichen Pracht. Wir wollten richtig edle Menschen werden, in Lambarene oder so, möglichst weit weg auf jeden Fall. Wenn wir gewußt hätten, wie ähnlich wir uns waren! Nach ihrem tiefen Fall, schreibt Soraya, habe sie ihr einziges Heil in der Nachfolge

Doktor Schweitzers gesehen. Auch der spielte seine Rolle im Exculpationstheater der damaligen Zeit, wie bei einem Reißverschluß greifen die Häkchen Schuld und Verdrängung ineinander.

1955, genau zehn Jahre nach Kriegsende, kam es dann tatsächlich, das Hohe Paar. Von der tatsächlichen Atmosphäre einer solchen Staatsreise teilen die Memoiren der Fürstin nichts mit, sie bleibt bei Kleidern und Empfängen hängen. Welche Rolle der Schah-Besuch damals – sein zweiter, viele Jahre später und mit einer anderen Frau hatte, wie wir wissen, legendäre Folgen – in der jungen Republik spielte, kann man sich wahrscheinlich gar nicht mehr vorstellen. Es sollte doch alles richtig gemacht werden, aber über vieles war erst eine dünne Haut gewachsen, so war der Gast aus einem erst seit kurzer Zeit gezähmten – scheinbar gezähmten – Land keine so große Bedrohung. Schließlich war der Vater des persischen Herrschers Reza ein Putschist und Emporkömmling gewesen und hatte unter vielen anderen zwei Onkel von Soraya, unabhängige Stammesfürsten, erschießen lassen. Von diesem Herrscherpaar waren also keine Vorurteile oder Vorwürfe zu erwarten, außerdem gab es handfeste wirtschaftliche Interessen, schließlich war da das persische Öl.

Soraya macht in ihren Lebenserinnerungen keinerlei politische Bemerkungen. Der Zweite Weltkrieg wird mit einem Satz bedacht, über den General Franco erzählt sie, wie bekümmert er aus einer Nebenloge die klägliche Verwundung eines Toreros betrachtet habe – aber über den Empfang in Deutschland gelingt ihr eine erstaunliche Bemerkung.

Sie schreibt über den Aufenthalt in Hamburg: »Ich mußte mich dann immer wieder auf dem Balkon zeigen und fragte mich, wie Deutschland jemals eine Republik hatte werden können.« Und in Bonn fällt ihr auf: »Offizielle Empfänge sind in Deutschland noch offizieller als anderswo.« Sie mokiert sich darüber, daß einzig in Deutschland von ihr zu jeder Gelegenheit die Ordensschärpe und das Diadem erwartet wurden. Vielleicht war der Bundespräsident Heuss im Unrecht, als er jemandem anvertraute, seine Tischdame, die Kaiserin, sei ein »domms Mädle«. Sicher hatte die Lichtgestalt keine Ahnung, welche Sehnsüchte und Wünsche sie erfüllen sollte, als sie hierherkam. Sonst hätte sie doch nicht so unbegreiflich kühl über diesen Besuch schreiben können!

Bonn sollte noch einmal eine Rolle in Sorayas Leben spielen, Schauplatz für den Beginn des letzten Aktes des fürstlichen und machterfüllten Lebensabschnitts. In Bonn wird sie 1958 die Nachricht erhalten, daß der Kaiser sich in tiefem Schmerz wegen ihrer Kinderlosigkeit von ihr trennen wird.

In Deutschland ist indessen das Gras, das mit den Jahren über alles mögliche gewachsen ist, mehr und mehr zu einer fetten Weide geworden. Die mageren Gestalten, die braunen Mützen und die groben Mäntel sind aus dem Stadtbild verschwunden, die Wünsche blühen und werden erfüllbarer. Mit der Konfirmation treten wir ins Erwachsenenleben ein, leider meinen das nur wir. Die Träume richten sich weniger auf einen wackligen Königsthron wo immer auch, man will statt dessen Lehrerin werden oder Sängerin, und für das Jungmädchenzimmer, das nicht mehr so heißt, gibt es einen Puschelteppich, Stringregale und Sessel mit schrägen Beinen. Die Oberförster und Prinzessinnen haben ausgespielt und erfreuen nur noch die alten Mütterchen. Und Soraya ist mit sechsundzwanzig Jahren plötzlich keine Kaiserin mehr.

Wie das ist? Folgt man ihren Memoiren: Genauso, wie man sich's vorstellt. Aus einer Puppe mußte ein Mensch werden, und ob jemand, der einmal so gelebt hat, sich mit der realen Bedeutungslosigkeit des eigenen Seins abzufinden vermag, ist fraglich. Sie habe erst lernen müssen, innerhalb einer Menschenmenge zu gehen, sich ans Steuer zu setzen ohne achtfache Eskorte, in einen Laden oder ein Theater zu gehen.

Es geht aus ihren beiden Büchern, die sich in vielem überschneiden, nicht hervor, ob sich ihr Weg in die Unsichtbarkeit für sie als Glück oder als Unglück erwiesen hat. Er stimmt ja auch nicht, er ist nur eine Behauptung. Soraya hat sich nach der Trennung vom persischen Kaiser auf den Ameisenpfad derer begeben, die sich ihres Vorhandenseins dauernd versichern müssen. Mit der dazu notwendigen Entourage von Paparazzi, Schreibern, Modeschöpfern, gesellschaftlich geadelten Friseuren und abgedankten Aristokraten war die Entkaiserung kein Fall ins Nichts. Anstatt Lambarene Paris, St. Moritz und Marbella: Wo man halt hin muß, wenn die Angst vor der Bedeutungslosigkeit einen plagt. Und doch war bei ihr nicht alles so glatt und yellow-presshaft, wie man, sah man sie auf den einschlägigen Bällen und in den einschlägigen Armen, hätte denken können. Schon früher hatte man ihr den Namen »die traurige Prinzessin« gegeben, und ein Hauch von Melancholie umgab sie, jedenfalls sah sie so aus. Die Bilder mit den weißgefletschten Gebissen, die es von den anderen Ikonen der damaligen Zeit zuhauf gab, sucht man bei ihr vergebens.

Indessen hörten wir Bedeutungslosen die Beatles und Co., schmuggelten uns trotz elterlichen Verbots auf Unibälle mit leibhaftigen Studenten und schauten dem Wirtschaftswunder und der wachsenden Weltläufigkeit zu. Es wurde nicht mehr ganz so hemmungslos und gierig-naiv angebetet wie früher, die neue Frau des Schahs vermachte uns zwar ihre Haartracht, geriet aber mit ihrem Gatten zusammen politisch zunehmend ins Gerede.

Wer kümmerte sich noch um Soraya, die irgendwo, fern, an den klassischen Orten der Müßiggänger, ihr immer wieder einsames Leben führte? Manchmal las man vom gewaltsamen, unglücklichen Tod eines ihrer Begleiter, denn heiraten, so hieß es, durfte sie wegen der kaiserlichen Apanage nicht mehr. Über diese Apanage war viel spekuliert und behauptet worden, auch meine Recherchen liegen zwischen siebzehn Millionen und, wie der Band *Königliche Romanzen*, nebenbei eine Fundgrube, ausweist, siebenundsechzigtausend Dollar und noch einmal monatlich viertausend Dollar, was sicher ein ordentliches Geld, aber doch keineswegs kaiserlich gewesen wäre.

Was das betrifft, hält die Prinzessin sich bedeckt, und das ist ja auch ihr gutes Recht. Hatte doch der Schah ihr schon zu Beginn der Ehe gesagt, daß er ihr kein bequemes Leben würde bieten können. Ein bequemes Leben? Wer möchte das schon, nie ist man undankbarer, als wenn man ein solches führt – und nichts weiter.

Bequem mag sie es haben, die Prinzessin mit den grünen Augen, die immer noch so puppenhaft und diszipliniert wirkt wie damals, vor undenklichen Zeiten, als man ihr befohlen hatte, eine Kaiserin darzustellen, und sie das so lang zur Zufriedenheit tat, bis man auch noch dynastische Ansprüche an sie stellte.

Kinder hat sie nie bekommen, sie hat ihren Mann nach eigenen Aussagen nach ihrer Verstoßung weder je gesehen noch gesprochen. Natürlich ist sie zum Film gegangen, man kannte sich dort schließlich, da konnte das nicht ausbleiben.

Ein Geliebter, der Regisseur Indovina, starb bei einem Flugzeugabsturz.

Die Idole sahen schon damals anders aus, härter, aggressiver, jede Zeit hat ihre eigenen Bilder. Die traurige Prinzessin, der Busenstar, die Hippiefrau – heute sind es Fotomodelle mit der Gebrauchsmusterausstrahlung, verwechselbar und scheinbar unverletzlich.

Das ist der Unterschied: Die Ikonen der Vergangenheit sind auch heute noch erkennbar, sie lösen sanfte, melancholisch-schöne Erinnerungen aus und setzen das Karussell der Kindheitsbilder in eine leise, lang andauernde Drehbewegung. Wie in einer Laterna magica tauchen die Häuser und Gärten, die Jahreszeiten und Menschen auf, die uns umgaben, während wir Traumfiguren aus den grobgerasterten Zeitungsbildern lasen.

Es läßt sich nur schwer vorstellen, daß eine Claudia Schiffer, betrachtet man in dreißig Jahren ihr altgewordenes Bild, eine solche Fülle von Assoziationen auszulösen vermag wie die starre, immer zurückgezogener lebende ehemalige Kaiserin von Persien. Die Ikonen der Jetztzeit sind geschichtslos – eigentlich müßte es geschichtenlos heißen. Sie schlafen zehn Stunden in der Nacht, essen Salatblätter und geben auf ihre Außenseite acht. Das ist furchtbar langweilig und kann durch keinen noch so erfindungsreichen Schreiber zu einem Märchen umgedichtet werden. Der Stoff, aus dem die Träume sind, scheint sich bei den Starbiographien spurlos verflüchtigt zu haben; wo der Gipfel von Phantasie und Exotik Madonna heißt, muß man sich über gar nichts mehr wundern.

Da waren Pfauenthron und Juwelen, Putsche und Attentate, zahme Seelöwen und Bankette, Geschwisterkämpfe, Intrigen, enthusiasmierte Menschenmassen und schließlich die Verstoßung und die unruhigen Wege durch die Welt der Sichtbaren doch was ganz anderes. Und bei uns, die wir dabei zusehen durften, ja, zusehen mußten, lösen die Bilder der persischen Kaiserin mit ihrem halben Lächeln und der mächtigen Ordensschärpe ganze Fluten von Erinnerungen aus, als könne auch ein Bild die Schleusen öffnen wie der Duft eines Tees oder eines Gebäcks. Die wahren Göttinnen der Öffentlichkeit sind gleichsam alterslos, weil ihre bloße Erscheinung die Betrachter in eine andere Zeit zu versetzen vermag.

Es gab Strümpfe von einer bekannten Firma, die »Soraya« hießen. Das, hatte meine Freundin Irma damals gefunden, gehe doch zu weit. Wenn das der Preis war, den man für den Glanz zu zahlen hatte, war er hoch, das ahnten wir, als wir noch sehr klein und schlau waren.

Am Ende, sagte Irma, nennen sie einen Putzkübel oder einen Kochtopf nach dir, und du kannst überhaupt nichts machen. Das ist schon eine Gemeinheit.

Lange Zeit hat die Prinzessin ein Domizil in Rom gehabt, aber seit mehr als fünfzehn Jahren lebt sie in Paris, in jener Straße, wo eine andere berühmte Einsiedlerin neunzigjährig gestorben ist. Marlene Dietrich war schon seit Jahren unsichtbar gewesen in ihrer Matratzengruft in der Avenue Montaigne, unsichtbar und deshalb ewig schön und angebetet.

»Wie geheimnisvoll ist eine einzelne, versperrte Frau gegen einen ganzen Harem voll gesichts- und geheimnisloser Frauen«, sagt der Schah. Es ist jener Schah, der sich in Joseph Roths *Geschichte der 1002. Nacht* in eine Europäerin verliebt. »Es war eigenartig, wieder allein gehen zu lernen«, schreibt Soraya in ihren Memoiren.

Mit ihren Augen: Gisèle Freund

Kamerafrau hätte sie werden wollen, sagt sie nach einer Stunde. Filmkameras waren damals noch zu schwer und ungefüge für eine Frau – aber das wäre der Beruf gewesen, ihr Beruf. Oder stellen Sie sich vor, ich hätte so ein Maschinchen dabei gehabt, um alles aufzuzeichnen, was wir gesprochen haben, wenn ich fotografierte: Was diese Leute sagten, war wichtig.

Wenn jemand die Porträts der Gisèle Freund betrachtet, jene Künstlerporträts, die für die Nachgeborenen eben diese Menschen darstellen und nicht nur einen ihrer Augenblicke, wird er keine Sekunde das gesprochene Wort vermissen. Zu viele Gedanken lassen diese Bilder am Beschauer vorüberziehen, Erinnerungsfetzen, das geschriebene Wort, versunkene Texte, Partikel von Lebensgeschichten. Nein, sie sind nicht stumm, sie sind nicht das geronnene Leben, das die Abbilder der Toten oft so unheimlich macht. Sie habe, sagt Gisèle Freund, niemals inszeniert. Nie gesagt, wohin der Blick gerichtet, wie die Hände gehalten oder die Füße gesetzt werden sollten. Man habe gesprochen, bei den Bewegungen zugesehen. Natürlich, das sei wohl das Wichtigste, habe sie die Arbeiten der von ihr Fotografierten gekannt und gelesen. Ich kannte alles von ihnen, sagt sie. Man muß sich das für die heutige Zeit vorstellen: Anstatt die Bildobjekte, zu denen sich auch ziemlich berühmte Leute brav machen lassen, in Strapsen auf Bahngleise zu stellen, Kopfstand machen zu lassen oder sie mit Hanfseilen zu Paketen zu schnüren, hat sie sich mit dem Werk vertraut gemacht und hingeschaut. Sonst nichts. Sie sind, wie sie sind, die Bilder, sagt sie. Deshalb, denke ich, verändern sie sich auch mit der Stimmung und dem Lebensalter des Betrachtenden. Sie sind keine Ikonen. Man entdeckt noch nach Jahren Traurigkeiten oder Heiterkeiten in ihnen, die einem bisher entgangen waren. Aber: Wenn es möglich gewesen wäre, hätte sie mehr von den Künstlern gezeigt als Fotos. Kamerafrau, das wäre sie heute – und dann reden wir nicht mehr davon. Gisèle Freund hat oft aus ihrem Leben erzählt, aber wenn man die Interviewstücke und Ergebenheitsadressen, die Bewunderungen und Einordnungsversuche aneinander legt, ergibt sich ein undeutliches Bild. Als spare sie das Eigentliche, das Entscheidende aus, ihre Triebkraft, ihren Motor.

Sie ist fünfundachtzig Jahre alt, am Tag meines Besuchs war sie erkältet und darüber unwirsch, denn sie hat keine Lust, verschnupft zu sein – wie viele Frauen, die allein leben, scheint sie ein bißchen ungeduldig mit sich selbst. Trotz des reduzierten Zustands aber – das Wort »alt« kommt einem mit ihr zusammen nicht in den Kopf. Erfahren, auch enttäuscht. Sehr diszipliniert und vollkommen ohne Pathos. Das Gefühlige ist ihre Sache offenbar nicht, und dennoch hat sie herzzerreißende Bilder gemacht. Ihre Wohnung: Ein angenehmer Ort, der nichts zeigen, nichts beweisen will. Diese Wohnung, in der sie seit den fünfziger Jahren wohnt, sei eins ihrer besten Geschäfte, ein wahres Glück gewesen. Eigentlich sind es zwei Wohnungen, hoch oben im sechsten Stock, wohin man, natürlich, mit einem rumpeligen Scherengitteraufzug gelangt , es gibt auch den Blick über die Dächer von Paris und einen umlaufenden schmalen Balkon, von dem aus man ihm immer wieder verfallen kann. Ich stelle mir die tausend Arten von Licht vor, die sie hier stehend schon gesehen hat. Die Wände voller Bücher, ein paar kleine Plastiken, Reiseerinnerungen, Kartons voller Bilder. Ein Regal mit besonders unscheinbaren Büchern, eine grau und beigefarbene Schatzkammer: Die großen Werke der klassischen Moderne, Erstausgaben, signiert und gewidmet. Das mit der Wohnung, damals? sagt sie. Na, ich habe gewußt, wo Simone de Beauvoir sich vor der Presse versteckt hielt, alle wollten doch Bilder von ihr, und dann hab ich sie angerufen und gesagt, paß auf, besser, ich fotografiere dich gut und du läßt es dir gefallen, das ist doch besser als die ganze Meute, und ich sage niemandem, wo du bist. Dann komm eben rüber, hat sie gesagt. Sie war bei ihrer Mutter. Und das war dann schon fast die halbe Wohnung, diese Bilder. Doch, das war das beste Geschäft, das ich je gemacht habe. Noch immer habe sie das eigentlich nicht gelernt, geschäftstüchtig zu denken. Sie, die eigentlich Soziologie, eine damals junge und gelegentlich nicht ernst genommene Wissenschaft studiert hatte, nahm die Möglichkeiten der Fotografie als Broterwerb. Es ist sehr angenehm, mit Gisèle Freund über diesen Aspekt künstlerischer Tätigkeit zu reden. Da ist keine Selbststilisierung, nicht die hierzulande übliche unerwachsene Art, die Tatsache, daß der Künstler essen, wohnen und sich anziehen muß, hinter einem Nebel von Stipendienbegehren und Armem Poeten zu verstecken.

Mich kannte keiner, sagt sie. Ich war eine junge, linke Deutsche, etwas, das es gar nicht gab. Ich wollte meine Doktorarbeit fertig machen und hatte keinen Pfennig Geld. Walter Benjamin war ganz erstaunt, daß ich, dieses geschwätzige junge Mädchen, das nichts über sich erzählte, promovierte. In Paris trafen sich die Schriftsteller – man hat mich adoptiert. So konnte ich arbeiten, und die für die Promotion nötigen Papiere hatte ich auch.

Sie hat sich, das merkt man ihr noch heute an, die Butter nicht nur nicht vom Brot nehmen lassen, sondern sie hat gewußt, daß sie einem keiner draufschmiert. Sie ist wahrscheinlich nie in der Lage gewesen, sich mit Hilflosigkeit das Leben leichter zu machen. Als Kind hatte sie Kinderlähmung und bekämpfte sie mit Beharrlichkeit und einer gescheiten Zuwendung zum eigenen Körper. Ich hätte damals alles werden können, sagt sie ganz sachlich. Auch Tänzerin. Ich hatte einen phantastischen Körper. Ist das Alter schwierig? frage ich. Die Antwort kommt schnell und abwehrend: Nein. Unausgesprochen bleibt, das sei eine nutzlose Frage, denn entweder das oder jung sterben. Sich über Unabänderlichkeiten zu beklagen ist sinnlos. Jeder weiß das, aber man bekommt es selten so kontinuierlich, als basso ostinato eines Gesprächs geboten. Ich habe eine Ethik, sagt sie: Nie zu machen, was ich nicht machen wollte. Das habe ich durchgehalten. Zwischendurch schaut Gisèle Freund ganz traurig auf die Pflanzen, die ziemlich zerzaust und kümmerlich den Balkon schmükken. Sie sind vernachlässigt, sagt sie. Ich war so lang nicht da. Man spürt, daß sie sie nicht als zerstörte Dekoration, sondern als Lebewesen bedauert. Fotografieren wolle sie nicht mehr, sagt sie. Das Schreiben sei ihr wichtiger, aber sie habe eben nicht wirklich eine Sprache. Sie spreche vier Sprachen fließend und schlecht. Ich tanze in vier Sprachen, sagt sie und lacht und weiß dabei genau, daß Schreiben eben nicht nur in einer Sprache tanzen, sondern auch rennen oder kriechen können bedeutet. Da spürt man, wie sich ihre Erzählstimme verändert, wie aus der manchmal berlinisch-schnoddrigen Abgeklärtheit der bittere Ton nach oben steigt, die Bitternis über das Weggenommene, das Gestohlene, das Ermordete.

Sie fragt oft, mehr zu sich als zu mir gewendet: Wo gehöre ich hin? Was bin ich? Wer bin ich? Nach ihrer Person fragt sie da nicht, sondern nach den Wurzeln, nach dem, was man Heimat nennt, wenn man es wagt. Heimat? sagt sie. Es gibt keine Heimat. Es gibt nur zwei Dinge – Liebe und Freundschaft. Und Arbeit? frage ich. Was ist mit Arbeit? Hab ich keine Minute dran gedacht, sagt sie überrascht. Die war sowieso immer da. Ich habe geschuftet, nur um zu leben.

Wen sie sich in den Kopf gesetzt hatte, den bekam

sie wohl auch vor ihre Kamera. Auch wenn sie nie jemanden bedrängt hat, eignete ihr eine lebensnotwendige Beharrlichkeit, jene Sturheit, ohne die große Karrieren nicht denkbar sind. Ihre legendäre Serie über Evita Peron ist ein Beispiel dafür. Das waren die ersten Fotos, die ich vor vielen Jahren von Gisèle Freund gesehen hatte, und jetzt, nach all diesen Jahren, spricht sie mit einer sachlichen Sympathie über die unter Stilisierungen fast versunkene Frau. Ich habe bis in die Nächte in ihrem Vorzimmer gewartet. Ich hatte sie mir in den Kopf gesetzt. Evita Peron war sehr gläubig und hatte keinerlei Bildung. Mich ließ sie nahekommen, weil ich keine Konkurrenz war. Das Kleid aus Paris mit den echten Steinen hat sie nie bezahlt. Sie war schon krank, als ich sie kennenlernte. Sie hatte so eine kleine, heiße Hand ... Die ganze Situation war verrückt. Meine Freunde in Argentinien waren Antiperonisten, und die Nazis, die dorthin gegangen waren, sind freundlich gewesen. Ihr habt ja wieder sowas, sagt sie. Nicht zu glauben. Die Welt verändert sich. Heute weiß ich nicht, was man tun sollte. Sie sei nicht politisch, nicht mehr, wiederholt sie. Vorbei. Wie man es macht, nicht politisch zu sein, wie ein Mensch wie sie das hätte machen sollen, immer die eigenen Bilder vor Augen, die Reportagen, die Dokumente der Armut, das sagt sie nicht. Ich glaube es ihr auch nicht, oder nur in einem ganz anderen Sinn. Zur Berliner 750-Jahrfeier habe man sie – dieser Oberbürgermeister, wie heißt er noch – um einen Beitrag gebeten. Sie habe die Leidenswege ihrer Berliner Freunde beschrieben. Weil sie es interessant fand, habe sie alle anderen Beiträge gelesen – nichts. Kein einziger außer ihr hat die jüngste Vergangenheit, die nicht vergehen will, zum Thema genommen, keiner. Sie wiederholt das ein paarmal, mit einer nur mühsam verhohlenen Fassungslosigkeit. Und wir waren so preußisch, sagt sie. Ihrem Vater, die Geschichte ist bekannt, hat sie ihren Kunstverstand zu danken – ich habe als Achtjährige schon mehr von Kunst verstanden als mancher Kunststudent! Die schöne und berühmte Privatsammlung des Vaters ist in alle Winde zerstreut, ihre Mutter hat sie, um in der Emigration leben zu können, verkauft. Immer wieder fällt auf, wie im Gespräch Themen enden, fast abrupt, um dann wie ein unterirdisches Rinnsal irgendwann wieder zutage zu treten. Die Vergangenheit und die Gegenwart, die Blicke in die Zukunft: Das ist nicht zu trennen und nicht zu ändern.

Man kann die Menschen nicht lehren, nicht klüger machen, auch nicht mit Fotos, sagt sie. Jetzt habe sie so ein kleines Ding, einen Apparat, bei dem alles automatisch geht. Da knipse sie dann hin und wieder, wie ein Amateur, sagt sie und lacht. Das Gespräch kehrt zurück zu den Reisen. Als sie nach Argentinien kam aus dem hungernden Europa, habe sie auf die Tische dort geschaut, diese barbarischen Mengen von Speisen, und habe sie nicht ansehen können. Wissen Sie, ich hätte dort Millionärin werden können! Ich hätte bloß diese ganzen reichen Leute zu fotografieren brauchen, nichts einfacher als das. Aber ich bin hingekommen mit einem Dollar in der Tasche und wollte das nicht. Eine ganz schlechte Geschäftsfrau, ja, das sei sie immer gewesen. Was sie ärgert, auch das scheint immer wieder auf, ist der laxe Umgang mit dem geistigen Eigentum. Da wird nicht gefragt um die Erlaubnis, ein Bild abzudrucken, da wird falsch gedruckt, da werden ganze Buchausgaben in anderen Ländern herausgebracht, und sie erfährt nur durch Zufall davon. Über ein neues Buch mit ihren Fotos sagt sie liebevoll, das sei endlich einmal technisch so, wie sie es wolle. Bei jedem Bild habe sie den Druck kontrolliert und gutgeheißen. Besser könne man es nicht machen.

Überflüssig zu sagen, daß sie eine Perfektionistin ist. Alle Künstler müssen das sein, und vielen, wenn sie berühmt sind, widerfährt die Trivialisierung und Ausnutzung ihres Werks. Die Fotografie ist eine vermeintlich verfügbare Kunst, damit hat nicht nur Gisèle Freund zu kämpfen. Eine Zeit lang, sagt sie, habe ich mich anders nennen wollen. Nicht mehr den deutschen Namen. Amy, vielleicht, mit y grecque? Aber Freund ist eigentlich ein schöner Name, haben mir Leute gesagt. So heiße ich halt weiter wie zuvor. Sie kommt immer wieder, die Frage nach dem »was bin ich?« Sie sei ja nun mit allen Orden dekoriert in Frankreich, die Franzosen hätten sowieso die Neigung, Künstler, die in Frankreich lebten, zu Franzosen zu erklären, wenn sie erfolgreich seien. Aber sie kann nicht sagen: das bin ich jetzt. In Berlin ist sie nicht gewesen, seit die Mauer gefallen ist – nein, da wolle sie nicht hin. Um das Trauma zu überwinden, sei sie zwar in Deutschland gewesen, man lade sie unentwegt ein, ja, da seien Plätze für sie. Aber bisher – eigentlich lebe ich immer noch wie ein Student, sagt sie.

Es ist die Haltung aller, die man vertrieben hat: Eine lebenslange Vorläufigkeit, kein Ort auf der Welt ganz und gar angenommen. Ach, sagt sie, die Jungen wissen nichts. Und man kann nicht lehren. Man hat mir vorgeworfen, daß ich keine Kriegsbilder mache. Aber das kann ich nicht. Als hier der Anschlag auf das jüdische Restaurant war, habe ich auch nicht fotografiert. Ich kann das nicht. So ein Schnupfen, sagt sie und lacht – der dauert zwei Wochen, nicht? Eine hab ich schon hinter mir!

Ein gelassener Kämpfer: Ignatz Bubis

Das Tor zum Haus steht weit offen. Keine Sicherheitsbeamten zu sehen. Die Eingangstür: Milchglas mit zartem Jugendstilmuster, wie es viele Häuser hier in der Gegend haben, wenn man ihnen nicht mit Modernisierung zu Leibe gerückt ist. Der hier wohnt und arbeitet, Fäden in der Hand hält und in dieser Zeit der leider immerzu notwendigen, schnellen und eindeutigen Reaktionen andauernd gefordert ist, gehört zu den am meisten gefährdeten Personen dieses Landes.

Ignatz Bubis, Vorsitzender des Zentralrates der Juden in Deutschland und zu einer Zeit in das Amt gekommen, da alle Ängste wieder aufspringen, hat sich keine Festung errichtet. Sich abzusperren oder gar, wie es vielen Politikern eigen ist, in der Fülle der Sicherungsmaßnahmen einen Beweis für die eigene Wichtigkeit zu sehen ist ihm fremd. Natürlich ist das schöne alte Türglas diskret verstärkt, natürlich gibt es Kameras und Gitter, und auch Sicherheitsbeamte mußte er in sein Leben integrieren; das tut er wie vieles: knapp, einsichtig, ohne Enthusiasmus – und fürsorglich. Bei allfälligen Terminen, zu denen ihn seine Beschützer fahren, ist für deren leibliches Wohl gesorgt, da ruft er an, kümmert sich um Kaffee und Essen. Ich weiß das, weil ich es mitbekommen habe.

Erzählt hätte er es mir nicht, wahrscheinlich wäre es ihm gar nicht eingefallen, daß jemand sich anders als so verhalten könnte.

Seine Termine jagen einander, seine Anwesenheit ist notwendig – und trotz seiner intensiven Bildschirmpräsenz kommt, auch bei seinen Gegnern, nie das Gefühl des Überdrusses auf, den man bei Politikern so schnell empfindet, jenes Gefühl, mit dem man Wortstanzen und Empfindungstalmi wahrnimmt. Bubis macht es sich nicht leicht. Deswegen sind seine Zuhörer bereit, seine Sätze anzunehmen.

Vor dem Beginn seiner Amtszeit, dieser Krönung seines Lebens, ist ihm zum Vorwurf gemacht worden, er habe sich allzu schnell nach dem Tod seines Vorgängers anheischig gemacht, diese Aufgabe übernehmen zu wollen. Wahrscheinlich hat er das getan, weil er davon überzeugt war, es am besten ausfüllen zu können, dieses schwierige Amt mit den tausend Fronten und den vielen Einsamkeiten. Es sieht so aus, als habe Bubis recht gehabt. In seinem scheinbar normalbürgerlichen Haus, in einer stillen Straße (die so still nicht immer war, vor zwanzig Jahren tobten da die studentischen Kämpfe, und Bubis war einer ihrer – unserer – Hauptfeinde, aber davon später), hat er alles zusammen, Familie, Geschäft und Zentrale für seine vielfältigen Ämter.

Wir sprechen miteinander in seinem Büro, das zurückhaltend mit schönen alten Möbeln eingerichtet ist, die Bilder und Plastiken, die schmücken und auflockern, aber nicht einschüchtern, sind fürs erste nicht ohne weiteres zu entschlüsseln. Was sollen sie beweisen? Schon beim ersten Gespräch spüre ich, wie ich sachte aufhöre, hinter den Sätzen die anderen, wirklichen zu suchen oder die Haltung hinter der Attitüde aufspüren zu wollen: Das ist hier nicht nötig. Bubis sitzt ruhig da, schaut gerade ins Gesicht des Gegenübers und antwortet. Ob er Angst habe? Nein, sagt er und: Es gibt völlig verschwundene Stellen in meinem Gedächtnis. Leere. Da ist nichts mehr. Er könne vergessen, vollkommen vergessen. Seine Frau habe das oft aufgeregt, aber es sei eben, wie es sei.

Dinge, die er nicht wissen wolle, habe er wegwischen können. Irgendwo seien die schon noch, sage ich. Und wie zum Beweis erzählt Bubis über seine Kindheit. Deren erste Zeit nennt er »erinnerungslos«. Sechs Geschwister hatte er, von denen er drei nicht kannte. Ein Bruder ist 1935 mit einundzwanzig Jahren gestorben. Sein ältester Bruder war einundzwanzig Jahre älter, seine Schwester neun Jahre älter als er. 1939 sind die Geschwister in den russischen Teil Polens geflohen, er hat nie mehr etwas von ihnen gehört. In Breslau ist er geboren, aber er war acht, als er nach Deblin kam, und als er nach tausend Jahren als Achtzehnjähriger Breslau wiedersah, war ihm alles fremd. Da sind sie wieder, diese Erinnerungskrater, die ein wenig unheimlich scheinen und vielleicht das Überleben möglich gemacht haben.

Ignatz Bubis erzählt farbig, aber nicht leicht. Er will, man spürt das, immer die ganze mögliche Antwort geben, er ist nicht daran interessiert, »ein Bild von sich« zu entwerfen. Wenn er zögert, tut er es nicht aus diplomatischen Gründen. Sein Blick ist von etwas berührt, für das ich bisher noch keinen Namen habe. Wir reden an Sonntagen miteinander, aber immer wieder läutet das Telefon, mit Anfragen von begreiflicher Aufgeregtheit, mit Bitten um Vermittlung und Hilfe in persönlichen Dingen. Er steht im Telefonbuch, er ist erreichbar.

Ob das nicht alles zuviel sei, frage ich. Er gibt es zu, mit echter Bekümmerung, Rundfunkratsvorsitzender ist er ja auch noch, die Jüdische Gemeinde Frankfurt nicht zu vergessen, und all das in wahrhaftig schwierigen Zeiten.

Als er dreizehn ist, kurz vor seiner Bar-Mizwa, stirbt seine Mutter an Krebs. Er hat keine Bar-Mizwa gehabt, aber er hätte nicht vorbereitet werden müssen darauf; was die Jungen heute in langen Unterrichtsstunden lernen, habe er einfach durch die häusliche Erziehung mitbekommen, durch seine orthodoxe Mutter und den der Mutter zuliebe orthodoxen Vater. Und er macht sich sanft lustig über die prunkvollen und kostspieligen Feste, die da veranstaltet werden, gar nicht so anders als die nicht in erster Linie gottwohlgefälligen Kommunionen und Konfirmationen der nichtjüdischen Mitbürger mit ihren Geschenklisten und Diners. Schnaps, Hering und Eierkuchen, das war es damals.

Ihm ist der Überfluß fremd, und er begründet seine Arbeitskraft und Arbeitslust damit, daß er gesund lebe, nicht rauche, keinen Alkohol trinke, nur mit dem Schlaf sei es seit seinem Amtsantritt nicht mehr, wie es sein solle. Er schiebt das weg. Es ist notwendig, auf den täglichen Angriff täglich zu reagieren. Fest, unbeirrbar zu reagieren, aber jede Art von Panik zu vermeiden. Die Panik ist seine Sache nicht, er vermittelt, auch durch seine Gestalt, eher Beharrlichkeit und ein mit vielem »Trotzdem« behaftetes Vertrauen auf die Möglichkeiten der menschlichen Vernunft.

Mit knapp sechzehn Jahren arbeitet er als Postbote im Ghetto, es ist 1942, die Mordmaschine läuft, sein Vater war auf einer Baustelle, deren es drei gab, Fliegerhorst, Zitadelle und Bahnhof. In der Zitadelle hat sein Vater gearbeitet. Wer soll, der es nicht erlebt hat, verstehen, wie aussichtslos die Rettungsversuche waren, die man unternehmen konnte, wie trügerisch die vermeintlichen Sicherheiten? Der Briefträger Ignatz Bubis macht sich eines todeswürdigen Verbrechens schuldig, wenn er Briefe mit Geldscheinen darin ihren Empfängern zustellt. Fast alles Menschliche war ein todeswürdiges Verbrechen. Im Lager war es sicherer als draußen. Man flieht ins Lager, auch er. Hinter ihm her wird geschossen. Es gibt jüdische Polizei, jüdische Lagerführer. Verachtet er sie? Nein, sagt Bubis, ohne zu überlegen.

Wahrscheinlich machen die Nachgeborenen immer den Fehler, in all dem finsteren Wahnsinn, in der organisierten Vernichtung etwas Begreifbares zu erkennen, einen Trost, eine Hoffnung. Immer wieder, wenn die von einer Logik, die nur jene, die es wirklich erlebt haben, nachvollziehen können, getragenen Geschichten erzählt werden, setzt die Hilflosigkeit ein, und hartnäckig bohrt der Gedanke, wie man selber sich verhalten hätte, auf der einen oder der anderen Seite. Der Vater wartete auf eine Arbeitsbescheinigung. Bubis sah, wie er an ihm vorbeigeführt wurde, zur Deportation. Das war 1942.

Haben Sie geahnt, frage ich. Ich wollte nicht ahnen, antwortet er.

Sechs Monate später habe einer aus dem Inneren der Hölle berichtet, sagt er. Aber sie hätten ihm nicht geglaubt. Und das Bild seines in den Tod geführten Vaters hat er nicht verdrängt. Immer wieder unterbrechen Geschichten und Gedanken zu heute die Erzählung von damals, das kann gar nicht anders sein. In Deutschland gibt es heute mehr jüdische Friedhöfe als Juden. Und selbst wenn es keine mehr gäbe, würde im Geleit des Fremdenhasses auch wieder der Antisemitismus dasein.

Unermüdlich stellt Bubis sich den Medien, antwortet, bezieht Stellung, gelassen, schwer, auf seltsame Weise in sich ruhend. Das Geheimnis dieser Ruhe zu lösen ist nicht leicht. Wo viele ihr schlechtes Gewissen unter Aufgeregtheit und Sehnsucht nach starken Worten erleichtern wollen, setzt Bubis ihnen Worte von anderer Art entgegen.

Manchmal denke ich an die Aggressionen, die allein sein Name in den sechziger und siebziger Jahren ausgelöst hat. Spekulant findet er keinen ehrenrührigen Begriff, sagt er so unaufgeregt, wie es seine Art ist. Aber jüdischer Spekulant. Da trete das Ressentiment zutage. Er hat eine ganz eigene Art, mit dem Begriff »Pflicht« umzugehen. Von anderen, sagt er, erwarte er keineswegs die gleiche Bedingungslosigkeit wie von sich selber. Die Ruhe, die er auch in den Zeiten der Demonstrationen, die ihn ja als Inbegriff des zu Bekämpfenden persönlich angingen, empfunden habe, komme daher, daß er sich selber darin, in diesem Bild des Spekulanten, nicht erkannte. Ich habe nichts Ungesetzliches getan, nie, sagt er. Ich habe keinen einzigen Prozeß gegen mich wegen Mietwuchers gehabt. Daß ich Menschen mit Mitteln des Terrors aus ihren Wohnungen gedrängt hätte – ich wäre auf solche Ideen nicht gekommen. Das Immobiliengeschäft ist erlaubt. Das Geheimnis meines Erfolges, sagt er, war: Ich habe immer getan, was der Staat – die Stadt – wollte, und bin gut damit gefahren.

Sein Zutrauen zur Weisheit kommunaler Ratschlüsse schien damals sehr groß gewesen zu sein, und die Traurigkeit und der Zorn, mit dem viele auf Verschandelungen reagiert haben, sind ihm vielleicht fremd. Hochhäuser waren damals modern, also habe ich Antrag auf sechzehn Geschosse gestellt. Auf eine Serviette beginnt er die Häuser der damals umkämpften Ecke zu zeichnen, Kästchen neben Kästchen, die Nummern bekommen und, seiner Beschreibung der verschiedenen Erwerbsarten folgend, durchgekreuzt werden. Monopoly, die nächstliegende Assoziation, ist zu einfach. Die Stadt hat es gewollt, sagt er. Sieben kleine Kästchen an zwei Straßen.

Mein unbehagliches Gefühl, ich könnte meine vielleicht sentimentalen, fortschrittskritischen und nostalgischen, sicher aber von ferner Kapitalismusschelte beeinflußten Argumente nicht scharf und logisch genug an seine Adresse bringen, wächst.

Immer wieder unterbricht das Telefon die ruhigen Erörterungen seiner Buhmannrolle in der damaligen Frankfurter Baupolitik, und er nimmt Nachrichten von neuen Friedhofsschändungen, neuen Gewalttaten entgegen. Seine Stimme verändert sich nicht, wenn er nachfragt. In der Folge wird er überall sein, an allen Tatorten, in allen Sendern, fast jeden Abend wird man seine Stimme hören, aber nie kommt das Gefühl auf, da spreche einer Formeln. Gerade seine Unaufgeregtheit macht ihn so eindringlich.

Natürlich, sagt er, ist diese ganze Arbeit nicht gut für die Familie. Seine Frau Ida, höre ich – nicht von ihm –, habe neulich gesagt, so oft wie jetzt habe sie früher ihren Mann nie gesehen – im Fernsehen.

Seine Großmutter und die Großmutter seiner Frau waren Schwestern, und Ida Bubis ist in Dachau befreit worden. Sie hätten vor Jahren im Filmmuseum gesessen, neben Hilmar Hoffmann, da habe sie sich in dem Film von der Befreiung des Lagers plötzlich selbst gesehen. In dieser kurzen Geschichte wird etwas deutlich, an das wir viel zu selten denken – diese wichtigen, einflußreichen Männer, diese schönen, souveränen Frauen wie Ida Bubis: Sie haben das alles erlebt. Sie waren mitten in den Kratern. Sie haben rings um sich ihr Leben verbrennen und versinken sehen. Wie soll man noch auf etwas vertrauen, wenn man das erlebt hat? Und wenn jemand nicht das Geschenk der Verdrängung mitbekommen hat, das Bubis offenbar in Kraft und Beharrlichkeit umgestalten konnte?

Als Achtzehnjähriger geht er nach Berlin, das

fremdgewordene Breslau, Lublin und Lodz hinter sich lassend. Er nennt Lodz Litzmannstadt, er benutzt Worte wie »judenrein«, aber nicht, wie ich es oft von anderen gehört habe, mit begreiflicher und bebender Empörung in der Stimme, sondern ganz sachlich. Nach Berlin sei er gegangen mit dem Gedanken an Auswanderung im Hinterkopf. Palästina. Aber in Berlin waren Geschäfte zu machen, Schwarzmarkt, sagt er, aber legal. In Ost-Berlin hatten die Russen eine Tauschzentrale aufgemacht, auch in Dresden, Schmuck und Antiquitäten gegen Lebensmittel. Geschäfte und Erfolg, denke ich mir, ist auch ein Lebensmittel, ein Überlebensmittel. Die Anarchie der Nachkriegsjahre, die Zigarettenwährung, das Ungeregelte, der schnell sichtbare Gewinn, die Chance für die eigene Cleverness – ganz andere als Bubis erzählen mit leuchtenden Augen davon, meine Mutter hat mir die Zeit immer wieder begeistert geschildert. Ein bißchen Russisch, sagt er, habe er ja gekonnt, und plötzlich: Meine Eltern waren ja auch immer irgendwie Flüchtlinge, sprachen Russisch oder Jiddisch.

Es gibt Menschen, die mit dem Losgetrenntsein von allem umgehen können. Zu denen scheint er zu gehören. In seiner Stimme ist viel Amüsiertheit, als er vom Pendeln zwischen Dresden und Berlin erzählt, von seiner Beziehung zum Stadtkommandanten, dem der achtzehnjährige Sohn gefallen war und der ihm, dem anderen Achtzehnjährigen, ein wenig den Vater ersetzt habe. 1948 wurde Israel gegründet, im selben Jahr wurde Bubis zwei Wochen eingesperrt, weil er Auswanderungswillige nach West-Berlin geschleust hatte. Er, der eigentlich zum Auswandern entschlossen war, verhalf anderen dazu. Ein Held sei er nicht gewesen, er habe sich einfach nichts dabei gedacht, und Politik habe ihn nicht interessiert. Immerhin hätten, Kommunismus hin oder her, die Russen ihn befreit.

Die allerdings bestehen von Staats wegen auf seiner Verdrängungsfähigkeit und untersagen die Erwähnung der Gefängniszeit. Es war dann wohl Zeit zu gehen. Über Leipzig, kurzzeitig untergeschlüpft bei Helmut Schön, mit dem er früher Fußball gespielt hat, treibt es ihn nach West-Berlin. Ob er in der damaligen »Zone« jemals Antisemitismus gespürt habe, frage ich. Nein, sagt er. Nichts weiter, keine Begründung, keine Wertung.

Zu Beginn unserer Gespräche sind wir uns einig, daß Panik nichts bringt, daß es nötig ist, weit härter und konsequenter als bisher Gesetze anzuwenden, daß es für manche Brutalitäten andere als politisch zu definierende Gründe gibt und daß eben diese Gründe durch falsche und desinteressierte Politik entstanden seien.

Am Anfang der Gespräche scheint es, als glaubten wir beide an die Kraft der Vernunft. Es hat sich etwas geändert; durch die dauernde Wiederholung dieser Taten, jeden Tag aufs neue in konsequenter und böswilliger Dumpfheit, auch durch die Erkenntnis, daß da in aller Stille eine wenn auch noch so löcherige und verquaste »intellektuelle« rechte Ecke eingerichtet worden ist, kriechen Ängste und Besorgnis näher. Es gibt Juden, die auswandern wollen. Andere wollen sich bewaffnen. Die Reaktionen sind begreiflich, und Bubis, der noch immer zur Besonnenheit mahnt und auf die Verantwortung aller hinweist, versteht wahrscheinlich auch irrationale Reaktionen jetzt besser als zuvor. Jeden Tag, wahrscheinlich, etwas besser. Und das ist furchtbar für uns.

Einmal hat er das, bei sich, auch erlebt – eigentlich pralle vieles an ihm ab, und er nehme nicht übel, aber die Fassbinder-Geschichte damals, die sei an den gemeinsamen inneren Nerv gegangen. Da habe er zum erstenmal überlegt, ob er noch in Deutschland bleiben wolle. Nicht so sehr seine Ausgesetztheit als »böser Jude« habe ihn gestört, sondern der »linke Faschismus« in dem Stück – da sei nicht nur der persönliche, sondern der kollektive Nerv getroffen worden. Zur selben Zeit sei dieses SS-Treffen in Bayern gewesen, Zeit zu gehen, habe er gedacht. Die Fassbinder-Geschichte, dieses grob zusammengenagelte Stück, hat die Jüdische Gemeinde in Frankfurt gleichzeitig geeint und in Meinungsunvereinbarkeiten zersplittert. Das Stück war weit weniger wichtig als die Diskussionen, die sich in jenen Tagen fast ohne Pause ereigneten, ohne Schonung. Eindeutigkeit war für andere weit mühsamer zu erzielen als für Bubis.

Was die andere große Auseinandersetzung in Frankfurt angeht, den leidenschaftlichen Streit um die Bebauung der ehemaligen Judengasse, gibt Bubis Versäumnisse der Jüdischen Gemeinde zu, ohne lang zu fackeln und zu erklären. Das würde heute anders laufen, sagt er. Was die religiösen Fragen betrifft, kann man ihn sicher als liberal bezeichnen. Er lebe in der Tradition, sagt er. Ob er die Feiertage einhalte? Im Rahmen des Möglichen, sagt er und lacht. Sein Vater sei irgendwann zur Zeit des Laubhüttenfestes umgekommen. Dessen letzter Tag gelte ihm. Er, sagt er, müsse die Gemeinde zusammenhalten, die verschiedenen Richtungen, und er nennt Orthodoxe, Liberale und Kulturjuden – aber eine Jüdische Gemeinde sei keine Folkloregemeinschaft. Das eben bedeute Judentum nicht. Es sei nötig, der Jugend in der Gemeinde all das zu geben, was sie brauche, auch um orthodox zu sein. Was davon sie letztlich annehme, stehe bei ihr. Aber es müsse alles Notwendige dasein.

Die Jüdische Gemeinde Frankfurt ist wichtig, für einen neugierigen und lernwilligen Nichtjuden immer wieder spannend und anregend. Bubis weiß, wie notwendig es ist, daß die Jüdische Gemeinde kulturell sichtbar anwesend ist. Das große Gemeindezentrum in der Savignystraße ist bei Veranstaltungen fast immer überfüllt – aber es geht nie ohne starken Polizeischutz. Auch der Kindergarten und die Schule müssen geschützt werden. An manchen Tagen könnte man verzweifeln, wenn man das genau bedenkt, das und alles, was sich tagtäglich abspielt. Es bedarf also einer Sorte Menschen an der Spitze von Institutionen, die sich durch Hysterie nicht hysterisieren lassen und die einem anonymen antisemitischen Anrufer schon mal ein kräftiges »Leck mich!«, aber natürlich voll auszitiert, mit auf den Weg geben.

Wie er das eigentlich macht, diese tausend Termine in immer gleicher Ruhe und Präsenz durchzustehen, dabei durchaus leidenschaftlich in der Sache, habe ich nicht ganz herausfinden können. Er sei nie krank, sagt er. In vierzehn Jahren Rundfunkrat habe er in genau zwei Sitzungen gefehlt. Er kann es bei anderen nicht ausstehen, wenn sie sich in ein Gremium wählen lassen – egal, in welches – und dann nicht kommen. Urlaub? Ja, da sei er vierzehn Tage in Israel, aber da gebe es auch Geschäfte, sein Hotel in Tel Aviv – ob es ihm nicht weh tue, frage ich, wie diese wunderschöne Bucht, an der Tel Aviv liegt, mit diesen grausamen Betonklötzen und Straßen kaputtgemacht sei? Er schaut mich überrascht an, sagt, daß ihm nur eines von denen gehöre, und kann offenbar wirklich nicht verstehen, daß ich das so sehe. Er lehnt meinen Blickwinkel nicht ab – er hat nur einen anderen. Ja, das sei also die Sache mit dem Urlaub, auch das ist sicher nicht zur Freude seiner Familie so: Und einmal im Jahr geht er vierzehn Tage in den Jägerwinkel. Inspektion und Ölwechsel, sage ich. Ja, antwortet er und lacht. Mehr brauche ich nicht.

Zum Müßiggang, zum Zweckfreien hat er überhaupt keine Beziehung. Bilder – einige davon sind in seinem Büro zu sehen – kauft er, weil er sie mag. Alles, was ich an Bildern bei ihm sehe, hat auf irgendeine Weise mit Ordnung zu tun. Da ist nichts Erzählendes, aber auch nichts Ungestümes, Ruhe, Klarheit, Übersichtlichkeit. Alte Karten, Stahlstiche, die mit der Geschichte der Juden zu tun haben – er zeigt mir die Darstellung des Sanhedrin, des alten jüdischen Gerichts, und beginnt nachzuzählen, ob er recht hat mit der Anzahl der Mitglieder. Er berührt die kleinen Figuren auf dem Bild, dreiundsiebzig müssen es sein, sagt er, und dreiundsiebzig sind es. Die Ordnung: Mir scheint das ein wichtiger Begriff für ihn, einer, an dem er sich bewußt oder unbewußt immer wieder orientiert.

Das oft behauptete, oft auch nur als pathetischer Begriff mißbrauchte kreative Chaos kann ich mir bei ihm nicht vorstellen. Vor Jahren habe ich ihn einmal in der Oper beobachtet und mir, weil ich über das Bild, das er bot, so erstaunt war, den Eindruck notiert. Nach einem gewissen Zögern lese ich ihm vor, daß er mir damals wie einer vorkam, der sich verzweifelt fragt, was all die Töne sollen, warum zum Teufel alle Leute um ihn herum so begeistert sind und um was er denn da betrogen werde. So habe er dreingeschaut, sage ich. Er ist überhaupt nicht beleidigt und lacht. Das stimme, sagt er. Wenn überhaupt Musik, dann Bach. Da ist sie wieder, die Ordnung, das Helle, Klare, weit entfernt von den nie ganz ungefährlichen deutschen Düsternissen, ohne die unsere Kunst nicht auskommen kann. Von der manchmal sehr verführerischen, immer etwas gewissensbelastenden Süße von Wagner bis Wenders weiß er wahrscheinlich gar nichts. Dafür hat er kein Wahrnehmungsorgan, glaube ich. Ordnung, wenn jemand das überlebt hat, was er überlebt hat, ist sicher ein Halt. Es ist die Struktur eines Lebens, das man »preußisch« im literarischen Sinn nennen könnte. Pflichterfüllung, aber auch Lust an der Herausforderung.

Fast mitleidig ist er in den letzten Monaten immer wieder gefragt worden, ob er die Last seines Amtes, wenn er gewußt hätte, was auf ihn zukomme, noch einmal auf sich nehmen würde. Man sah ihm manchmal an, daß er das eine läppische Art zu fragen fand, wenn er auch zu höflich ist, das deutlich zu sagen – denn gerade der Kampf und die Schwierigkeiten reizen ihn, der unermüdliche Versuch, das Licht der Vernunft in die Schmutzwinkel der Gesellschaft leuchten zu lassen – jener einfachen Vernunft, die so schwer durchzusetzen scheint.

Respekt voreinander, Toleranz, Hilfsbereitschaft, Zivilcourage – lauter ganz einfache, schwer erreichbare Tugenden. Daß es eine Sisyphosarbeit ist, scheint Bubis nicht zu stören. Dafür hat er seine geheimnisvolle Fähigkeit des »Wegwischens«. Wie oft hat man den Satz, daß Gott dem, dem er ein Amt gebe, auch den Verstand dazu gebe, schon anzweifeln müssen – aber hier stimmt er ganz genau.

Der letzte Klabautermann: Fritz Graßhoff

Hast du den Namen Graßhoff schon mal gehört? fragt die Goethe-Instituts-Bibliothekarin Elisabeth, da bin ich noch gar nicht richtig in Montreal angekommen, kämpfe mit den Stunden, die mir fehlen, und den Straßen, die mir zuviel sind, und nicht zuletzt mit dem Gedanken, jetzt noch weiterfahren zu müssen, wenn auch nur grade mal um die Ecke, so drei Stunden etwa. Natürlich! sage ich, wie aus der Quizsendung entlaufen, *Halunkenpostille!* Sonst weiß ich nichts mehr, aber ich werde dafür gelobt. Immerhin! sagt Elisabeth zufrieden, und ich sage noch hinterher: Den gibt es ja nun auch schon lange nicht mehr! Wieso? fragt sie, aber irgendwie triumphierend, das denkst du nur. Das denken drüben viele! Der lebt hier ganz fidel, ganz in der Nähe! So drei, vier Stunden weit weg? frage ich, weil ich denke, daß sie Witze macht, denn davon wüßte man doch bei uns, drüben. Schließlich war die *Halunkenpostille* ein Dauerseller, ein vielverschenktes, vielzitiertes, vielgeliebtes Buch, von angenehmer Rotzigkeit, ein Nachkriegs-Villon, dieser Fritz Graßhoff. Nein, sagt Elisabeth, so weit ist er gar nicht weg. Nur eineinhalb Stunden. Ein Katzensprung in Kanadas Weiten! Da möchte ich gern hin! sage ich immer noch ungläubig, und so ist es gekommen, daß ich den Halunkenpoeten kennenlernte und nun versuchen kann, eine Geschichte über ihn zu schreiben, über sein kanadisches Versteck und seine Odysseen und seine merkwürdige Liaison mit der Literatur. Vielleicht ist die Malerei seine wirkliche Liebe, jetzt, da er zu einer trügerischen Ruhe an einem schönen, giftigen kanadischen See gekommen ist. Aber eines nach dem andern.

Doch eines noch zuvor: Als ich, wieder zu Hause, in den Buchhandlungen nach Graßhoff-Büchern suchte, gab es nur drei bunte Bändchen, Geschenkbücherchen, die man an eine Weinflasche binden kann, ein rotes, ein gelbes und ein grünes. Das ist alles, was hier von ihm übriggelassen wurde, und das hat er nicht verdient. Keine Spur von einer richtigen Ausgabe mit den Graßhoff-Liedern, verschwunden sein Roman *Der Blaue Heinrich.* In seiner Piratenbescheidenheit hatte er mir in Kanada gesagt: »Da habe ich Weltliteratur gemacht. Es hat nur keiner gemerkt.«

Bestimmt einmal jede Woche ist im Radio das Lied »Nimm mich mit, Kapitän, auf die Reise« zu hören – und das ist auch von ihm. Es wird nur nie dazu gesagt.

Genug der Sprünge von Deutschland nach Kanada und retour. Bleiben wir in Kanada, es ist am Ende eines wie immer langen Winters, und ich sehe in Montreal Leute, die ungeniert in die Zweige der Bäume beißen, weil die Knospen dicker werden. Um ein armseliges blaues Szyllablütchen versammeln sich Dutzende von Erwachsenen, die kümmerlichen Blättertüten der Tulpen sorgen für gerührtes Entzücken in den Gesichtern. Was für ein Land, was für ein Klima! Warum in aller Welt ist er dorthin gegangen? Am letzten Tag meines zweiwöchigen Kanada-Besuchs erfüllt sich mein beharrlich angemahnter Wunsch, und wir fahren zu Graßhoff, einem deutschen Dichter, aufs Land. Lange Zeit hält die Montrealer Stadtkrake uns fest, Highways und Tankstellen und Wohnviertel und wieder Kreuzungen und Motels, kein Ende. Tröstlich nur das viele Wasser, umgeben von schwärzlichem Gebüsch und langsam erwachenden Wiesen. Hört denn die Stadt nicht auf? frage ich, und die kanadaerfahrenen Deutschen lachen, weil sie sich über meinen Mangel an Sinn für Größe amüsieren. Es ist aber auch keine richtige Weite, die ich sehe. Du warst nicht lang genug da! sagen sie. Doch wann ist wirklich »lang genug«?

Graßhoff hat vorher in Celle gewohnt, auch jahrelang an der Bergstraße, lang genug für ihn. Wir kommen allmählich, mühselig aus der Stadt heraus und in Orte, wie ich sie vor mir gesehen habe bei der Lektüre von Margaret Atwood oder gewissen amerikanischen Krimis, in denen das Verbrechen aus der Bewegungslosigkeit zu entstehen scheint. Holzhäuser in bunten Farben, glitzernde Ufer und leise schaukelnde Boote. Ein weißes Postamt und sehr wenig Kneipen. Arrangements von weißen, verlassenen Korbstühlen in kahlen Gärten. Der See ist zu groß, als daß man das andere Ufer ahnen könnte. Kirchen, in deren Turm man die Glocke sehen kann. Sind wir bald da?

Graßhoffs wohnen in einem besonders schönen Haus, das sich ans Seeufer duckt, breit und vertrauenerweckend. Der Dichter hat eine Familie. Da stehen sie vor dem Haus, Vater, Mutter, Sohn und Schwiegertochter. Nachher, beim Abschied, werden sie genauso da stehen, und ich werde das Gefühl haben, sie schon jahrelang zu kennen. Das geschieht einem nicht oft. Das Haus nimmt uns in eine Umarmung von nachlässiger Freundlichkeit, da ist nichts inszeniert und nichts für andere Augen arrangiert. Vielleicht wirkt es deshalb wie das Heim etwa eines Kapitäns (oder auch Freibeuters), der sich mit einem Berg Erinnerungsstücke zur Ruhe gesetzt hat nach vielen Fahrten. Bücher, kleine Figuren und Antiken, Bilder, allerlei Zirkus- und Jahrmarktsgerät, Orchestrions und Spielorgeln. Neunzehnhundertachtundachtzig ist Fritz Graßhoff fünfundsiebzig geworden, und sein Verlag in Deutschland hat ihm nicht einmal gratuliert. Totgesagt war er auch schon, erzählt er heiter. Ich muß mich nicht mehr schämen, immerhin hatte ich ihn ja nur totgedacht, und das voll Bedauern. Die leben, Gott sei Dank, am längsten, sagt seine Frau sehr fröhlich. Wir sind mitten in eine glückliche Familie geraten. »Wo setzt man Dich ein, Verquerer? / Wo setzt man Dich an?« Ist das ein Exil oder nicht? Verläßt man die Heimat, weil die sich nicht um einen schert? Oder wird sie wirklich immer enger, und wir Dringebliebenen merken es nur nicht? Wie phantastisch muß es hier im Sommer sein, sage ich zur ganzen Familie, der es gelungen ist, eine kanadische Schwiegertochter aufzutreiben, die sich ihnen, ihrem Leben und ihren Wünschen vollständig einfügt. Sie kann sogar Bier brauen! Na, sagen die Graßhoffs, denken Sie nur nicht, daß Sie in den See gehen könnten! Der ist viel zu vergiftet von den Massentierzüchtern. Nitrate. Und Graßhoff schaut über das Wasser und sieht grimmig aus. Auch hier? Ist es denn mittlerweile überall dasselbe? Reden wir lieber über das Schreiben oder über das Malen? Zuallererst werde gegessen, sagt er, sonst kann man ja nicht vernünftig reden! Der Tisch, dem man ansieht, daß nicht selten große Runden an ihm sitzen, ist gedeckt, es gibt vegetarisch, und man vermißt gar nichts. Sie hätten auch Fleisch haben können, sagt der Hausherr, wir nehmen es nicht so weltanschaulich. Eine Schüssel mit Sprossen, an denen gar nichts auszusetzen ist, weist er zurück. Hängt sich in die Zähne, das Zeug, sagt er und lacht. Das schwiegertöchterliche Bier ist so gut, daß man es gar nicht glauben sollte – aber was ist das hier? Ein Platz wahrscheinlich, wo vier Leute genau so leben, wie sie es für richtig halten, wenig im Einklang mit den Nachbarn. Da ist sicher eine stumme Fremdheit, die einen sind Jäger (»im Herbst flüchten immer die Enten zu uns, aber da kennen die Kanadier nichts, bei der Jagd respektieren sie keinen privaten Grund und Boden«), die anderen irgendwelche Werbe- oder Modeleute aus Montreal, die das Landleben chic finden.

Die Leute seien hier nicht anders als anderswo, sagt er. Aber man hat mehr Platz. Die Luft ist besser. Nicht so geschichtsschwer. In einem Brief wird er später deutlicher: »Ich bin nicht im Zorn ausgewandert. Bin nur so … gegangen. Mein ›Vaterland‹ hat mir mehr Schläge verabfolgt als Freundlichkeiten. Es hat mich – weiß Gott! – nicht zum Patrioten erzogen (wie Seume nicht und Herder, Schopenhauer, Brecht, Jaspers und und und ...). Dafür hat es mich das Fürchten gelehrt ...« Graßhoffs lebensbestimmende Erfahrung ist der Krieg. Es sind in Deutschland nicht mehr viele, die einsehen, daß es ein oder mehrere Leben dauert, über diese Zeit nachzudenken und auf verschlungenen Wegen immer wieder zu ihr zurückzukommen. Wenn man Graßhoffs Roman *Der Blaue Heinrich* liest, wird man in diese verschlungenen Wege mit dem immer gleichen Ziel hineingeholt, ob man will oder nicht. Die meisten wollen das nicht mehr. In diesem Buch ist von vergangenen Gefühlen, Freuden und Fähigkeiten die Rede. Es erzählt von der Anarchie des Endes und des neuen Anfangs, der keiner war. Es erzählt in einem Ton, den man lange vergessen hatte, schnoddrig, sehr artifiziell, ohne Klage. So, als ob er auf literarisch hohem Niveau sagen wollte: Der Indianer kennt keinen Schmerz.

»Ich habe jeden Satz sechzigmal geschrieben«, sagt Graßhoff, und wir sitzen in seinem Erinnerungszimmer, seinem Jahrmarkts- und Zirkuszimmer und schauen auf den See, der in Wirklichkeit ein Fluß ist, aber wie soll man das in diesem übermäßigen Land auseinanderhalten können – »mindestens sechzigmal. So lang, bis die Sätze rund waren wie Kiesel.« Das Buch ist 1980 erschienen und in die falsche Zeit geraten. Graßhoff verbirgt seine Enttäuschung nicht. Zwischen den Stühlen wähnen sich natürlich alle Autoren – dieser aber sitzt wirklich zwischen allen Stühlen. Vielleicht denkt er, behaust wie er jetzt ist, nicht einmal mehr darüber nach. Aber auch er ist ein Beispiel dafür, wie schwer man es hierzulande mit dem Heiteren hat und wie schwerfüßig damit umgegangen wird, was – das liegt in der Natur der Sache – dieser Gattung nicht bekommt. Leicht und seicht ist ein unerbittliches deutsches Reimpaar, und viele haben das schon zu spüren bekommen – auch ganz Große. Und sie bekommen es immer wieder zu fühlen, auch die Neuen, die man in die Bänkelsängerecke stellt. Tief muß es hierzulande zugehen, sonst wird man, wie ein mittlerweile nicht mehr ganz berühmter Kollege von Fritz Graßhoff meinte, zum »Parterreakrobaten« der Literatur. Sie konnten darüber ihre schönen, bitteren Lieder singen, Morgenstern und Endrikat und Ringelnatz und Tucholsky und Törne, und wie sie alle hießen. Als er ein Schüler war, erzählt Graßhoff, habe er Klabund so bewundert. »Auch einer, den keiner mehr kennt«, sagte ich. »Ach, hab' ich gedacht« – sagt Graßhoff – »Klabund, du bist da oben, und ich bin da unten und muß noch ein bißchen leben – gib mir noch einen Satz. Denken Sie sich, er hat mir einen gegeben – und dann habe ich nachgeguckt und ihn gefunden!« Das Zimmer erzählt Geschichten, der Dichter und Maler tut es auch. In Quedlinburg ist er geboren, der Vater war ein Seemann, der sich erfolglos in einem Landberuf versuchte – als Kohlenhändler. Da war schon irgendwas von Anfang an quer ins Leben gebaut, aber das ist für Dichter ja gar nichts Schlechtes. Eine Universität des Rotwelschen habe es in Quedlinburg gegeben, erzählt Graßhoff. Auch wieder so was! Aber die Gaunersprache, das ist wahr, muß er irgendwo gelernt haben, denn er arbeitet sie immer wieder kunstvoll in Gedichte und Prosa ein. Es ist eine fremde Sprache – auch Erinnerung an eine von den Nazis ermordete Welt. Die Zinken (*Gaunerzinken* ist der Titel eines der Miniaturbüchlein, die man zur Zeit von Graßhoff kaufen kann) – die Zeichen der Nichtseßhaften an den Türen der Bürger – sind wie Hieroglyphen. Ich habe sie als Kind noch da und dort gesehen, und meine Großmutter verriet mir die Zeichen für »Geizhals« oder »Böse Frau«, weiß der Himmel, woher sie die kannte.

Jetzt habe ich schon seit Jahren keine mehr gesehen, an Eloxaltüren werden sie wohl nicht halten, und auch die Bettler sind anders geworden. Ob es in Kanada welche gibt? Ich habe Graßhoff nicht danach gefragt, denn mir scheint, daß ihm die Luft und die Weite des Landes näher sind als die Menschen. Es kümmert ihn auch nicht sonderlich, daß sein Englisch so na ja ist und sein Französisch eher gar nicht vorhanden. Aber Griechisch und Latein kann er, denn ein Poeta doctus ist er auch. Immer mehr Seiten läßt er sehen und lacht über die Verblüffung des Gegenübers, das ihn aufgestöbert hat. Es freut ihn, aufgestöbert worden zu sein, wirklich wichtig ist es ihm nicht. »Und macht nich halt – / Vor Thröne nich und Kronen.« Und gab es außer der rotwelschen Universität noch was in Quedlinburg? Ja, das Alte. Und Klopstock. Und eine Lehre als Kirchenmaler – später sehe ich, daß davon etwas Seltsames übriggeblieben ist, Bilder wie Kirchenfenster, aber bei den Bildern sind wir noch lange nicht. Die Liebe auch. Die Nazis. James Joyce beschrieb einen einzigen Tag, und er brauchte ziemlich viele Seiten dafür. Fritz Graßhoff – das sagt er nicht selber – beschreibt vielleicht eine einzige Straße, die Straße seiner Kindheit und Jugend in Quedlinburg. Mitten in Kanada überfällt mich eine große Lust, diese Straße und diese Stadt zu sehen. Er hat sich Wörter aus dieser Straße, die er eine Proletarierstraße nennt, mitgebracht. Es ist nicht so wichtig, ob man »das Idiom der Abgedrängten« gleich versteht – es hat einen eigenen Klang. Im *Blauen Heinrich* findet man ihn genauso wie in den Gedichten und Liedern. Über den Krieg weg war diese merkwürdige Sprache noch zu retten – aber durch die Verknappungssucht der Neuzeit hindurch? Für die Schublade, sagt Graßhoff ironisch, ohne Bedauern in der Stimme. Das Klagen und Bedauern scheint ohnehin seine Sache nicht zu sein, und für manch zartgewebten jüngeren Kollegen hat er Sätze übrig, die vielleicht nicht druckfähig, aber sehr behaltenswert sind.

Er ist ein Fossil. Er ist ganz sicher ein Macho, ein Pater familias, ein Straßensänger und Klabautermann. Ach, wie wenig paßt das in die Welt der Seelenyuppies und der durchgestylten Untergangspropheten. Wie in einem Hans-Albers-Film sitze ich in Hudson, Quebec, und könnte immer mehr hören. Zum Beispiel die Sache mit den Schlagern – das habe er immer unter seinem Namen gemacht und gar nichts dabei gefunden, denn die Sache ernähre ihren

Mann. Schließlich, fällt mir später ein, hat der vernünftige Doktor Benn gesagt, ein Schlager sage über sein Zeitalter manchmal mehr aus als eine Motette – oder war es Symphonie? Egal, der Sinn bleibt der gleiche, und glücklich der Dichter, der bei der Gema eine Rente in Gestalt von »Käpt'n Bye Bye aus Schanghai!« liegen hat. Welch ein Reim!

Krieg noch immer und Malen und Dichten mittendrin, aber andere Themen. Krieg als Thema scheint er erst spät in die endgültige Form gebracht zu haben. Zu spät vielleicht? Als er dann in der schönen Stadt Celle gelandet war, habe ganz in der Nachbarschaft Arno Schmidt gesessen und räsoniert. Kein Kennenlernen, leider! Hätte sicher ganz gut gepaßt, denke ich mir. Er seinerseits sei dort in der Heide auch nicht gerade auf Rosen gebettet gewesen. Warum er sich dann, 1956, malend und schreibend, als rosenspendendes Land Schweden ausgesucht hat, weiß ich nicht. Es wird wohl wieder die Weite gewesen sein, die Entlastung von Geschichte und nicht zuletzt ein seelenverwandter Dichter, den er ins Deutsche übersetzt hat – nie erschien das. Nur Proben. Bellman heißt der Dichter.

Sechs Jahre Schweden, zwischen »Kleinbauern und Hünengräbern«, aber doch keine Heimat. Als ob Heimat so wichtig wäre. Also besser: Kein wirkliches Anwachsen. Wieder zurück nach Celle, wo, wie überall, die sechziger Jahre mit Macht begonnen hatten. Aber im Graßhoffschen Kopf wohnten sie doch alle noch, die immer bleicher werdenden Gestalten der Gauner und Fahrenden, der vertriebenen Juden, der Landser und der Heimkehrer aus allen Richtungen und Finsternissen. Wollte man das hören? Nein. Also schrieb Graßhoff Unterhaltung und schmuggelte seine Gestalten dazwischen, so, daß es vielleicht keiner merkte.

»Ich kam zu den Soldaten / Und was ich erblickte, war mein. / Wir wollten den Globus braten, / Doch war die Pfanne zu klein.« Von seiner *Halunkenpostille* werden bald hunderttausend verkauft im Laufe der Jahre, seine Texte werden vertont. Eine Schallplatte liegt vor mir, da singen Gustav Knuth und Hannelore Schroth und Hanne Wieder und Inge Brandenburg und noch viele bekannte Leute Graßhoffs Texte. Wenn man sich hinsetzt und zuhört, ist es wie ein leiser Duft nach einer Zeit, als schwarze Zigaretten und starker Schnaps noch nicht durch Wochenendseminare und Perrier mit einem Eßlöffelchen Weißwein abgelöst waren. Es riecht nach Kellern und Heldentum und sehr viel Sarkasmus. Vielleicht hat es in Paris so gerochen.

Dennoch ist die Kluft zwischen Popularität und Unbekanntheit bei ihm größer, als es die veränderten Zeiten und der Mangel an Erinnerungsfähigkeit und -lust erklären könnten. Auch der Ortswechsel ist kein zureichender Grund, andere Dichter haben sich vergrämt oder enttäuscht noch viel weiter wegbegeben als Graßhoff – ich meine das erste Exil in Schweden –, und man hat dennoch ihre Stimmen gehört. Er selber weiß keinen Grund, oder er sagt keinen, aber es scheint ihn nur mäßig zu verbittern, und sein Vagabundengelächter behält meist die Oberhand. Allerdings hat er sämtliche Namen derer parat, von denen er mal einen Verriß bekommen hat, es sind sehr Prominente dabei, und wieder sind seine Kommentare zu diesen Kollegen leider nicht druckbar. Leider! Nun sitzt er also in Kanada, und das sollte weit genug weg sein, um allfällige Kränkungen mit Gelassenheit zu sehen.

Gelassenheit paßt aber nicht zu ihm, und so pfeift er lieber auf den Literaturbetrieb in schrillen Tönen und geht in sein Atelier. Bevor wir kamen, hat er aufgeräumt, und so stehen die Bilder artig zuhauf an den Wänden, und die Zeit reicht kaum, sie alle zu sehen. Die Malerei und das Zeichnen haben ihn immer begleitet. Wie beide Künste, das Abbilden und das Schreiben, in ihm selber die Waagschalen hoben oder senkten, ist schwer zu sagen. Es sieht so aus, als habe in Kanada die Malerei die gewichtigere Position, aber was weiß man?

Es sei eine ganz neue, freie Art des Arbeitens für ihn an seinem See-Fluß, sagt Fritz Graßhoff, mehr als zweihundert Tafelbilder hat er in den fünf kanadischen Jahren gemalt (er sagt »hingeschüttet«) und über tausend Zeichnungen. Er hat sich sein eigenes Bilderweltall geschaffen, wer zu lesen versteht, bewegt sich vergnügt in den literarischen, philosophischen, religiösen und mythologischen Anspielungen, die er auf eigenwillige Weise mischt. Früher war er abstrakt, lese ich. Jetzt ist er gegenständlich, manches erinnert an Höhlenbilder, anderes an Kirchenfenster, Karikaturen oder chinesische Rollbilder. Doch so unterschiedlich sind sie, und doch unverkennbar aus einer Hand, in einem Blick. Blick? Da ist irgend etwas, und er erzählt es dann auch, die schrecklichen Folgen nicht verschweigend. Bei einem Unfall in Schweden hat er ein Auge verloren, was jahrelange Sehunsicherheiten und Gleichgewichtsstörungen zur Folge hatte. Er konnte nicht mehr malen. 1950 habe ihn seine Frau Roswitha am »Allewerden« gehindert, sagt er.

Damals heirateten sie. Ich kann mir gut vorstellen, daß sie ihn auch aus der Bedrängnis des Sehverlustes herausgeholt hat. Man traut es ihr zu, mit ihren Kräutern, ihrer schönen Art zu lächeln und ihrer ruhigen Wärme. Ich habe noch nie jemanden wie sie gesehen! So viele verschiedene Elemente, die so gut zueinander passen. Sie ist sich der Heilkraft ihres Grünzeugs und der Gefahren der Schulmedizin sehr sicher – aber nichts an ihr erinnert an die rechthaberische Vermieftheit manch einheimischer Naturapostel und Apostelinnen.

Doch sie hat ihm, denke ich, entscheidend geholfen, denn ich stelle ihn mir schwierig vor – einen Mann wie ihn und dann ein solches Handikap. So fängt er dann, denn kämpfen kann er wohl, wieder an zu malen, im Sitzen, da es ihm vor der Staffelei schwindlig wird. Winzige Formate, wunderschöne Miniaturen, die er jetzt aus einer Art Keksschachtel holt und vor uns ausbreitet. Immer wieder wundere ich mich über den Reichtum, der da weit weg in Kanada entsteht, Worte und Bilder, einfach um ihrer selbst willen. Richtig erholsam ist das, wenn man aus der europäischen Verwertungs- und Vermarktungsenge mit ihren hohen Drehzahlen kommt – aber auch ein bißchen unheimlich. Wo holt er sich Anregungen? Mit wem setzt er sich auseinander? Ich wage nicht, nach Freunden und Kollegen zu fragen.

Vielleicht braucht er niemanden außer seiner Familie, nachdem er auch in Deutschland, in der tieffliegerdröhnenden Idylle der Bergstraße, mehr oder weniger unbeachtet geblieben war. So viele Dünnblütige, Tintenfingrige, Mißgünstige wußten sich ins rechte Licht zu setzen und hatten Erfolg. Er hat den auch kennengelernt, aber irgendwie schief, und wenn er darüber redet, erinnert er mich ein bißchen an Hans Albers, hoppla und trotzdem nicht weiterräsoniert. Hans Albers hat ja dankenswerterweise gerade eine Renaissance: Das ist sehr schön, aber mir wäre eine Renaissance für jemanden, der lebendig ist, und zwar sehr, lieber.

»Die Lampe in den Bergen / leuchtet so traulich bei Nacht / Und von den Sieben Zwergen / Wird einer umgebracht.« Ich habe, wie gesagt, nicht nach Freunden gefragt. Aber im *Blauen Heinrich* ist eine Schar von imaginären Freunden – besser Kumpanen und Kumpaninnen – versammelt. Ich erinnere mich an den Satz, den er ganz zu Anfang unseres Gesprächs gesagt hat: »Ich habe jeden der Sätze sechzigmal geschrieben, so lang, bis sie rund waren wie Kiesel.« Vielleicht hat er das noch mehr mit seinen Figuren gemacht: Sie so lang umkreist, bis sie richtige Menschen waren, nicht Schatten, nicht mit Meinungen angezogene Puppen. Seine Freunde sind aus Papier, aber höchst lebendig. Nur: Wer kann sie noch kennenlernen? Wem erzählen sie von den Jahren nach dem Krieg und den kleinen Gaunereien nach der ganz großen Gaunerei, vom Überleben und Durchwurschteln, vom Abenteuer des Zusammenbruchs und der Phantasie des vermeintlichen Neuanfangs? Graßhoff liebt sein Buch, und man hat ihn damit alleingelassen.

Immer, wenn er sich daran erinnert, kommt etwas wie Wut in seine Augen und in seine Stimme, aber kontrolliert und mit der besonderen Ironie, die aus der Nachkriegszeit stammt. Alles nicht so wichtig, aber es ärgert einen doch. Auf seinen *Heinrich* kommt er oft zu sprechen, auch als wir die Bilder ansehen und ich manche Motive und Arrangements wiedererkenne. Ein Tafelbild hat es mir besonders angetan, eine Ratte in der Falle, die mit einer Art zorniger Heiterkeit gemalt zu sein scheint. Viele seiner Bilder haben so eine finstere Lustigkeit – und da findet man dann auch nach einigem Suchen seinen zweiten Freundeskreis im Bild, Spinoza und Kafka und Seneca und viele, viele andere. Sich »ein Bild von ihnen« zu machen, die er verehrt, übersetzt und von denen er gelernt hat, ist ihm wichtig. Seine Porträts sind vertrackt ähnlich, das erreicht er mit einem eigenen karikaturistischen Strich. Nein, nicht karikaturistisch, aber ganz in der Nähe. Auch religiöse Motive finden sich immer wieder mit ironischer Brechung, mit einer Art von Ironie, die gelernt hat, ihren Gegenstand sehr ernst zu nehmen. Warum geht Fritz Graßhoff nicht nach draußen, warum macht er keine Ausstellung? Einen Katalog hat er auf eigene

Kosten drucken lassen. Ah, er hat keine Lust, abhängig zu sein! Will nicht antichambrieren, will nicht betteln und sich dem lachhaften Kunstbetrieb andienen und den Leuten nach dem Maul reden, nicht jetzt, nach so vielen Fahrten. Hat er nicht nötig. Leben kann er, wohl dem, der Evergreens zu schreiben versteht. Die Schlager sind eines der wenigen, aber vielbesuchten Türchen in die jüngste, ziemlich ruhmlose Vergangenheit, als – wir sagten es schon – der Schnaps und das bittersüße Heldentum noch was galten. »Nein, nein, das Seemannsherz / Ist nicht von Eisen, / Nein, nein, das Seemannsherz / Ist weich wie Priem …«

Verkaufen? Seine Bilder? Warum nicht, aber nur für einen sehr anständigen Preis! Er male schließlich auch sehr anständige Bilder. Aber ohne Kunsthändler gehe gar nichts, und da bräuchte er einen sehr guten, da doch alles irgendwie Mafia sei, bitte: Wenigstens dann begabte und professionelle Mafia. Ich kann mir nicht vorstellen, daß er sich so ohne weiteres von seinen Bildern trennen würde. Zu sehr, scheint mir, sind sie ihm Gesellschaft und Dialogpartner geworden, um sie einfach in fremde, womöglich unsympathische Hände auszuliefern.

»Können wir jetzt endlich Kaffee trinken?« ruft jemand aus dem Wohn- und Zirkuszimmer, während wir eine Tür weiter und sehr weit weg in den Bildern stecken. Jedem scheint dieses Haus Platz genug zu lassen, und man ist allein oder nicht, ganz wie es einem gefällt. Der Blick, da hat Graßhoff recht, dieser weite Blick aus der Behaustheit über das Wasser macht, daß man anders atmet. Der ganzen Familie liegt die Natur wirklich am Herzen, nicht als Proklamation oder modische Betroffenheitsattitüde, sondern tatkräftig.

In einem kleinen Glashaus stehen Hunderte von angesäten Pflanzen, ein Küchenzettel in nuce für das ganze nächste Jahr, in dem ein allzu kurzer Sommer Produkte für einen sehr langen Winter liefern muß. Der Sohn ist Geologe, freundlich und wissenschaftlich formuliert er drohendes Desaster. Kanada ist nicht unendlich, auch dieses Land verbraucht sich, auch dieses Land ist krank an der Blindheit und Gier seiner Bewohner. Die Wälder sind ausgefranst, der See versalzen. Die Tiere durch Jagd dezimiert und bedroht. Und doch scheint alles intakter als anderswo, weil da noch immer das Unsichtbare ist, die Weiten, von denen man weiß, die man aber nicht sieht. Man lebt hier, scheint mir, auch in einer Idee, einem Traum, Kanada als Synonym für Unbegrenztheit und schöne Wildnis.

Das sieht er, der angegrünte Dichter und Fahrensmann, ganz ohne Illusionen. Nirgendwo ist Paradies, nur gibt es Länder, die haben die Erinnerung daran aufbewahrt. Aber über die Bilder der Erinnerung an den Einklang sind andere gelegt, und die malt und schreibt Graßhoff im Exil: nur so, für die Schublade. Er öffnet sie ein wenig: »Unser Land / ist bewohnt von Leuten / und von mir. / Wir begrüßen uns freundlich am Morgen / und beschießen uns / wenn es dunkel wird / auf der Breitwand / ... Seine liebe Not / hat der Sommerwind / mit mancherlei Gestellen / im Gelände / (such of plenty a million dollars) / und den tausend nassen Fahnen ...«

Und wieder das Wasser in seinen Gedichten und wieder die Erinnerung an die Antike (»Wir leben am Schilf / Dem Charon heilig«). Immer aber fehlt seinen Texten der Ton der Klage, immer erfahren sie die ironische Brechung. Schon ganz klar, daß er in der kulturpolitisch verordneten Larmoyanz nicht leben könnte, schon klar, daß die hundertmal feierlich zelebrierten Qualen des Mittelstands sein Thema nicht waren und nicht sind. Er paßt nicht mehr hierher, schon lange nicht mehr, und ob er so ganz nach Kanada paßt, wird er sich nicht fragen. Fünfzehn Bücher zähle ich auf seinem Werkverzeichnis, Hunderte von Bildern stehen mit dem Rücken an der Atelierwand. Vielleicht gedeiht das ungestörte Lebenswerk nur auf diese Weise. Im familiären Mikrokosmos mit genügend Platz drumherum läßt es sich selbstbewußt und gemächlich weiterarbeiten. Die Erinnerungen an die Gestalten des alten, zerschlissenen Europa, die er liebt und die ihn bis nach Übersee begleitet haben, wird er nicht verlöschen lassen. Vielleicht halten sie sich dort sogar besser als hier, wo es immer feiner und immer enger und immer ordentlicher wird: seine Landstreicher und tätowierten Huren, die Seebären und Gauner, die Lumpensammler und Hafenbräute. Das Personal seiner Gedichte und seiner Prosa läßt die Gedanken zurückfliegen, ach, schade drum. Die Häfen vor der Erfindung der Container und die Gauner vor ihrer Ausrüstung mit Aufsichtsratsposten – wie schön und lebendig mag das damals gewesen sein! Nur Graßhoffs kunstvolle Rotzigkeit verhindert Nostalgie.

Wir haben ein paar Stunden gesprochen und wissen, daß da ein richtiger Abschied gar nicht sein kann. Alle vier Graßhoffs sind ein Stück Alte Welt, die es in der Alten Welt nicht mehr gibt. Das wissen sie wahrscheinlich, es ist aber überflüssig, das zu betonen. Auch daß man wiederkommen will, um noch tiefer in die versunkene Welt zu geraten, muß der Gast nicht eigens sagen. Wir fahren zurück nach Montreal, diesmal mit der Fähre über das große, braune Wasser, am anderen Ufer sieht man ein weißes Kloster. Ist hier der Wilde Westen oder die Schweiz? Die Landschaft kann sich nicht entscheiden, ich auch nicht. Sie haben uns noch lange nachgewinkt. Ehrfürchtig denke ich, daß ich ein Exemplar der aussterbenden Gattung »Richtiger Kerl« habe kennenlernen dürfen, Herz und Schnauze, rauh und freundlich. Klischees, aus der Erinnerungsrequisitenkammer mitten ins Leben zurückgeraten.

Einer, der sehr kompliziert ist und seine Verletzungen unter Disziplin und Arbeit versteckt. Vielleicht wird er zu den nächsten Geburtstagen endlich die Glückwünsche bekommen, die er verdient. Allerdings wird er auf die dann einen schönen, unverschämten Song pfeifen: »Die Moral, ihr wollt sie wissen? Also hört sie Euch denn an: / Kein Klavier ist so beschissen / daß man nicht drauf spielen kann.«

Ganz zum Schluß, wieder in Montreal angekommen, fällt mir ein, daß Piraten immer einäugig dargestellt werden.

Objekt der Begierde

Die Liebe hinterläßt schreckliche Spuren. Ausgeschlagene Augen, abgerissene Beine, aufgeschlitzte Bäuche sind keine Seltenheit. Nur ab und zu begegnet einem ein spurenloses Exemplar. Das ist dann nicht geliebt, sondern bewundert worden, und das wird leider nicht als Manko, sondern als Vorteil empfunden. Sollte Kasimir Edschmid recht haben, wenn er schreibt: »Sie haben keine Liebe und keinen Haß. Ihnen eignet keine Leidenschaft. Nie liegt Intrige in ihrer Gebärde. Sie scheinen ohne Würde, fast gering an Pathos, es geht nichts Bewegendes von ihnen aus ... Sie sind geschlechtslos, also ganz ruhig, ganz stille, nicht Aufnahme, nicht Hingeben. Sie sind der ideale Genosse. Sie sind da, und es liegt kein Zweck in ihrem Dasein.«

Woran mag er gedacht haben, der Dichter, der über Puppen schrieb? Was wußte er von der wütenden Besitzgier, die den Puppenliebhaber treibt, was von den dämonischen Operationsgelüsten, mit denen kleine Mädchen und, wenn man sie dazu anhält, auch kleine Buben, ihre Puppen malträtieren? Was wußte er vom Spiegel, den die Puppe bildet, wenn man sie stellvertretend für sich selber zwanzigmal umzieht und barbarisch schmückt? Sie waren und sind Mode im Kleinen, Liebe im Unbedrohten, willfährige Opfer, niemals Täter. Seit die Puppen aus der Tiefziehmaschine kommen und in Gestalt und Gewandung winzigen Prostituierten gleichen, wächst die Sammlerlust auf die älteren Schwestern, die nicht minder unkindlich, aber eben nicht beliebig wiederholbar sind. Oder doch? In Kaffeegeschäften und Souvenirläden werden »Nostalgiepuppen« angeboten, Kopien von Massenmodellen der Jahrhundertwende mit gläsernen Glupschaugen und maschinengenähten starren Kleidern. Es sind Zombiepuppen, tot, weil sie so heil sind. Den kundigen Händen einer gesunden Sechsjährigen mag es gelingen, diesen Grabescharme in etwas Lebendiges zu verwandeln, überlassen wir das Ding also ihr, wenn sie es haben mag und nicht die Kohlkopfkarikaturen vorzieht, zu deren Weichplastik die Firma auch eine Art Taufschein liefert. Die Wege im Herzen eines kleinen Mädchens – und, wenn man sie dazu anhält, eines kleinen Buben – sind unerforschlich, und wir sollten die Liebe ruhig liegenlassen, wo sie hingefallen ist.

Schon lang sind wir ja aus dem Kindheitsland vertrieben und suchen ein Seitentürchen, um nochmal hineinzukommen, für Stunden wenigstens. Prestigeträchtig soll das Seitentürchen aber auch sein. Das Sammeln alten Spielzeugs, vorzugsweise das Puppensammeln, hat deshalb schon seit Jahren Konjunktur. In Luxushotels und Konzertsälen werden in Abständen Puppenbörsen veranstaltet, anderntags kann man dann in der Zeitung Preise lesen, als sei es um feine Autos oder Juwelen gegangen. Dabei waren es doch nur Spielsachen, mit denen nicht mehr gespielt werden darf. Wenn vorher zuviel mit ihnen gespielt wurde, drückt das den Preis. Die unvergänglichen Zeichen der Liebe, die Küsse, Bisse und Risse heißen »Beschädigungen«. Da gilt es als besser, wenn das Objekt der Begierde auch in seinen aktiven Zeiten wie in einem Museum gehalten wurde. Wir gehen durch die Puppenbörse und lernen, die Blicke auszuhalten, die gleichmütig durch uns hindurchgehen, diese hundertfachen gläsernen oder gemalten Blicke. Einer echten Sammlerin macht das nichts aus. Sie packt die Puppe wie ein totes Karnickel im Genick, löst die Perücke im Nacken ab und sagt: »Aha!«

Meist bedarf die routinierte Sammlerin aber der Bestätigung durch das im Puppennacken eingeprägte Manufakturzeichen gar nicht, sie hat es längst vorher gewußt, hat sich über geschlossene oder offene Lippen, Mohairhaar und nachgemachte Hände und Beine kundig verbreitet, hat die Säume der Kleidchen geprüft und »stockfleckig« gesagt. Sie hat (männliche Puppensammler sind sehr selten, was nur zeigt, daß man ihn nicht rechtzeitig zur Puppenliebe angehalten hat) von den bekannten Manufakturen schon mehrere Exemplare zu Hause in einem Glasschrank, aber das macht nichts: Man kann gar nicht genug Puppen haben, und erst die Menge erzeugt den Eindruck von Ernsthaftigkeit und Wissenschaftlichkeit.

Bei den Puppensammlerinnen kann man die Skala von der Liebe zur Manie, von der zarten Zuneigung bis zur blinden Gier kennenlernen. »Sammeln heißt, sich auf etwas außerhalb der eigenen Persönlichkeit

Liegendes konzentrieren können, das aber nicht so gefahrvoll und undankbar ist wie eine geliebte Frau ...«, schreibt Peter Altenberg. Da sieht man wieder, daß das Sammeln die Domäne der Männer nicht ist. Auch auf einschlägigen Auktionen sind sie eher Jäger, wie angeblich seit alters her. Geduldiges, selbstgenügsames Zusammentragen ist nicht ihre Sache.

Im wachsenden Heer der Sammlerinnen fallen ein paar irritierte, dennoch süchtige Anbeterinnen des Fetischs Puppe kaum auf. Man erkennt sie daran, daß sie niemals einer der unbeweglich dasitzenden unberührbaren Figuren ins Genick gucken. Gleichgültig gehen sie an den aufgereihten restaurierten und gewaschenen Schönheiten vorbei, bis sie einen bestimmten Blick, einen Sprung im Gesicht, eine besondere Art der Hände sehen. Dann ist es passiert, der Verstand setzt aus, der Verkäufer läßt seinen Preis schnell noch ein Stückchen steigen, die Süchtige weiß das: Aber sie kann sich auf einmal nicht mehr vorstellen, ohne diesen Blick, ohne dieses zerbrochene Gesicht in ihre plötzlich sterbenslangweilige Wohnung zurückzukommen. Manchmal geht es aber nicht, weil keine Bank einen größeren Kredit für eine Puppe lockermacht, klug, wie Banken sind. Eine Puppe ist kein harter, sondern vielmehr ein sehr weicher Sachwert, und zerbrechlich obendrein.

An dieser, spätestens an dieser Stelle wird eine kundige Sammlerin sagen: Sie versteht überhaupt nichts von Puppen! Sie weiß nichts über Manufakturen, über die sichere Steigerung des Werts bei den französischen Puppen, über die Teuerung bei den Charakterbabys, über die Wertanlage in frühen Kruses! Und die Sammlerin hat recht, denn ich weiß wirklich nichts darüber. Ich weiß nur, daß meine Erwerbungen deshalb nicht existenzvernichtend waren, weil ich mich immer in die Fehler des Objekts verliebt habe, also in den Sprung im Kopf, in das verrutschte Auge oder den angekratzten Mund. Und das war immer preissenkend, kein Händler, der das nicht wortreich bedauerte, keiner, der verstanden hätte, wenn ich ihm sagte, daß ich den Fehler kaufen wolle und die Fehlerfreie mich nicht interessiere.

Immer wieder der seltsame Versuch, Tradition und Makellosigkeit zu vereinen, daß das nicht gehen kann, weiß man. Dennoch werden die Risse überpinselt, die Wunden verklebt. Eine Puppendoktor-Firma wirbt sogar damit: »Was zwei Weltkriege überstanden hat, hat ein Recht auf Restaurierung.«

Gesammelt wird, was Krieg und Liebe übriggelassen haben, und das ist nicht eben viel. Puppen, die vor 1800 gemacht worden sind, finden sich kaum mehr im Handel, und bei der Rekonstruktion früher Spielgewohnheiten müssen sogar die Museen auf Nachgemachtes ausweichen. Die Lumpen-, Kartoffel- und Holzpuppen der armen Kinder haben nicht überlebt, sondern sind jederzeit wiederholbar, und ihre Form hat sich seit Tausenden von Jahren nicht wesentlich verändert. Ob der Kopf eine Nuß ist oder ein Wollknäuel, der Leib ein Säckchen voll Reis oder mit kratziger Holzwolle gefüllt, das Kleid ein Jutestück oder ein alter Lappen – ein römisches oder afrikanisches Kind hat mit einander ähnlichen Puppenkindern das Leben gelernt und nachgeahmt. Irgendwann aber nahmen sich die Erwachsenen der Sache an, die Erzieher und die Künstler, von da an wurde alles anders, und die Unbefangenheit verschwand auf Nimmerwiedersehen. Die Puppen waren plötzlich nicht mehr Kinder, sondern Vorbilder, modisch und hochmütig.

Vielleicht hat alles mit den sogenannten »Mannequins« angefangen. (Sehr teuer! Gar nicht mehr zu kriegen!) Die schönen Püppchen wurden mit verkleinerten Modellkleidern herumgeschickt, die Geschichte ist oft erzählt worden, und die modisch informierte Mama gab vielleicht das Püppchen der Kinderfrau weiter, denn direkt ans Kind wird sie sich nicht gewandt haben. Diese Mannequins, oft ausgestattet mit einer kompletten Aussteuer von winzigen Unterröcken, Pelzmänteln, Handschuhen und Hüten, verpackt in ebenso winzige Koffer, waren nicht mehr recht zum Liebhaben, sondern sagten mit ihren stummen Mündern: So wie ich sollst du werden, so elegant und reich, so tadellos in der Haltung!

Vielleicht taucht der gleiche Gedanke in den Köpfen der Barbie-Puppen-Besitzerinnen von heute auf, wenn sie den endlosen Schatz an Schuhen, Federboas, Eislaufkostümen und Lederkombinationen betrachten, die in pinkfarbigen Schachteln auf Weihnachten oder Geburtstage warten. Die Puppe als Vor-Bild, nicht als Nachbildung. »Sie sind der große Spiegel, der alles genau zurückspielt, aber es wiedergibt, unbeteiligter, der Ferne näher gerückt und fremder geworden in der Strahlung.«

Die Sammlerin reagiert verdutzt auf Kasimir Edschmids Sätze. So hat sie es sicher nicht gemeint. Vielleicht hat sie ein schlechtes Gewissen, wenn sie dem Jagdtrieb wieder einmal nachgegeben hat und nicht ertragen konnte, daß die viel zu teure Simon & Halbig eine andere bekommt? Anstatt zu feilschen und auf die unzweifelhaft neuen Kleider und den geflickten Fuß hinzuweisen, hat sie sich in Panik versetzen lassen, als ginge es um die letzte Festspielkarte oder das vermeintlich letzte Pfund Spargel.

So was finden Sie im Handel kaum mehr, hat der Verkäufer auch noch gesagt. Wissen Sie, ich brauche nur die Frau X anzurufen, die nimmt sie mit Kußhand. Alle Sammlerinnen kennen Frau X, Frau X ist eine Art Rattenfänger von Hameln für Puppen, sie kann keine ruhig in irgendeinem Laden sitzen sehen, sie muß alle haben, denken Sie sich, zweitausend Stück in der eigenen Wohnung! Nicht gerechnet die Puppenstuben und Kaufläden, die köfferchengroßen Hutsalons und Küchen, kurz, diese ganze unbewegliche Welt in der Nußschale, die wir uns einrichten können, wie wir wollen. Nein, wir sind nicht so besitzgierig wie Frau X! Außerdem haben wir auch nicht die pekuniären Möglichkeiten, uns immer wieder für Zwecklosigkeiten arm machen zu lassen.

Wir können aber nicht leugnen, daß der Neid uns packt, wenn wir die Nachahmung einer versunkenen Welt in Gestalt von Puppen und ihren Behausungen in Läden und Museen anschauen, es juckt in den Fingern, hier einen Strumpf, ein Kleid, dort ein Stühlchen oder ein daumennagelgroßes Bild zu verändern – oder wenigstens in die Hand zu nehmen. Nie stören die gläsernen Schutzwände so sehr wie bei einer Spielzeugausstellung. Man will eben doch damit spielen, wenn auch mit kundigen und vorsichtigen Fingern, die Liebe ist erwachsen geworden und hinterläßt keine Spuren mehr. Vorsicht! sagte die Tochter einer Freundin, die vor einer meiner Puppen stand – Vorsicht! Man darf sie nicht knutschen. Ich hätte sie sie knutschen lassen, aber das Puppengesicht selber verbot es, das glatte Porzellan mit der Macke an der Nase, das flusige, fast entfärbte Haar, die lose angenähten Beine mit den winzigen, fast schon zerrissenen Schuhen. Sie war meine erste, Babette, und ich verdanke sie meinem Vater, der nicht darüber erschrocken war, daß ich nichts neu Gekauftes mochte. Er verstand mich und kaufte sie in irgendeinem Trödelladen für vierzig Mark. Mein Gott, ist die häßlich! sagte meine Großmutter. Sie hielt sehr auf Fortschritt und hatte die Puppen ihrer eigenen Kindheit unnachsichtig verbannt. Das ist nichts für die heutige Zeit! sagte sie. Man macht das jetzt alles viel vernünftiger! Aber ich wollte nichts Vernünftiges, sondern lieber die fremden Dinger, aus denen das Sägemehlblut leise sickerte, und die so viele Unterröcke trugen. Man konnte sie nicht waschen. Man konnte sie nur selten an- und ausziehen, weil die Stoffe schon brüchig waren. Und wenn man sie kämmte, blieben einem die armseligen Flaumhärchen in der Hand. Und trotzdem! Ich glaube, daß die Museumsfachdamen nur deshalb so bereitwillig die alljährliche Weihnachts-Spielzeug-Ausstellung machen, weil sie da vier Wochen lang wissenschaftlich begründet und arbeitsmäßig abgesichert und anerkannt spielen dürfen. Ich sah es einmal: Leinen voller liebevoll gewaschener winziger Kleidchen, Wolken von weißen Baumwollunterhöschen in Taschentuchgröße, Schüsseln voll mit fingerlangen Tellern, Tassen und Kannen, die gespült werden mußten. An einem großbürgerlichen Puppenhaus machten sich drei Mitarbeiter zu schaffen, glätteten Teppiche, nicht größer als ein Buch, polierten Messingbeschläge, erbsengroß. Immer wieder machten sie einander aufmerksam auf die Schönheit der Handwerksarbeit, die Intarsien an den Möbeln, die handgemachten Spitzen an den Gardinchen. Geduldig versuchte eine, die Röcke eines Miniaturdienstmädchens zu bügeln, das Bügeleisen schob sich wie ein Elefant über das kaum sichtbare Kleidungsstückchen.

Es ist lang her, daß ich das gesehen habe – obgleich es sich sicher alljährlich wiederholt –, aber es war in der strengen und kritischen Zeit der siebziger Jahre, und in der Ausstellung waren dann an den blitzblanken Puppenhäusern und Kaufläden, an den gestärkten und wohlfrisierten Puppen sehr barsche Kommentare über Ausbeutung des Personals und rollenspezifische Erziehung der Mädchen angebracht. Alle diese Kommentare stimmten und erinnerten an düstere und längst nicht völlig überwundene Mängel. Und doch wurden sie inmitten der ausgestellten Zauberwelt des bis zur völligen Ungefährlichkeit verkleinerten bürgerlichen Ambientes eigenartig kraftlos. Die Miniaturwelt ließ keine Analyse mehr zu, nur noch unwillige Bewunderung und nachfolgenden Spieltrieb.

Nur die Spielsachen des Bürgertums oder des Großbürgertums sind erhalten. Sehr selten findet sich auf irgendeinem Trümmerhaufen oder in einem Abbruchhaus ein Kaufladen oder ein Bauernhof aus Holz, der von einem offenbar armen Vater für seine Kinder gemacht worden ist. Auch die Spielzeugmacher waren arme Leute, Tagelöhner und Heimarbeiter, denen die porzellanenen Köpfe und Körper mitsamt den Seidenläppchen für die Kleider in die engen Häuser gebracht wurden. Die Kleidchen der heutigen Puppen werden in Taiwan und Indien hergestellt. Die Freude, mit der wir die feine Handarbeit aus früherer Zeit anschauen, die Bänder und Spitzen, die mit unsichtbaren Stichen genähten Lederbälge aus Ziegenleder, das sich fast wie Haut anfühlt – sie ist nur ungetrübt, weil es schon lang her ist, daß diese alten Puppen entstanden sind. Bis zum heutigen Tag haben die, die das Spielzeug machen, nicht die Möglichkeit, damit auch zu spielen.

Es sind pflichtbewußt düstere Gedanken, die auch den Museumsdamen kommen werden, wenn sie aus den Magazinen allweihnachtlich die perfekten Abbilder holen und fürs Fest auffrischen, so wie es damals auch in den Familien war – denn eine kostbare Puppe oder das Puppenhaus stand nicht das ganze Jahr zur Verfügung! Düstere Gedanken, aber sie verblassen leider, wenn man in die Gesichter schaut und versucht, das Entstehen dieser lebendig-starren Blicke zu ergründen. Im neunzehnten Jahrhundert erfand eine französische Puppenfirma einen ganz besonderen, den Regenbogenfarben des Menschenauges ähnlichen Glasfluß. Aber auch schon vorher vermochten die Puppenmacher die Blicke ihrer Geschöpfe zu beseelen, Farbe, bemalte Muscheln, dunkle Glaskugeln – und doch konnten sie schauen. Immer wieder entzückt bei den Puppen, wie Materialien andere vorgaukeln können. Leder wird zu zarter Menschenhaut, Wachs zu Fleisch, dünner, rosa Baumwollstoff, kunstvoll ausgestopft, ahmt die Rundlichkeiten eines Babykörpers nach. Gerade das Wachs hat Hunderte von Jahren als brauchbarer Stoff gegolten, wenn es darum ging, größtmögliche Menschenähnlichkeit zu erreichen. Aus dem sakralen Bereich weiß man das schon lang, die Puppen aber, die auf der Weltausstellung 1882 wegen ihrer Lebensechtheit gerühmt und prämiiert wurden, waren zu teuer und konnten nur wenig exportiert werden. Das Wachs ist aber auch das zerbrechlichste und empfindlichste aller Materialien, und die heftigsten Spuren tragen die Wachspuppen. Hitze und Kälte mochten sie so wenig wie Druck oder Stoß, und selbst die allergrößte Sorgfalt und die fast gänzliche Entfernung von Kinderhänden hat ihr Überleben nur in wenigen Fällen möglich gemacht. Also sind sie die schönsten, begehrtesten, und selbst auf dem zersprungensten, ausgeblichensten Wachsgesicht ist noch dieser Schmelz zu sehen, eine Art lebendiger Feuchtigkeit, die das feinste Biskuit oder Porzellan nicht erreichen kann.

So leidenschaftlich die Puppenmacher sich um die Menschenähnlichkeit der Gesichter gekümmert haben, so sachlich hielten sie es mit den Körpern. Bikiniabenteuer und Playboytauglichkeit wie bei unseren Jetztzeitpuppen waren noch nicht denkbar, so sollten die Körper haltbar sein, den vielen Kleidern einen brauchbaren Untergrund und der Puppenmutter ein angenehmes Greifgefühl geben. Hände und Füße wurden oft stilisiert, nur sehr feine Exemplare haben ledergenähte Händchen.

Aber das ist schon wieder Sammlerdenken, zumindest der Anfang davon, und das wollen wir nicht. Denn die Rede soll ja nicht sein vom steigenden oder fallenden Wert der einzelnen Manufakturen, von den Vorzügen der Jumeau gegenüber den von Armand Marseille geschaffenen Puppen – all diese Erörterungen, die aus den Dingen Aktien machen und nichts anderes, wollen wir vermeiden. Denn es geht nicht um Wert oder Seltenheit, sondern um Einmaligkeit und um den Drang, jenes Einmalige auch besitzen zu wollen. Dies ist gewiß kein leicht zu verteidigender Wunsch, aber es sind so viele von diesem Bazillus befallen, daß es sich lohnt, seiner Herkunft und Gefährlichkeit nachzuspüren.

Die Puppensammlerin, wenn man eine grobe Charakterisierung versuchen mag (und die Welt besteht natürlich nur aus Ausnahmen!), die Puppensammlerin ist manchmal, nein, oft, allein, sie ist berufstätig, sie muß im Leben Festigkeit und Bestimmtheit zeigen. Sie eignet sich Kenntnisse an, damit sie ihrer Sucht den Anstrich der Wissenschaftlichkeit und Wirtschaftlichkeit geben kann. Sie versucht penibel und hartnäckig, Gebrauchsspuren an ihrem Liebesobjekt zu tilgen – was manchmal teurer als die ganze Puppe ist. Sie trennt sich schwer von dem, was sie einmal hat. Wenn der Platz nicht mehr ausreicht, zieht sie um oder macht eine Stiftung. Sie verachtet gründlich jene, die von der gleichen Krankheit befallen sind. Sie traut ihnen nicht zu, angemessen und liebevoll mit jener Erwerbung umzugehen, die eine andere ihr gerade vor der Nase weggeschnappt hat. Mit der Dekoration und Umdekoration der versunkenen Welt im kleinen lassen sich endlose Abende füllen. Aber wir wollen nicht melancholisch werden. Auch die habichtähnliche Sammlerin existiert, bei ihr ist die Sucht zielgerichteter, aber genauso unerbittlich. Es ist jene, die wir eingangs beschrieben – unberührt von den immer wieder zusammengestellten, künstlichen Mengen alter oder auch nur scheinbar alter Puppen, unverführbar durch die Fülle der Blicke, sieht die habichtsartige Sammlerin plötzlich etwas: Es kann nur ein wächserner Arm sein oder der halbverdeckte Schimmer eines Auges, es kann, wie gesagt, auch eine bestimmte Verletzung sein – da ist sie alarmiert, da stößt sie nieder, da läßt sie nicht locker. Da gehen Monatsgehälter in Minutenschnelle dahin, ein Monat Tütensuppe und Ausgehverbot macht gar nichts – wir haben sie! Die Einzige, die Einmalige, zu uns hat sie gewollt, seit sie existiert, nirgendwo anders kann sie sich wohl fühlen, einen weiten Weg durch Jahre und Hände hat sie gemacht, und nun ist sie angekommen.

Etwas von dem Glanz dieser merkwürdigen Art Wahnsinn fällt auch auf die Gegenstände, die der stummen Puppe gehören, ein kleiner Schirm vielleicht oder auch ein Geschirr, ein bruchstückhaftes Bühnenmodell für ein Stück, das längst keiner mehr spielt. Weil es nun schon egal ist, kaufen wir den kleinen Schaukelstuhl auch noch und das Limonadenservice, in dessen Gläser genau ein Teelöffel voll Flüssigkeit paßt. Stellen anschließend den Erwerb eines neuen Wintermantels oder eines Staubsaugers ohne zu klagen zurück, denn man kann ohne Wintermantel leben und ohne Staubsauger. Ohne jene Wachspuppe natürlich auch, keine Frage, es ist ganz närrisch, darüber auch nur ein Wort zu verlieren.

Rund wie die Erde
Eine Apotheose des Knödels

So könnte man es sich mit dem gebotenen Respekt vorstellen: Eines Tages nahm der Allmächtige eine Handvoll Materie, spielte damit und formte die Erde. Wie sich die Dinge weiter mit ihr zutrugen, braucht uns hier, Ihm sei Dank, nicht zu kümmern – jedenfalls ist unstreitig so der erste Knödel entstanden. Wer immer danach geduldig und nachdenklich teigdrehend in der Küche steht, sollte sich dessen erinnern. Nein, wir werden hier nicht das Wort »Kloß« einführen, nicht ein einziges Mal, jenes preußische Unwort, das wir den Trauer- und Erdklößen verdanken, die nie wissen werden, was ein Kartoffelknödel verliert, wenn man ihn zum Kloß degradiert. Einen Knödel hat der Schöpfer im Sinn gehabt, keinen Kloß! Was daraus wurde – es mag am falschen Kochen gelegen haben. Das aber, wie gesagt, hat uns hier nicht zu kümmern. Die Geschichte fängt eigentlich ganz anders an, viel näher und sehr wenig mythisch, sie fängt mit meinem Neffen an, der kategorisch erklärte, nur runde Nahrung zu sich nehmen zu wollen. *»Ich will nur runde Sachen essen!«* sagt er, seit er überhaupt etwas sagen kann und einen eigenen Willen hat. So kam ich aufs Nachdenken über den Knödel, das Runde an sich. Die Dreiquartelanalytiker, die abscheulichen, ungebetenen Partypsychiater und Handstricktherapeuten werden mit den Mutterbrüsten daherkommen, von denen der Knabe entweder zu wenig oder zuviel gesehen hätte. Nichts davon! Außerdem lebt der Knabe in der Oberpfalz, da hat man sowas gar nicht. Psychologie, meine ich. Und er weiß auch nichts von jenem Sechsundachtzigjährigen, den ich in Südtirol kennengelernt hatte. Der Mann rauchte wie ein Schornstein, trank nicht wenig Schnaps und ernährte sich, wie er glaubhaft versicherte, seit seiner Entwöhnung von den mütterlichen Rundungen von Speckknödeln. Ein Leben lang nur Speckknödel, zweimal am Tag Speckknödel und nur manchmal einen Salat dazu. Der Mann ist vollkommen gesund. Man wird ihm einen Knödel ins Grab nachwerfen, wenn er denn überhaupt stirbt, denn vielleicht hat er ja mit der vollkommen runden Ernährung als erster im runden Universum den Schlüssel zur Unsterblichkeit gefunden. Das alles interessiert meinen Neffen gar nicht, und nur Speckknödel wären ihm zu fad, da doch Hunderte von Knödelsorten am kulinarischen Himmel aufscheinen, ein Planetarium runder Genüsse gleichsam.

Rundes will er essen?, höre ich die Knödelbanausen fragen. Dann geben Sie ihm doch Tomaten, Orangen oder Kartoffeln – das ist auch alles mehr oder weniger rund. Die Ahnungslosen! Das Wesen des Knödels ist nicht denkbar ohne die Verwandlung einer Materie, eines unvollkommenen Rohstoffs in die Vollkommenheit des Runden. Erst als Knödel ist die Kartoffel wirklich rund und wahrhaft genießbar!

Das Schöpferische will der Knödelsüchtige mitessen, und das Rund der Aprikose ist erst vollkommen, wenn ihr Kern durch ein Stück Zucker (der ins Innenrund hineinschmilzt) ersetzt und ihre äußere Rundung durch einen zarten Nudelteig mit Butter, Zucker und Zimt zur Vollendung gebracht worden ist. Das naturgegebene Rund wird durch die Kunstrundung erhöht. Das ist Kultur! Es muß keine Aprikose sein, auch Zwetschgen und Kirschen lassen sich auf diese Weise veredeln. Und es muß kein Nudelteig sein, auch ein rauh-leichter Quarkteig oder ein in diesem Fall eher biederer Kartoffelteig sind brauchbar. Die Biederkeit des Kartoffelteigs soll aber wirklich nur für die Erhöhung und Vervollkommnung der Früchte gelten! Für sich genommen ist nämlich der Knödel die Apotheose der Kartoffel, mehr Kartoffel als eine simple Kartoffel je sein kann! Aber es ist unabdingbar, sich dem Prozeß der Kartoffelverwandlung zu stellen: Tüten voll mißtrauenerweckenden Pulvers und gar jene Papiersäckchen, in denen durch Kochen ein walzenförmiges Ding von gummiartiger Konsistenz entsteht, müssen wir vergessen. Natürlich ist es jedermann unbenommen, derlei zu produzieren und zu essen. Man sollte es nur nicht Knödel nennen dürfen.

Vor den Knödel haben die Götter jene Flüssigkeiten gesetzt, die in diesem Zusammenhang gern genannt werden (und wir werden sehen, daß es hier buchstäblich zutrifft): Blut, Schweiß und Tränen. Nicht alle drei Plagen müssen für jede Knödelsorte ausgestanden werden – fangen wir also mit dem Blut an. Der wirklich echte Reiberknödel, der aus rohen

Kartoffeln geriebene, erhält wahrscheinlich seine letzte Würze durch jenes Tröpfchen Blut, das wir uns unweigerlich an der Kartoffelreibe zuziehen, indem wir mit den Fingerknöcheln drüberraspeln. Dafür gehört dieser gefährliche Knödel zu den wunderbarsten seines Genres. Wichtig ist die Reibe – es muß genau in jener mittleren Stärke gerieben werden, die die zarten Kartoffelspäne noch zwischen den Zähnen ahnen läßt. Kein Matsch, aber auch keine Stückchen, und zur Füllung ganz puritanisch nur leicht in Butter geröstete Graubrotwürfel.

Das Innenleben der Knödel ist fast so wichtig wie die äußere Hülle. Glaubenskriege sind schon darum entstanden, die wollen wir ruhig ein wenig schüren. Aber bleiben wir noch bei der Härte, die in diesem Fall dem Genuß vorausgeht – auch der Schweiß spielt seine Rolle dabei, und wer je den schweren, mit Semmelstücken durchsetzten Teig für den klassischen böhmischen Mehlknödel gerührt hat, weiß, wovon ich rede. Und das Rühren muß sein, bis die Hände und der Teig Blasen werfen, denn nur dann entfaltet sich aus irdischer Schwere traumhafte Leichtigkeit. Wenn der Mehlknödel gelungen ist, ist er so empfindlich, daß er sich vor dem Messer fürchtet. Deshalb soll er mit einem weißen Zwirnsfaden in Scheiben geteilt werden. Ein Innenleben hat er nicht, denn er ist ganz Innenleben, Komposition aus einem bestimmten Weißbrot, Mehl, Ei und Hefe, der meine Mutter noch ein wenig Sprudelwasser hinzuzufügen pflegte, obwohl das nicht orthodox ist – selbst das Ei wird von manchen böhmischen Puristen abgelehnt.

Und die Tränen (damit wir uns von den Plagen ein für allemal abwenden können)? Sie fließen, wenn alles umsonst war, der Knödel sich auflöst oder wie ein heimtückischer Stein dem Messer widersteht. Damit man nicht weinen muß, ist der Probeknödel zu empfehlen, den man als Vorhut ins leise simmernde Salzwasser gleiten läßt. Wenn der störrisch oder suppig wird, läßt sich noch was retten. Scylla und Charybdis der Knödelköchin (ich kenne nur große Knödelköchinnen, keinen einzigen Mann, der zur Erschaffung vollkommener Knödel geeignet wäre): der Matschknödel und der Steinknödel. Zwischen ihnen hindurch muß die jedem Knödel zugeordnete, einzig wahre Beschaffenheit erreicht werden. Die nachgiebige Festigkeit des gekochten Kartoffelknödels, die rauhe Schwere des Reiberknödels, die leichtsinnige Körnigkeit des Grießknödels. Über den Mehlknödel sprachen wir schon, und über die einzig wahre Konsistenz des Semmelknödels und des Leberknödels werden wir streiten. Fest muß er sein, wehrhaft, sich nicht gleich den zerstörerischen Attacken des Bestecks ergeben, sagen die einen. (Man benutze das Messer nur unterstützend, Knödel »reißt« man!) Weich und aufnahmebereit, ein Dienender, das sei der wahre Knödel, sagen die anderen, und woran denken sie? An die Soße, natürlich, die in diesem Zusammenhang auf gar keinen Fall Sauce heißen darf.

Ein wichtiges, vielleicht das wichtigste Kapitel: Der Knödel ersehnt die Soße wie der Erdball den Regen. Ihr muß er sich öffnen, er darf sie nicht abweisen wie ein verkarsteter Boden, er darf sie aber auch nicht bis zur Selbstverleugnung einsaugen und sich ihr ununterscheidbar vermählen.

Eigentlich wäre der Knödel die ideale Speise für Vollwertköstler und Vegetarier, die es nicht verbissen sehen – wenn die Sache mit der Soße nicht wäre. Denn das weiß jeder, daß der Schweinsbraten und der Rehrücken in der Hauptsache Lieferanten einer ausgiebigen, würzigen und abrundenden Soße sind. Und ohne Fleisch geht nichts, sagt der Neffe, obwohl er nie welches ißt. Aber alles geht, wenn man sich in die Knödelkunde versenkt, und so gebe ich jenen, die auf dem Pfad vegetarischer Tugend schon weit geraten sind, den Rat, die böhmischen Mehlknödel mit einer Dill-Sahne-Gurkensoße zu versuchen. Und sehr Wohlhabende könnten den Semmelknödel (in seinen Teig muß ein Hauch feingewiegter glatter Petersilie) in einen tiefen, üppigen See von Steinpilzen in saurem Rahm versenken. Das ehemalige Armeleuteessen ist heute fünfmal so teuer wie Braten, geschieht uns recht. Und es schmeckt so überirdisch, daß wir die Kosten und die paar Becquerel auch noch schlucken. Der Semmelknödel ist des Neffen liebster Knödel, obgleich er immer wieder das mangelnde Innenleben vermißt. Und zur Abwechslung den mit Weißbrotbröseln, Hackfleisch und Käse gefüllten Halb und Halb (halb rohe, halb gekochte Kartoffeln) sehr gern hat. Mir ist der zu grob, ich habe ihn im Verdacht einer besorgniserregenden Modernität. Wo sowas geht, ist das Ketchup nicht weit. Andererseits ist die Brutalität – die lüsterne Brutalität – des Zerteilens erst dann wirklich schön, wenn das Innere, das Magma des Knödels hervortritt.

Auch dies wie eine Erinnerung: das Tröstende, das Abmildernde der runden Speise. Essensreste in den mageren Zeiten verloren ihre Traurigkeit, wenn man sie kleinschnitt oder hackte und einen sanften Teig um sie herumschloß, ein Neuerschaffenes glitt da ins Wasser, das niemals kochen darf, immer viel und immer gesalzen sein muß, auch bei den süßen Knödeln. Der Knödel: Das war eine scheinbare Üppigkeit in ärmlichen Zeiten, ein Aufscheinen des Barocken dort, wo die Menschen eher gotisch aussahen.

Heute ist der Knödel verpönt, denn er hat die Gestalt, die wir anzunehmen fürchten, wenn wir uns seinem Genuß hingeben. Das ist schade. Manchmal schmuggeln die feinen Köche, die nicht aufhören können, das Runde zu lieben, ganz kleine Knödel auf die Teller, das sind Nocken, aber die Hoffnung bleibt, daß sie sich allmählich wieder zu richtigen Knödeln auswachsen könnten, die nicht nur für kleine Buben Inbegriff des Glücks sind.

Um den Leberknödel und seine Würdigung habe ich mich bisher gedrückt, denn es gibt Bewahrer der reinen Lehre, die in ihm nur die bayerische Abart eines Klopses sehen. Und ein Klops ist kein Knödel, außerdem ist der Leberknödel nicht wirklich rund, oder anders gesagt: Wenn er wirklich rund gedrechselt ist, schmeckt er nicht, weil zuviel Brot drin ist. Und Leber überhaupt ... Aber wie es eben mit der Liebe ist: Bei mir gehört er dazu, und bei meinem jugendlichen Experten sowieso, denn in einem Leberknödel ist bekanntlich kein Fleisch, und so ist er ein vegetarisches Essen, und es werden (wie für die

Schweinsbratensoße) keine Tiere dafür umgebracht. Ihm steht auch jenes Gemüse gut zu Gesicht, das sonst fürchterlicherweise immer mit der Sanftheit des gekochten Kartoffelknödels oder gar, horribile dictu, des Semmelknödels gepaart wird: das Sauerkraut. Der Leberknödel darf es haben, die beiden passen zusammen, und es schadet nichts, wenn man den Leberknödel für diese Verbindung aus der obligatorischen Fleischbrühe fischt.

Wie viele von der ebenso verschämten wie großen Gemeinde der Knödelliebhaber werde ich jetzt unzufrieden gelassen haben, der Quarkknödel beispielsweise nicht ernsthaft gedenkend oder des Germknödels? Auch über das geheimnisvolle anrüchige Innenleben des Mohnknödels haben wir nicht wirklich reflektiert. Meine böhmische Großmutter, die eine große Knödelköchin war (was meine Mutter bestreitet, die aus purer Schwiegermutterphobie eine noch bessere Knödelgestalterin wurde), also meine Großmutter hätte laut gelacht, wenn man ihr die Verbindung von Mohn zu Rauschgift hätte einreden wollen. Aus Mohn macht man Knödel. Allenfalls noch Strudel. Vieles wäre besser auf der runden Erde, wenn man Knödel daraus machte.

Wer Knödel macht, muß ein nachdenklicher, ruhiger, in sich gekehrter Mensch sein. Das Reiben, das Schnippeln, Mischen und Rühren, die zärtlich gebohrte Kuhle im Teig, die die Füllung aufnehmen soll, schließlich der wahre Schöpfungsakt: das Formen mit feuchten oder bemehlten Händen, das Runden und Glätten. All das bedarf der Einkehr und der

Geduld. Ein Hektiker bringt keine gescheiten Knödel fertig.

Spätestens beim Essen wird man für die Zeit der Stille entschädigt. Knödel sind ein Essen, das der Geselligkeit bedarf. Die traurigste denkbare Kombination wäre ein Single und ein Knödel. Auf einer flachen Schüssel müssen sie liegen, einander berührend, aber nicht bedrückend, die Knödel. *»Neun Stück habe ich geschafft«*, sagt der spindeldünne Neffe stolz. *»Sie sind aber auch saugut gewesen.«*

Plädoyer für die Mittelmäßigkeit

Es wird erzählt: Als George Orwell sich durch sämtliche Varianten linker Ideologien hindurchgeturnt, sich durchaus auch einen Blick auf die Wirklichkeit gegönnt und gefährlich gelebt hatte, soll er, reif und skeptisch geworden, gemeint haben, er werde sich nunmehr nur noch damit beschäftigen, ein halbwegs anständiger Mensch zu sein, das sei gerade schwer genug. Die Welt war ungerührt und ein Schreckensort, der sich partout nicht retten lassen wollte. Er hatte sich durch viele Feuer, durch die Verführungen des Pathos und die Wonnen der Rechthaberei, die Labyrinthe der Heilsgewißheit und der damit verbundenen notwendigen Gegnerverachtung gearbeitet, um am Ende beim einzigen anzukommen, das als Forderung nicht begründet zu werden braucht: einer ziemlich stillen Version des kategorischen Imperativs. Vielleicht wird diese graue kleine Geschichte später noch hilfreich sein, wenn wir uns selbst von der linken Bande über Eck an die rechte gespielt haben und wieder retour. Einige Feststellungen hierzu sind fest genug gestellt, es ist zu befürchten, daß sie die Nachfolger der zerbröselten ehernen Gewißheiten werden – Vorsicht ist geboten. Jeder Stein muß umgedreht werden dürfen, damit man sehen kann, was unter ihm wimmelt. Feststellungen: Links und rechts gibt es nicht mehr. Der linke Weg ist verschüttet, deshalb gerät der Wanderer notwendig auf den rechten Weg. Ein Weg, möglichst ein asphaltierter, muß aber für die Gedanken da sein, der Dschungel ist nach wie vor verboten. Weitergehen ist Pflicht, und weil Umdrehen nicht erlaubt ist, bleiben erst einmal viele stehen. Noch immer wird das alte Märchen geglaubt: Wer sich umdreht, erstarrt zur Salzsäule, wer sich umdreht, muß zurück ins Totenreich. Unser Kopf ist rund gemacht, damit das Denken die Richtung ändern kann, sagt Francis Picabia. Dieser Satz hätte hierzulande nicht erfunden werden können, wäre verpönt worden, von links und von rechts. Vorwärts und nicht vergessen / worin unsre Stärke besteht / Beim Hungern und beim Essen / Vorwärts und nicht vergessen / Die So-li-da-ri-tät. Abgesehen davon, daß weder beim Hungern noch beim Essen die Solidarität irgendeinen Nutzen hat – es ist doch schön gewesen. Wie weh tut der Abschied! Wie haltbar sind die alten Träume, wenn man sich nicht bewegt. Nur still gehalten, sonst zerplatzen sie. Die Aussagen der linken Partei zur Wahl in diesem Jahr, zu all den vielen Wahlen, die bestanden werden wollen und zu denen die Linken, wir, doch hingehen werden, damit die Rechten eingedämmt bleiben, dieses Programm also zeugt von großer Stillhaltefähigkeit und intakt gebliebenen Träumen: Raus aus der Nato. Weg mit der Bundeswehr. Freigabe für Shit. Auf die Einheitsrente ist diesmal verzichtet worden.

Was ist rechts? Was ist links? Die Linke bewegt sich nicht, und die Rechte marschiert. Die Linke will sich bewegen und betrachtet sich in jedem verfügbaren Spiegel, ob sie sich denn noch gleicht. Vor lauter Angst vor dem Altern und den Veränderungen, die das mit sich bringt, ist sie wie gelähmt. Wieso schämen sich eigentlich gestandene Fünfzigjährige nicht, wenn sie sich selber als »Enkel« bezeichnen? (Der Großvater will Enkel sein.) Wieso bricht niemand in Gelächter aus, wenn er oder sie im Jahre 1994 als Achtundsechziger bezeichnet wird, als sei das ein Beruf? Nicht genug damit, im Grunde kann jedes im Alter passende Lebewesen diese Erwähltheit für sich reklamieren, sind doch die Taten, wenn es sie gab, längst hinter dicken Legendenwolken verschwunden.

Tatsache bleibt, daß wir uns die längste Jugendzeit verschafft haben, die es je gab. Und sie soll nicht enden, sie soll noch immer nicht enden.

Die Rechten damals – das waren ja gerade die Erwachsenen gewesen, und Schuld war eine Begleiterscheinung des Erwachsenseins. Die Linken haben angeklagt, sie waren jung. Sie wußten auch über weit entfernte Notwendigkeiten Bescheid. Sie empfahlen anderen Verhaltensweisen und Gesetze, unter denen zu leben sie nicht gezwungen waren. Die Rechten hatten Unterschiede zwischen Menschen nicht nur wahrgenommen, sondern bewertet. Die Linken wollten die Unterschiede einebnen. Zu diesem Zweck ist ein kompliziertes System gesellschaftlicher Erziehung erdacht worden, das seinen Zweck nicht erfüllt hat. Das hat sich indessen herumgesprochen, mehr noch, man kann es allenthalben spüren. Es konnte eine Barbarei überleben und sich formieren, für die sich niemand verantwortlich fühlt und die etwas blind Wachsendes hat – wie eine nicht eingrenzbare Krankheit.

Etwas, das man für verzichtbar gehalten hatte, ist tatsächlich in weiten Bereichen verschwunden und fehlt jetzt mehr, als man sich vorgestellt hatte. Jene bürgerlichen Tugenden und Spiele, die von Linken in schnarrendem Ton für überflüssig erklärt worden waren, sind – auch die Rechten waren nicht ihre Hüter, die schon gar nicht – einfach weg und hinterließen eine wehe Stelle wie ein gezogener Zahn. Alle, die der Wahrheit teilhaftig zu sein glaubten, blickten entweder an sich selbst herab und stellten immer wieder die Frage nach dem eigenen Befinden, oder sie lenkten ihre Aufmerksamkeit sehr weit weg, weit hinter ihren Horizont, und gaben Einschätzungen und Forderungen zum besten. Zwischen diesen Topoi tat sich viel Platz für unerwünschte Gewächse auf, die man zunächst nicht wahrnahm, da das Gesichtsfeld nur zwischen sehr eng und unendlich wechselte und so das Nahe hochmütig übersehen wurde. Die Humanität ging dabei lautlos zugrunde. Sie ist aber gefragt, weil es ohne sie, ohne die dünnen Schichten der Kultur, die immer wieder abplatzen und von Wenigen geduldig repariert werden, nicht geht. Oder, um es mit dem unvergleichlichen Max Goldt zu sagen: »Woher wissen die denn alles? Ich weiß noch nicht einmal genau, ob ich das, was ich genau weiß, überhaupt glauben kann. Immer weniger Menschen gönnen sich den Luxus, ihre Überzeugungen mal gemächlich wanken zu lassen. Keine Angst, man fällt nicht in ein Vakuum.« Noch wird diese unschuldige

Erkenntnis mit demselben Schnarren diffamiert, mit dem Jahre zuvor die Wahrheiten verkündet und die Forderungskataloge aufgestellt worden waren.

Es ist nicht zu übersehen, daß ein Gefühl von Verschüchterung und Haltlosigkeit die Linke erfaßt hat, die nicht mehr weiß, was sie eigentlich noch ausmachen darf, da die gründlich und widerspruchslos ausgelegten Bibeln plötzlich zugeschlagen wurden, da die strengen Wissenden plötzlich mit der genau gleichen Strenge etwas ganz anderes wissen und über den abgelegten Irrtum schweigen, ja, es scheint gradezu, daß die Unbeirrtesten uns nun die Unbeirrtheit vorspielen und sie ganz anderen Erkenntnissen zuteil werden lassen. Die verstummten Linken wissen indessen, daß sie etwas behalten wollen: Daß es gerechter zugehen soll (aber auch freundlicher und sorgfältiger? Davon war nicht die Rede ...); daß nicht mehr ausgebeutet und getötet werden soll (aber wie gebannt schaut man dem Bösen zu und sieht sich ganz außerstande, es kühl als Ergebnis des sozialen Koordinatensystems wegzuerklären); daß der Mensch lebenswerte Bedingungen haben möge (und weiß nicht mehr, wie die definiert werden könnten). Enthusiastisch rief, am Beginn des Fernsehens vor vielen Jahren, der Regisseur Fritz Umgelter aus: Rudolf, wenn wir so weitermachen, weiß in zwanzig Jahren jeder Arbeiter, wer Kleist ist. Rudolf war mein Vater und antwortete: Um Gottes willen. Aber geglaubt hat er es.

Es könnte sein, daß links (benutzen wir noch für eine Zeit dieses weggeworfene Wort) bedeuten wird, weniger die Vorgehensweisen anderer, der Mandatsträger und Institutionen ebenso wie der Nachbarn und der fremden Völker, zu beurteilen und vermeintlich wegweisend tätig zu sein, als vielmehr die eigenen Haltungen und Fähigkeiten einer Prüfung auf Tauglichkeit zu unterziehen.

Tauglichkeit meine ich hinsichtlich der Zähmung und Auflösung der Rechten. Das, was wieder da ist, ist nicht nur in seinen groben Erscheinungsformen, in der hoffnungslosen und blinden Brutalität der meist jungen Protagonisten gefährlich, auch die elegante Spielform hat die ungestüme Eigenart, Metastasen zu bilden. Zu verführerisch ist, was da und dort zu lesen steht, und ebenso bewußtlos, wie sich besoffene Skins in eine prügelnde Gruppe werfen und sich mit ihr verbinden, reagieren junge »Privilegierte«, die noch nicht viel Selbstbewußtsein angesetzt haben und denen man gleichzeitig Erwähltsein und Gemeinschaft verspricht. Verblüffend ist, wie trunken vor erstaunter Freude aus ganz unterschiedlichen Ecken und von allen möglichen Dachböden die Begriffe heruntergeholt und neu arrangiert werden, zum Teil sind es Begriffe, die man auch in der linken Hand halten kann, ohne sich zu beschmutzen. Vielleicht wird das der Kampf der nächsten Zukunft: die Klärung der Definitionen und die Vorschläge, wie etwas in die Tat umzusetzen wäre. Denn es ist ja nicht so, daß nichts von dem mehr nützlich, ja, dringend notwendig wäre, was unter dem Wort »links« versammelt war. Von dem Wunsch, dem Gegner, was Unerbittlichkeit und Betoniertheit betrifft, möglichst ähnlich zu werden, aber muß man sich schleunigst verabschieden.

Ein Begriff, an dem sich links wie rechts falsch abarbeiten, ist zum Beispiel die »Elite«. Es war ziemlich blödsinnig, ihr mit Feindseligkeit zu begegnen – als hätte jeder Mensch auf der Welt die Fähigkeit, Opernsänger oder Atomphysiker zu werden, wenn man ihn nur ließe, und als ginge es darum, höher wachsenden Blumen die Köpfe abzuschneiden und an den kürzeren Halmen zu zerren. Das ganze Unglück ist doch, man kann's nicht oft genug sagen, der hilflose oder bösartige Umgang mit den Unterschieden. Deshalb wird das Gewicht erst einmal in die rechte Ecke rutschen: Aus den Unterschieden ziehen die Rechten das, woran es ihrer Klientel notorisch mangelt: das Ich-bin-jemand-Gefühl. Es gibt immer noch einen drunter. Die Chance der Linken, das Ich-bin-jemand aus eben diesem Ich heraus sich entwikkeln zu lassen, ist furchtbar verspielt worden. Die Suche nach den Gleichartigkeiten, die alles überwölben und Gesetze sowie Organisation hinter sich herziehen, hat den Blick verdunkelt. Der zentralistische Schwachsinn hat zur Unbeweglichkeit, zur Lähmung und zur Lustlosigkeit geführt. Und eine gewisse Grundstimmung der Nörgeligkeit, die aus der Trauer um die entschwindenden Jugendreste hervorging, raubt dem Suchenden die Lust, es neu anzugehen und den Staat (der zwar verachtet, aber zur Befriedigung aller Bedürfnisse barsch gefordert wurde) eine Zeitlang zugunsten der Erforschung der eigenen Kräfte zu vergessen.

Ich höre schon aus der Tiefe der Vergangenheit die Flüche: Individualismus! Pfui! Anarchie! Apage, Satanas! Es hat mir aber noch nie jemand erklären können, wie man das Böse zähmen soll, ohne das Schöne in die Welt zu setzen. Auf welche Weise das geschehen kann? Wir werden von vielem Abschied nehmen müssen. Das geht nicht auf einmal, aber ein Anfang muß gemacht werden. Abschied von Polarisierungen zum Beispiel: Muß unbedingt der Computer gegen die Bücher ausgespielt werden, der Kindergarten gegen die pompöse Verdi-Inszenierung, die Schloßsanierung gegen den Kanalanschluß, die Arbeitsplätze – ein unerreichter Königsweg der Zerschmetterargumentation – gegen den Rest, gegen alles, alles andere? Oder hieße Links-sein nicht, mit der fröhlichen Erbarmungslosigkeit von kleinen Kindern fragen zu lernen: Brauche ich das? Brauchst du das? Was ist wem wieviel wert?

Die Frankfurter Frühjahrsmesse beispielsweise gilt allen Ernstes als Konjunkturbarometer, das wird sie wohl auch sein, deswegen hat der Kanzler selbst sie in diesem Jahr eröffnet. Ob er sich mal angeguckt hat, was da als Konjunkturbarometer gilt? Stellt es tatsächlich die Summe der Volkswohlfahrt dar, dieses Szenario aus güldenen Kerzenkränzchen und buntgläsernen Tafelaufsätzen, aus getriebenen Ostereiern und handgepunzten Messerbänkchen? Könnte es nicht eine Linke geben, die vormacht, daß die Entdeckung der Langsamkeit, die Muße, die sozialverträgliche Faulheit und die daraus hervorkeimende Phantasie ein anderes, sinnlicheres Ziel wären als die erbitterte Anhäufung von Mickymaustelefonen, Sonnenbänken und ultimativer Elektronik? (Wohlgemerkt: Nicht die Existenzberechtigung der letztgenannten Dinge soll in Frage gestellt werden, so wenig wie dreimal im Jahr Katalogurlaub, Fitneß-Maschinen und vollautomatische Brotmesser; es soll nur die Frage: Was ist es mir wert? Was ist es dir wert? dazukommen dürfen.)

Eigentlich kenne ich keine fröhlichen, barocken und einfallsreichen, vor Lebensfreude vibrierenden Rechten. Leider auch nicht gar so viele Linke. Aber mit der Installierung vorgenannter Eigenschaften wären letztlich die in nächster Nähe keimenden kleinen Kriege zu verhindern. Es hat keinen Sinn, beleidigt zu sein, weil die Welt geht, wie sie will, und die Dingfestmachung der Schuldigen wegen ihrer blutigen Kapriolen nicht immer gelungen ist. Natürlich ist es eine Frage des Naturells, ob man sich wundert, daß alles doch irgendwie und manchmal auch ganz schön weitergeht, oder ob man weiterhin vor allem das Unglück, das man nicht auszustehen und zu erleben braucht, in bewährter Simulantenmanier auf seine Schultern lädt. Unsere Generation, die sich ergraut und stolz Achtundsechziger nennt, hat nicht sehr viel beweisen müssen. Offenbar ist ein Hunger nach der Heroisierung ziemlich alltäglicher Vorgänge vorhanden, im Lauf der Jahre verfestigen sich die Heldentümlichkeiten und verlangen nach neuer Nahrung. Es ist merkwürdig: Noch immer wird zu Kriegen ermuntert, in die zu ziehen den Betreffenden (den Mahnern und Forderern) im Traum nicht einfallen würde. Anstatt sich das Glück der Mittelmäßigkeit zu vergegenwärtigen, deren Entzückungen noch nicht annähernd ausgeforscht sind! Eine angenehme Tugend der Mittelmäßigkeit ist zum Beispiel die Zivilcourage. Man kriegt zwar keine Orden dafür, man kommt nicht in die Zeitung, aber auch nicht ins Gefängnis. Sich mit einem Schild auf den Rathausplatz einer deutschen Fachwerkstadt zu stellen, auf dem steht: ICH HABE ANGST, ist ziemlich albern. Der namentlichen Femeliste der Rechten vieltausendfach öffentlich den eigenen Namen hinzuzufügen (»Ich heiße Mäxchen Meier, und ihr habt vergessen, mich zu verfemen«) wäre hingegen ziemlich sinnvoll. Nur mal so – für den Anfang! Die Mittelmäßigkeit könnte eine wunderbare neue, natürlich linke Tugend werden – der Tod jedweder Hysterie. Es ist ein Ziel, aufs innigste zu wünschen.

Und wie ich, bitteschön, mit dieser Borniertheit das grausige Sterben im Südsudan beenden will? Das kann ich nicht. Und die unter dem gedanken- und zweifelsdichten Ideologiedach mit dem notorisch barschen Umgangston und den rudimentären mitmenschlichen Interessen können es auch nicht.

Es sei, sagt Seneca, viel gefährlicher, gefürchtet zu werden, als geringgeachtet zu sein. Und Goethe, als er schon sehr alt war, kam zu der erstaunlichen Einsicht: »Die ungeheuerste Kultur, die ein Mensch sich geben kann, ist die Überzeugung, daß die anderen nicht nach ihm fragen.« Aber das wäre schon wieder eine neue Geschichte.

Verzeichnis der Erstdrucke

Das alte Ghetto von Venedig
Frankfurter Allgemeine Magazin, Heft 575, 8. März 1991

Eine venezianische Oper: Das Hotel Fenice
Frankfurter Allgemeine Magazin, Heft 540, 6. Juli 1990

Traurige Tropen
Frankfurter Allgemeine Magazin, Heft 445, 9. Sept. 1988

Tausend ganz einfache Freuden
Frankfurter Allgemeine Magazin, Heft 694, 18. Juni 1993

Mein imaginäres Museum
art 3/1990

Glück in Berlin
art 5/1992

Das bescheidene Elsaß
Merian 10/1992

Frau Donau
Merian 8/1992

Am Main
Frankfurter Allgemeine Magazin, Heft 729, 18. Febr. 1994

Das verlorene Paradies
Frankfurter Allgemeine Magazin, Heft 576, 15. März 1991

Die Entfärbung der Welt
Frankfurter Allgemeine Magazin, Heft 610, 8. Nov. 1991

Wie in einem fremden Land
Frankfurter Allgemeine Magazin, Heft 503, 20. Okt. 1989

Der Hund ist klüger als du
Kursbuch 109/1992

Zwei Frauen: Vita Sackville-West und Violet Keppel
Frankfurter Allgemeine Magazin, Heft 636, 8. Mai 1992

Herrin der Mörder: Agatha Christie
Frankfurter Allgemeine Magazin, Heft 550, 14. Sept. 1990

Das verkannte Genie: Henry Clews
Frankfurter Allgemeine Magazin, Heft 720, 17. Dez. 1993

Der königliche Dilettant: Prinz Charles
Frankfurter Allgemeine Magazin, Heft 604, 27. Sept. 1991

Ein deutscher Traum: Soraya
Frankfurter Allgemeine Magazin, Heft 642, 19. Juni 1992

Mit ihren Augen: Gisèle Freund
art 12/1993

Ein gelassener Kämpfer: Ignatz Bubis
Frankfurter Allgemeine Magazin, Heft 669, 23. Dez. 1992

Der letzte Klabautermann: Fritz Graßhoff
Frankfurter Allgemeine Magazin, Heft 512, 22. Dez. 1989

Objekt der Begierde
Frankfurter Allgemeine Magazin, Heft 407, 18. Dez. 1987

Rund wie die Erde
Regensburger Almanach, 1992

Plädoyer für die Mittelmäßigkeit
Kursbuch 116/1994

Neue Bücher

Burkhard Spinnen
Kalte Ente
Geschichten

Klaus Modick
Der Flügel
Roman

Jennifer Poehler
Türkises Alphabet
Gedichte

Markus Hattstein
Wörterbuch des Teufels
Neue Folge

Karen Usborne
Elizabeth von Arnim
Eine Biographie

Das Bärenbuch

Von Büchern & Menschen